Dieses Buch gehört:

....

....

Hermann Schreiber

Mabelle
und der große Strom

Ein Roman
aus Louisiana

Tosa

America, thou half-brother of the world
With something good and bad of every land

(Amerika, du Halbbruder der Welt,
hast Gutes und Schlechtes von jedem der Länder)

Philip James Bailey (1816–1902)

ERSTES BUCH
Louisiana

Nach Amerika!

Als die vertraute Häuserzeile des alten Hafens im Morgendunst zurückblieb, fühlte Mabelle einen leichten Stich im Herzen. Die bunten Häuser am Kai von Honfleur waren noch gut zu sehen, das Meer war ruhig, die Sonne stand am Himmel, und auch Angst hatte sie gewiß nicht. Sie alle waren mit dem Meer aufgewachsen, die Eltern, der Bruder, sie selbst. Aber Mabelle hatte doch immer gewußt, daß sie nur für Stunden oder Tage die Stadt verließ, um einen Besuch bei der Großmutter im Kloster von Fécamp oder um einen Ausflug zu den Klippen von Etretat zu machen, wo man die Sonnenschirme aufspannen und sie auf dem schmalen Uferpfad zwischen ihrer Mutter und der Gouvernante spazierengehen würde.

Diesmal war es anders. Diesmal standen große Reisekörbe mit den Habseligkeiten der Familie auf dem Deck, mit Stricken festgezurrt, von wasserdichten Planen geschützt. Unter Deck hatten sie eine einzige große Kabine, zu viert. Das war vielleicht das merkwürdigste nach einem Leben auf Schloß Cressonat, wo man zwar nicht reich gewesen war, aber doch unendlich viel Platz gehabt hatte: ein Zimmer für Bruder Alphonse, obwohl er erst sieben Jahre zählte, ein reizendes Zimmer für sie selbst, die junge Vicomtesse Mabelle de Cressonat, wo sie mit all den ihr lieben Gegenständen allein war, und eine ganze Flucht von fünf Zimmern für die Eltern. So also hatten sie auf Cressonat gelebt, obwohl Mabelles Vater noch zwei ältere Brüder hatte, das Schloß daher kaum jemals erben und wohl niemals Marquis werden konnte.

Das war nun vorbei. Cressonat war längst nicht mehr zu sehen, es lag hinter der Düne im Windschatten, und auch Honfleur war nun nur noch ein bunter Strich im Dunst über den Wellen.

Und vor ihr, dort, wo das Schiff den Bug gegen Westen hob, da lag weit draußen im Meer das neue Leben, da lag Amerika ...

»Ich bin gar nicht traurig«, sagte in diesem Augenblick Alphonse und schob seine kleine, kalte Hand in die der Schwester, »ich wollte schon immer eine richtige Seereise machen. Nicht nur zur Großmutter!«

»Und wenn du sie nun gar nicht mehr wiedersiehst?«

Alphonse zuckte die Achseln. Er trug einen weiten Südwester zu seinem Knabenanzug und fühlte sich offensichtlich zum erstenmal als Mann.

»Wenn ich sie im Kloster besucht habe, habe ich immer gefroren. Aber so lange sie noch bei uns auf dem Schloß wohnte, hat sie mir immer Geschichten erzählt. Ich verstehe nicht, warum sie nach Fécamp gehen mußte, wir hatten doch Platz.«

»Das ist eben so!« Mabelle tat sehr überlegen. »Adelige Witwen sitzen nicht irgendwo herum, die gehen zu anderen alten Damen von Stand in ein Kloster. Da haben sie Ansprache und bereiten sich gemeinsam auf den Himmel vor!«

Aber Alphonse hatte von diesem Thema schon wieder genug und zog die Schwester aufs Vordeck, einer kleinen Plattform über der Küche, sorglich von Geländern umgeben.

»Hier, Mabelle«, rief er aufgeregt, »hier sehen wir, wohin wir fahren!«

»Und zwar sechs Wochen lang, mein Kleiner«, fiel lachend ein Matrose ein, der die helle Knabenstimme vernommen hatte, obwohl er ein Stück entfernt stand, »und du kannst sicher sein: Es wird sich vierzig Tage lang nichts ändern. Du wirst das Meer sehen, du wirst den Himmel sehen, und dann sind wir da, *c'est tout**!«

* Das ist alles!

9

Mabelle fuhr herum und blitzte den Seemann aus ihren Augen an.

»Sie sollten Alphonse die Freude nicht nehmen!« rief sie zornig. »Wer einem Kind den Tag verdirbt, ist ein schlechter Mensch. Außerdem haben Sie gelogen, Monsieur. Auf dem Weg nach Amerika liegen viele fremde Länder mit braunen und schwarzen Menschen, und im Wasser gibt es Seeungeheuer. Das alles wird außerordentlich aufregend sein!«

»Tsss, tsss, tsss!« machte der Mann belustigt und maß das hübsche Mädchen ungeniert mit den Blicken, sagte aber nichts mehr.

Es gab nur acht Passagiere auf der *Wappen von Bayeux,* und jeder wußte, daß es sich um Herrschaften von Rang handelte, die in der jüngsten Kolonie der Krone, in Louisiana, an der Mündung des großen Mississippi, ganz schnell reich werden wollten.

»Ob sie alle so sind?« fragte Alphonse leise, als der Matrose sich nach ein paar spöttischen Blicken pfeifend entfernt hatte. »Ich meine — wir haben ihm doch nichts getan?«

»Schon daß wir hier stehen und nichts tun, während er arbeiten muß, das ärgert ihn«, erklärte Mabelle. »Aber mach dir nichts daraus: Drüben am großen Strom, da haben wir dann schwarze Dienstboten. Die sind ganz sanft und zärtlich, die lieben besonders die Kinder ihrer Herrschaft und sind nicht bis oben voll Neid und Haß wie die Weißen!«

Alphonse schwieg nachdenklich. Sein Blick irrte über die endlose graue Wasserfläche und schien irgend etwas zu suchen. Endlich faßte er sich ein Herz: »Das von den Meeresungeheuern, Mabelle, das hast du doch nur gesagt, um den Matrosen zu ärgern, nicht wahr?«

Mabelle lachte hell auf und legte dem Bruder den Arm um die Schulter.

»Monsieur le Vicomte haben doch ein wenig Angst, stimmt's?« fragte sie leise. »Erinnerst du dich nicht mehr an die Geschichten, die Großmutter uns erzählt hat, wenn wir nicht einschlafen konnten? Die Geschichte von König Artus und den Rittern der Tafelrunde, oder von Ritter Georg und dem Drachen? Natürlich gibt es Ungeheuer, du siehst doch, wie riesig das Meer ist. Das kann doch nicht nur Wasser sein. Aber unser Schiff hat vierundzwanzig Kanonen, auf jeder Seite zwölf. Das reicht für ein Dutzend Seeschlangen oder Riesenfische oder andere Monster!«

Alphonse war noch nicht völlig beruhigt, aber aus der Schiffsküche unter ihnen stiegen allerlei Gerüche auf, die den Kindern klar machten, daß fast schon Mittag war. Am Morgen hatten sie vor Aufregung beide so gut wie nichts gegessen, und wenn sie auch längst wußten, daß sie beide seefest waren, war an diesem Morgen in Honfleur ganz einfach zuviel los gewesen. Um so ernsthafter regte sich jetzt der Appetit.

»Wir sollten zu Mama gehen«, schlug Alphonse vor.

»Nur zu Mama?« neckte Mabelle. »Papa ist aber auch da. Er ist sozusagen zu Hause. Wir gehen also zu den Eltern!«

Es war eben alles anders. Aus der vertrauten, aber sehr weiträumigen Welt von Schloß Cressonat mit den Pachthöfen, den Stallungen und dem Gesinde war eine Kajüte geworden, eine prächtige Kajüte zwar, mit runden, dicken Fenstern, mit herrlichen Möbeln aus Teakholz und mit Messingbeschlägen, aber eben doch eine Kajüte, eine einzige für die gesamte vierköpfige Familie. Wie die drei weiteren Kajüten — eine für den Kapitän, eine für die Offiziere und noch eine für Passagiere — lag sie im Heck des Schiffes, dort, wo der Segler am höchsten aus dem Wasser ragte und vom Kai aus auch den imposantesten Anblick geboten hatte. Nun, da sie vom Deck her eintrat, fand Mabelle dies alles nicht mehr so eindrucksvoll, und als sie ihre Eltern zwischen Koffern, Hutschachteln und halb ausgepackten Gepäckstücken sitzen sah, da beschlich sie zum erstenmal so etwas wie Niedergeschlagenheit. Die Kajüte sah so unordentlich aus, so ... unwohnlich. Die ganze Szenerie erinnerte sie an Landfahrer, die einmal am Schloß vorbeigekommen waren und die in ihren Wagen gelebt hatten.

»Daß ihr endlich da seid!« sagte Vater Cressonat ein wenig unwirsch. »Vom Meer werdet ihr noch mehr sehen, als euch lieb ist. Laßt euch von eurer Mutter zurechtmachen, wir nehmen an der großen Tafel mit dem Kapitän, den Offizieren und den anderen Passagieren teil; mir liegt daran, daß ihr vom ersten Augenblick an einen guten Eindruck macht.«

»Aber es sind doch nur Bürgerliche, Papa!« begehrte Alphonse auf, der sich ganz und gar nicht von seinem malerischen Südwester trennen wollte. »Muß ich mich da wirklich so fein machen?«

»Gerade für die Bürgerlichen«, belehrte ihn Mama. »Unsereiner, der sieht schon einmal über Äußerlichkeiten hinweg. Wir wissen schließlich, wer wir sind, und wer bisher mit uns zu tun hatte, weiß es auch. Aber diese kleinen Leute — ich konnte mir die Namen gar nicht merken — die haben schließlich nichts anderes als das bißchen Getue um die Kleider und das Benehmen und ihre Anständigkeit. Also laß dich anziehen, wir wollen uns von diesen Pfeffersäcken aus Hâvre de Grâce nichts nachsagen lassen, nur weil sie vermutlich mehr Geld haben als wir.«

»Vermutlich?« fragte Cressonat ironisch. »Das kann man als sicher annehmen. Denn mit geringerer Barschaft als wir dürfte wohl keine anständige Familie in die Neue Welt übersiedeln!«

Cressonat hatte, als er dies sagte, den Kopf gesenkt. Es schien ihm nicht leicht zu fallen, und während seine Frau den kleinen Alphonse kämmte, bemühte er sich, um Mabelles Kleid eine malerische Schleife zustande zu bringen und das breite Seidenband im Rücken recht üppig zu knoten, damit das Ganze etwas hermache.

»Laß es, Balthazar«, bat Odile de Cressonat schließlich nervös, »Mabelle ist jung, hübsch und anmutig. Das muß reichen! Mit den üppigen flandrischen Tuchen unserer Mitreisenden können wir's ja doch nicht aufnehmen!«

Die Kinder voraus, die Eltern hinterdrein, so traten sie den Weg in den langen Saal an, der *Corps de Garde** hieß und auf diesem Schiff unterteilt war. Da es schließlich kein Kriegsschiff war und zu seinem eigenen Schutz nur wenige Waffen benötigte, hatte man vor dem Mannschaftslogis noch einen kleinen Raum gewonnen, in dem es sich gut tafeln ließ. Denn das hatten die beiden bürgerlichen Ehepaare aus Hâvre de Grâce schon versprochen, noch ehe man ihnen die Passage auf der stolzen *Wappen von Bayeux* zugesichert hatte: Ihr Handelshaus mit seinen Niederlassungen in Antwerpen, Dieppe, Lille und Rouen werde für die Verpflegung der Passagiere und der Offiziere sorgen und für beste Getränke obendrein. Der Reeder hatte daraufhin alle Bedenken fahren lassen und den Vicomte de Cressonat zu einem vertraulichen Gespräch gebeten: Er könne die ganze Familie bei bester Bordverpflegung für den halben Passagepreis nach Louisiana bringen, wenn man darein willige, zu viert in einer Kajüte zu logieren und die andere den miteinander verwandten Paaren aus der Großhändlersippe der Grandjean zu überlassen, nette junge Leute übrigens, nicht sehr vornehm, aber sauber, wohlgenährt und freundlich. Der Vicomte hatte den Blick zum Himmel gehoben, seine Frau hatte ihn mahnend in die Rippen gestoßen, und das Schicksal hatte seinen Lauf genommen.

* Raum für Wache und Waffen

13

Beim ersten Essen an Bord lernten sie dieses Schicksal nun kennen, zwei junge Ehepaare, die sich manierlich von der Kapitänstafel erhoben, als die Familie Cressonat eintrat. Und da auch die beiden jungen Frauen aufstanden, erkannte Mabelle sogleich: Hier würde es darauf ankommen, tatsächlich so zu sein, wie diese treuen Untertanen Seiner Majestät sich den französischen Adel vorstellten.

Der Kapitän, ein tüchtiger Schiffer, der den Ozean schon an die zwanzigmal überquert hatte, machte die Passagiere miteinander bekannt. Er stellte die Petits und die Grandjeans zunächst dem Vicomte vor, der sie dann seiner Frau zuführte und schließlich seine beiden Kinder präsentierte. Es war eine etwas komplizierte Zeremonie, aber da die Teller noch leer waren, der niedrige, nur schwach erhellte Raum mit der großen Tafel so heimelig wirkte und Mabelle sich von Minute zu Minute wohler fühlte, wurde sie nicht ungeduldig: Zu dem großen Abenteuer gehörte es eben auch, ganz fremde Menschen kennenzulernen, Bürgerliche, die nicht Pächter oder Mieter oder Lieferanten waren und denen man darum so begegnen mußte, als wären sie Ebenbürtige.

Als alle Platz genommen hatten, begannen die Schiffsjungen aufzutragen; es waren zwei, und der Kapitän erklärte, daß man sie nicht Garçons nenne, sondern Mousse, ein spanisches Wort, das aber auf allen französischen Schiffen eingebürgert war. Mabelle fühlte natürlich die neugierigen Blicke der jungen Männer, die vielleicht noch nie Frauen oder Mädchen bedient hatten und gewiß noch nicht achtzehn Jahre alt waren. Aber sie sagte sich, daß schließlich auch die beiden Schwestern aus Hâvre de Grâce noch sehr jung seien. Die weißhäutigen Fläminnen waren allerdings so verlegen, daß man ihre Gesichter kaum sehen konnte: Sie senkten den Blick stets auf die Teller, und ihre dunklen Wimpern lagen auf den Wangen.

14

»Durch diese Doppelhochzeit«, erklärte Monsieur Petit nach dem ersten Gang, »sind wir nun verwandt, die Zwillingsschwestern de Bruyn haben uns zu Schwägern gemacht — bis dahin waren wir nur Geschäftsfreunde.«

»Und womit, Monsieur Petit«, fragte Balthazar de Cressonat höflich, »treiben Sie Handel? Vermutlich doch mit Gütern aus der Neuen Welt, sonst wären Sie wohl nicht an Bord?«

»Sehr freundlich, Ihr Interesse, Monsieur le Vicomte«, antwortete Petit eifrig, »es ist richtig, wir wollen nach Louisiana im Auftrag der nun verschwägerten Handelshäuser; unsere Eltern sind, Gott sei Dank, noch bei guter Gesundheit, wollen sich aber begreiflicherweise solch eine lange Seereise nicht zumuten. Darum soll die junge Generation eine Niederlassung in Louisiana errichten.«

Die Schwestern blickten zum erstenmal auf und lächelten glücklich: Auch für sie war das Ganze offensichtlich ein großes Abenteuer, und während ihre Gatten sich als Kaufleute bewähren sollten, wollten sie die Neue Welt genießen, nachdem sie in der Hafenstadt unter den Augen der Eltern und Schwiegereltern ein sehr überwachtes Dasein hatten führen müssen.

»Wenn das so ist, Messieurs«, sagte Cressonat, »dann werden wir zweifellos miteinander zu tun bekommen.«

»Aber Sie wollen doch nicht etwa auch Handel treiben, als ein Herr von altem Adel?« mengte sich der Kapitän ein.

Cressonat lächelte nachsichtig.

»Nun, Kapitän, Sie könnten es eigentlich wissen: Der normannische Adel hat seit alters das Privileg, sich im Schiffbau, in der Hochseeschiffahrt und im Fernhandel zur See zu betätigen. Wir sind keine Hofschranzen, die in den Vorzimmern auf Gunstbeweise der Majestäten lauern — wir dienen unserem Souverän auf den Meeren der Welt!«

Es klang so herrlich und Papa sah so prächtig aus, als er dies sagte, daß Mabelle unwillkürlich applaudierte, was ihr freilich einen strafenden Blick von Mama eintrug.

»Ein wenig haben Sie allerdings doch recht, Kapitän«, fuhr Cressonat fort, »ich wäre nie auf gut Glück als Kaufmann nach Louisiana gegangen. Ich gestehe auch offen, daß meine Familie nicht reich genug dazu ist. Nein, ich erhalte einen Regierungsposten in der jungen Kolonie, ich werde der Seehandels-Beauftragte Seiner Majestät an der Seite des Gouverneurs, mit der ausdrücklichen Erlaubnis, auch auf eigene Rechnung Geschäfte zu machen.«

Während die Herren sich nun darüber unterhielten, welche Möglichkeiten es für solche Geschäfte geben könnte und von Dingen sprachen, die Mabelle nur zur Hälfte oder gar nicht verstand, bemühten sich die jungen Fläminnen um Mabelle. Sie waren zwar bei dem Loire-Wein, der zum Essen eingeschenkt wurde, ein wenig aufgetaut, wagten es aber offensichtlich doch nicht, das Wort an die Gräfin zu richten. Mabelle hingegen sah die beiden ermunternd an, gab unbefangen Auskunft über ihr bisheriges Leben und versuchte, auch ihren Bruder ins Gespräch zu bringen. Alphonse aber sorgte ungewollt für Heiterkeit, als er zunächst einmal bedauerte, der einzige kleine Junge zu sein.

»Sie hätten wirklich Ihre Kinder auch mitnehmen können!« maulte er und blickte die zwei Schwestern vorwurfsvoll an.

»Aber Alphonse!« rief Mama verweisend. Die Fläminnen hingegen lachten, und Monsieur Petit unterbrach für einen Augenblick die Erörterung über die Kaufkraft einer jungen Kolonie, indem er höflich bedauerte, dem jungen Vicomte seinen Wunsch nicht so plötzlich erfüllen zu können:

»Meine Frau und meine Schwägerin sind erst achtzehn Jahre alt, müssen Sie wissen, Monsieur Alphonse«, sagte er, »und wir sind

16

erst seit ein paar Tagen verheiratet, weil man eben so eine weite Reise doch in geordneten Verhältnissen antreten soll. Drüben am Mississippi aber wollen wir uns dann sehr bemühen, Ihren Wünschen nachzukommen.«

Die Schwestern aus Französisch-Flandern erröteten wie auf Kommando tief, Odile de Cressonat aber warf zunächst Alphonse einen strafenden Blick zu, dann wandte sie sich zum erstenmal direkt an Petit.

»Ich muß Sie bitten, Monsieur«, sagte sie, und Mabelle duckte sich ein wenig, so böse klang die Stimme ihrer schönen Mutter, »sich in Gegenwart meiner Kinder und meiner Person stets daran zu erinnern, daß Sie sich nicht in Ihrem Comptoir in Hâvre de Grâce befinden!«

Petit stammelte ein paar Worte, die niemand verstand, Cressonat wechselte das Thema, indem er das Gespräch auf die Negersklaven in Louisiana lenkte, und Alphonse zog seine große Schwester an sich heran, um nicht abermals so laut sprechen zu müssen:

»Habe ich etwas angestellt, Mabelle?«

»Und ob!« flüsterte sie, »du wirst Spielgefährten genug finden, und wenn dir hier an Bord langweilig ist, dann lerne irgend etwas, das wir drüben in Amerika brauchen können!«

»Fischen?« schlug Alphonse hoffnungsvoll vor.

»Spanisch!« antwortete Mabelle. »Wir machen es gemeinsam, dann ist es lustiger.«

Gegen Ende des Mahles lockerte sich die Stimmung wieder. Nach dem Kaffee, zu dem ein recht starker spanischer Weinbrand serviert wurde, erhob man sich und blieb, in Gruppen plaudernd, noch ein wenig beisammen. Die beiden jungen Frauen, die nur wenige Jahre älter als Mabelle waren, traten schüchtern auf die Cressonat-Kinder zu und boten an, gelegentlich eine Partie Piquet zu spielen, falls Alphonse die Karten schon kenne. Auch würden sie gern an Mabelles Spanisch-Stunde teilnehmen.

»Es gibt allerdings in Hâvre de Grâce auch Leute, die meinen, wir würden es dort drüben mit den Briten zu tun bekommen«, sagte Yvonne, frischgebackene Madame Petit. »Die großen Zeiten der Spanier seien vorbei.«

»Und die der Engländer, Madame«, warf einer der Offiziere ein, die in der Nähe standen, »die sind noch lange nicht gekommen. Wir haben in La Nouvelle France, im französischen Nordamerika, hervorragende Männer. Wir haben in Quebec starke Forts, und darum haben sich die Briten ja erst vor kurzem, im Jahr 1711, blutige Köpfe geholt, ohne etwas zu erreichen. Wenn der junge Vicomte Spanisch lernen will, so kann das nie schaden. Louisiana liegt am Karibischen Meer mit seinen vielen spanischen Inseln. Aber Englisch? Das würde er doch nur brauchen, um sich mit Kriegsgefangenen zu verständigen!«

Mabelle blickte auf. Das war echter Stolz! Zwar hütete sie sich, ihre Bewunderung zu zeigen, aber sie nahm sich doch vor, im Lauf dieser langen und zweifellos eintönigen Schiffsreise hin und wieder ein Gespräch mit dem Leutnant zu führen. Er hatte, soviel war schon bei der Vorstellung der Besatzung klar geworden, die vierundzwanzig Geschütze und deren Bedienungsmannschaften unter sich, war also nicht eigentlich ein Seemann, und sein Name, den sie nicht so richtig verstanden hatte, klang nach Gisancourt oder Gésaucour ... Nun, das würde sich finden. Schade nur, daß es nichts gab, was eine Comtesse von einem Leutnant lernen konnte; sie hätte sich von diesem feurigen Kanada-Franzosen zu gerne Unterricht geben lassen: In Patriotismus, in Entdeckungsgeschichte, in der Berechnung von Geschoßbahnen sogar ...

Die Reise war nicht nur ein großes Erlebnis, sie bot viele Erlebnisse auf einmal, und so glücklich Mabelle auch war, so sehr sie ihre Mutter liebte, ihren Vater verehrte und so gut sie sich mit Alphonse vertrug — bisweilen wünschte sie sich doch, allein zu sein. Zumindest für ein paar Stunden. Denn so viel stürmte auf sie ein, und vor allem: Es ging so schnell! Honfleur, das war noch nichts Neues gewesen, da hatten sie sich schon wiederholt eingeschifft. Honfleur war reizend, vertraut, sehr lebhaft, auf eine heiter stimmende Weise, so wie das Fest für den Erntedank auf dem Schloß. Dann kam das Schiff. Sie hatte es sich größer vorgestellt, sollte es doch quer über das graue Weltmeer fahren bis hinüber nach Amerika. Aber nach der ersten Enttäuschung hatte es sich als recht angenehm erwiesen, solide gezimmert, mit schönem Holz, das aufregend duftete und mit vielen bizarren Dingen, über die sie nun stolperte, seitdem sie die vertraute Umgebung verlassen hatte. Und das Meer? *Bon Dieu!** Es war die langweiligste aller Schöpfungen, und dabei mußte man noch von Glück sagen, wenn es so langweilig blieb, denn die Abwechslungen auf hoher See konnten doch eigentlich nur Mißgeschicke sein: ein Freibeuter etwa, der das Schiff zu entern versuchte, oder aber ein furchtbarer Sturm, der das Unterste zuoberst kehrte. Da war die Langeweile doch noch angenehmer – die Langeweile an der Seite dieser anderen Passagiere, von denen sie zugeben mußte, daß es viel schlimmer hätte kommen können. Etwa, wenn alte Leute an Bord gewesen wären.

Da waren die zwei jungen Paare aus Hâvre de Grâce entschieden besser, vor allem die Frauen. Die Herren Petit und Grandjean waren richtige Schnösel oder, höflicher ausgedrückt, Stutzer. An ihren Westen blinkten dicke goldene Ketten. Sie hatten

---

* Guter Gott!

auch versucht, Zigarren zu rauchen, eine neumodische Sitte, die mit den Soldaten und Seeleuten nach Frankreich gekommen war. Aber die Frauen hatten ihnen schnell auf die Finger geklopft.

»Was werden wir noch alles erleben, ehe wir am Ziel sind, Balthazar!« sagte Odile de Cressonat, nachdem sie Alphonse in seine Bettstatt über ihrem eigenen Bett hinaufgeholfen hatte. Auf der anderen Seite der Kajüte sollte Mabelle schlafen, zum erstenmal in ihrem Leben in einem Gestell, das eher in einen Obstladen zu gehören schien, als in ein Schlafzimmer.

»Und was werden wir erst an diesem Ziel erleben, Liebste!« antwortete Cressonat, aber es klang keineswegs niedergeschlagen, sondern eher gutgelaunt. »Ich gestehe, daß mich bis zum Augenblick dies alles noch anregt und mir Mut macht.«

»Dies alles?« fragte Mama, und Mabelle fühlte ihren prüfenden Blick. Zweifellos wollten die beiden nun wissen, ob die Kinder schliefen, so daß man auch das eine oder andere besprechen könne, das sie nicht unbedingt wissen mußten oder das sie gar nicht verstehen konnten.

»Ja, dieser große Wechsel! Ich bin vierzig, Odile, und bis auf ein paar Feldzüge, bei denen mehr geritten und getafelt wurde als geschossen, habe ich noch nichts erlebt. Vor zehn Jahren hätten wir schon losziehen sollen, hinüber nach Amerika.«

»Vor zehn Jahren? Da wußte man ja noch kaum etwas vom Mississippi!« gab Odile zu bedenken. »Es ist genau richtig, mein Guter; du bist gesund, und die Kinder sind aus dem Ärgsten heraus. Sie können reisen und sie werden die Fremde vertragen. Und ich, wenn ich es sagen darf: Ich fühle mich jung genug für die Neue Welt!«

Mabelle blickte nicht auf, aber sie wußte auch mit geschlossenen Augen, was sich jetzt begab. Jetzt standen ihre Eltern in der

Mitte der leise schwankenden Kabine und umarmten einander. Und wenn es dann ganz still wurde, so still, daß man nur die Atemzüge hörte, dann küßten sie sich. Das war wunderschön. Mabelle wußte von Familien, in denen es sehr viel Zank gab. Sie wußte zum Beispiel, daß es in der Ehe von Onkel Hercule, Vaters ältestem Bruder, oft recht aufgeregte Szenen gab. Und das war schließlich der Marquis, das Familienoberhaupt. Wie gut, daß ihr Vater keine solche Vernunftehe geschlossen hatte. Nun war er zwar arm und mußte weg von zu Hause, aber sie waren doch alle miteinander glücklich.

»Aber eines war gewiß nicht nötig«, sagte in diesem Augenblick Balthazar leise, während er Odiles Kleid im Rückenteil aufhakte, »das war der Verweis an den armen Petit, als er Alphonse antwortete.«

»Hätte ich schweigen sollen, nur weil wir seine Vorräte essen?«

»Keineswegs. Das ist Teil einer Vereinbarung und kein Geschenk. Nein, sondern weil er es ganz und gar nicht böse oder auch nur anzüglich gemeint hatte. Er wollte auf Alphonse eingehen, das war alles. Diese Leute sind unbefangener mit den Kindern als wir, und darum sind ihre Kinder auch unbefangener als unsere!«

»Unbefangener als unsere!« Odile de Cressonat rief es so laut, daß sie mitten im Satz abbrach, aus Angst, die Kinder zu wekken, und sie sprach so leise weiter, daß Mabelle das Kissen vom Ohr wegschieben mußte, um auch weiterhin alles zu verstehen. »Die Unbefangenheit unseres Alphonse hat uns doch diese ganze peinliche Szene eingetragen. Du weißt doch, daß ich nicht prüde bin, Balthazar, aber wenn wir die zwei Herren aus Hâvre de Grâce in Fahrt kommen lassen, mein Lieber, dann halten sich bald die Seeleute die Ohren zu. Die zwei sind jung, sie sind reich, und sie haben eben erst geheiratet. Wir haben zwei hochzeitsreisende Paare an Bord, da muß man auf den Tonfall bei Tisch schon ein wenig achten.«

»Nun gut!« Cressonat war nicht wirklich versöhnt, Mabelle kannte jede Nuance seines Tonfalls: Er war nur müde. Wenn sie ihn so hörte, wenn sie diesen Ton aus seiner Stimme herausfühlte, sagte sie sich stets zornig, daß alle Frauen zuviel sprechen, und nahm sich vor, sobald sie selbst einmal heiraten würde, nur das Nötigste zu sagen.

Am Morgen erwachte Mabelle von einem merkwürdigen Zittern ihrer schmalen Bettstatt. Alphonse und die Eltern schliefen noch, sie schienen nichts bemerkt zu haben. Hatte sie sich die seltsame Bewegung nur eingebildet?

Noch ehe sie der Schlaf abermals umfing, kam dieses Zittern noch einmal, es kam aus den Tiefen des Schiffes, dort, wo die Ladung verstaut war, aus dem Rumpf, mit dem der Segler in die Wellen eintauchte. Die *Wappen von Bayeux* schien sich anzustrengen; ja es war, als rüste sie sich für einen Kampf, und auf einmal war es Mabelle, als griffe eine Hand nach ihrem Hals. Es ist, dachte sie, wie beim Reiten. Man hat ein Tier unter sich, das die Arbeit macht, aber es hat auch sein eigenes Leben. Und im Zweifelsfall gehorcht es dem Reiter nicht mehr!

Sie sah im schummerigen Frühmorgenlicht, das durch das Bullauge drang, nicht sonderlich viel. Die Eltern schienen ruhig zu schlafen, und Alphonse in seinem Bett muckste sich auch nicht. Erst beim dritten, nun sehr viel längeren Erzittern des Schiffes, als sich die ganze Kajüte auf eine beängstigende Weise zu heben schien, erwachte Mama. Mabelle sah, wie sie sich aufsetzte, wie sie um sich blickte und dann aufstand, um mit Papa sprechen zu können, aber der schlief so fest wie Alphonse — zumindest die Männer der Familie hatten also einen guten Schlaf!

22

»Mama . . .« flüsterte Mabelle, »ich bin wach. Was ist das? Das ganze Schiff zittert und das Holz ächzt!«

»Es läuft eine hohe Dünung auf uns zu«, antwortete die Gräfin ebenso leise, »vor uns liegt offenbar ein Sturmgebiet.«

»Und wir fahren mitten hinein?«

»Vielleicht hat er sich inzwischen gelegt, dieser Sturm«, beruhigte Odile de Cressonat ihre Tochter, »versuch zu schlafen, es ist noch sehr früh!«

Aber mit dem Schlaf wurde es nicht mehr viel. Mabelle hörte die Stimmen der jungen Frauen aus Hâvre de Grâce durch die dünnen Kajütentüren, und auch die Mannschaft lief eilfertiger hin und her als an Schönwettertagen. Das Zittern des Schiffes kam nun in kürzeren Abständen, die Flanken ächzten und knarrten, daß es einem in der Seele wehtat. Mabelle fühlte mit dem ganzen festgefügten Rumpf aus Holz, wie er sich gegen die Wogen stemmte, und wenn ihr auch nicht übel wurde als einem echten Kind der Normandie, so hatte sie doch das unklare Verlangen, aufzustehen und sich anzuziehen.

Als sie versuchte, in das winzige Kupferbecken ein wenig Wasser aus dem Krug zu gießen, bäumte sich das Schiff plötzlich auf. Das Wasser klatschte auf den Boden, und damit wurde auch Papa wach.

»Zieh dich warm an, Mabelle«, sagte er leise von seinem Bett herab, »laß die anderen schlafen. Sie werden es noch früh genug bemerken, daß wir Sturm bekommen.«

Aber auch die Gräfin war nicht mehr richtig eingeschlafen.

»Sturm bekommen?« fragte sie und tastete mit den Füßen nach den Pantoffeln, »ich glaube, wir haben ihn schon. Balthazar, bitte, zieh dich an und frage den Kapitän, wie es um uns steht!«

Das aber sahen Cressonat und Mabelle sogleich selbst, als sie gegen den starken Winddruck die Türe zum Deck kaum zu öffnen vermochten und, in der Türöffnung stehend, eine graue See, wildbewegt unter tiefhängenden Wolken vor sich hatten.

»Da lasse ich dich nicht an Deck, Mabelle«, sagte Cressonat und legte ihr die Hand um die Schultern, »für diese Böen bist du zu leicht. Geh nach unten und versuche aus der Küche Frühstück zu bekommen, denn wenn der Wind weiter auffrischt, muß der Koch die Feuer löschen. Etwas Warmes vor dem großen Wirbel wäre ganz gut für uns alle!«

Das sah Mabelle ein, und während sich Cressonat breitbeinig und geduckt auf den Weg zum Kapitän machte, zog Mabelle die Türe wieder zu und kämpfte sich die steile Stiege hinunter zur Küche.

»Die letzte heiße Kanne, Mademoiselle!« sagte der Koch, drückte ihr die Blechkanne mit Tee in die Hand und klemmte ihr zwei lange Baguettes unter den Arm. »Eine Hand werden Sie wohl brauchen, um sich festzuhalten!«

Alphonse wurde nun auch geweckt. Er war so flink in seinen Kleidern, daß Mabelle lachen mußte, entwischte dann aber seiner Mutter und wäre bestimmt bis zur Decktür vorgedrungen, hätte nicht in diesem Augenblick Cressonat die Kajütentür geöffnet, so daß sein Sohn ihm in die Arme lief.

»Langsam, mein Lieber«, sagte er. »Du wirst gleich alles erfahren. Setz dich neben Mabelle, wir trinken den kostbaren Tee, und ich berichte.«

»Kakao für die Kinder war nicht mehr zu bekommen«, beklagte sich die Gräfin, »wird das lange so bleiben?«

Der Graf war ernst, wenn er sich auch bemühte, die Seinen zu beruhigen: Es sei ein letzter Ausläufer der Frühjahrsstürme im mittleren Atlantik, habe der Kapitän erklärt. Man werde noch tagelang rauhe See haben und auch Zeit verlieren, weil die Wogen von Nordwest her anlaufen. Das Schiff müsse sie senkrecht ansteuern und werde dabei zu weit nach Norden geraten. Die Kinder schwiegen bedrückt, und die Gräfin war sichtlich nervös. Und als nach dem letzten Schluck Tee das ganze Geschirr, die Tassen, Teller und Messer, bei einer plötzlichen Bewegung des Schiffes vom Tisch rutschten, schrie sie angstvoll auf. »Ich muß hinauf«, sagte sie, »hier unten wird mir übel, ich brauche Luft.«

»Mama, bitte, ich möchte auch den Sturm sehen!« bat Alphonse, und der Graf war beschäftigt: Zuerst begleitete er seine Frau an einen Platz, wo sie zwischen Taurollen Luft schöpfen konnte, und kurz darauf ging er mit Alphonse, Mama wieder nach unten zu holen.

Als alle vier wieder in der Kajüte waren, kam zwar nicht die Angst, aber doch die Sorge. Ächzte das Schiff unter dem Anprall der Wogen, so verstummte das mühsame Gespräch. Hob es sich auf einen Wellenberg, so warteten alle bange Sekunden lang, wie es die unvermeidliche Talfahrt überstehen würden.

Das Bullauge zu öffnen war längst nicht mehr möglich. Graugrün schlugen und klatschten die Wellen immer wieder dagegen, und als Alphonse hinausschauen wollte, zog ihn Mabelle fort: Sie hatte es auch schon versucht, und das Gewoge da draußen hatte ihr nur die seltsamsten Gefühle im Bauch gemacht.

Schließlich saß die ganze Familie nebeneinander auf Mamas Bett, hielt einander an den Händen und hatte sich in das drohende Schicksal ergeben. Als es dunkelte, mußte Cressonat ein Machtwort sprechen, ehe die Kinder bereit waren, sich, wenn auch angekleidet, auf ihre Betten zu legen. Er selbst machte sich noch einmal auf den Weg, zunächst, um aus der Küche wenigstens kalte Verpflegung zu holen, dann aber auch, um vom Kapitän zu erfahren, wie die Lage sei.

»Versucht etwas zu essen«, sagte der Graf, als sich ihm die fragenden Gesichter seiner Familie zuwandten, »ihr werdet eure Kräfte noch brauchen.«

Tatsächlich wurde die Nacht schlimmer als der Tag. Alle Wachen waren auf den Beinen, seit um Mitternacht auch die Freiwache an Deck mußte, um die Segel zu bergen. Nur soviel Segelfläche blieb stehen, wie nötig war, um die *Wappen von Bayeux* vor dem Wind steuern zu können, denn hätten die Wogen sie von der Seite erfaßt, wäre sie wohl gekentert. Die Nacht schien endlos, weil Mabelle immer wieder aufschreckte, bald vom Laufen und Schreien an Deck, bald von den Bewegungen des Schiffes. Erst gegen Morgen übermannte sie die Müdigkeit, und wenn es auch ein wirrer und angsterfüllter Traum war, so beschützte er ihren Schlaf doch so weit, daß sie einigermaßen erfrischt erwachte.

Ihr Vater schien nicht gewagt zu haben, sich auszustrecken. Er war blaß und übernächtig. Dann aber wurde es plötzlich hell in der Kajüte. Ein flacher Strahl der Morgensonne stahl sich durch das Bullauge, und so, als sei dies ein Signal gewesen, wurde auch der Wellenritt des braven Schiffes ruhiger.

»Es scheint, daß wir das Schlimmste hinter uns haben«, sagte Cressonat nach einem kurzen Blick durch das winzige Kajütenfenster, »ich will sehen, ob es sich vom Deck aus auch so ausnimmt.«

Als er wiederkam, lag ein Lächeln auf seinem müden Gesicht. »Oben sieht es ziemlich schlimm aus. Da hängen zerfetzte Segel an den Masten; von der Reeling ist ein Stück weggerissen; es müssen also Brecher über das Deck gegangen sein, und von der Deckladung habe ich nicht mehr allzuviel gesehen ... Daß sie weggespült wurde, hat uns vielleicht gerettet, weil das Schiff leichter wurde. Kommt, Kinder, laßt uns gemeinsam beten! Es war die erste große Gefahr, die ihr erlebt habt, und ihr habt sie gut überstanden. Dafür wollen wir unserem Herrgott danken.«

Ein seltsamer Hafen

Als hätte der Atlantik mit diesem letzten Frühlingssturm nur noch einmal seine Kräfte zeigen wollen, verlief die Fahrt der *Wappen von Bayeux* nach den letzten kleinen Böen und dem Abflauen der Dünung geradezu friedlich, und als die Karibik sich näherte, stellte sich auch die Hitze ein.

Die Mannschaft hatte wegen des guten Wetters mit einer anhaltenden Brise aus dem Osten nicht viel zu tun. Der versäumte Schlaf der Sturmnächte war aufgeholt, und die Matrosen zeigten sich den Passagieren in bester Laune. Als das Schiff sich dem Äquator näherte, wurde hinter dem Vorderkastell, über der großen Batterie, ein Sonnensegel ausgespannt, und da das Kastell selbst die letzten heftigeren Windstöße abhielt, wurde dieser große Schattenplatz an Deck der Lieblingsort nicht nur für die beiden jungen Paare aus Hâvre de Grâce.

»Jetzt ist es wieder wie auf einer richtigen Hochzeitsreise«, stellte Yvonne Petit fest und haschte nach Mabelles Hand, »während des Sturms war uns vieren nämlich ziemlich übel gewesen. Und dieses Dösen und Nichtstun finde ich nun wunderbar.«

»Wir werden unsere Kräfte und unsere Nerven noch brauchen«, antwortete Schwager Grandjean, »wir haben zwar einen Korrespondenten in Nouvelle Orléans, aber ich gestehe, daß mir der Mann nicht so ganz geheuer ist. Alles, was wir ihm geliefert haben, ist bis heute noch unbezahlt!«

»Dann ist vielleicht auch das ein Grund Ihrer Reise, Messieurs?« wollte Cressonat wissen, der von einem kleinen Buch aufblickte, um sich am Gespräch zu beteiligen. »Übrigens lese ich gerade so allerlei über die ersten Fahrten auf dem Mississippi — scheint der gewaltigste Strom der Erde zu sein, und an seinen Ufern zu leben, wird für uns alle zu einer Herausforderung werden.«

Mabelle begriff, daß die Männer begannen, sich Gedanken zu machen. Bis hierher war alles klar gewesen: Man stieg auf ein Schiff und segelte nach Amerika. Und wäre es nach Quebec gegangen, wo es einen Gouverneur gab und eine funktionierende Verwaltung, den Sankt-Lorenz-Strom und die vielen klugen Patres des Jesuitenordens, da hätte Papas guter Name zusammen mit ein paar Empfehlungsbriefen wohl alle Probleme aus der Welt geschafft. Aber hier, an dieser öden Küste, die hin und wieder im Norden aufgetaucht war und der sie nun schon tagelang folgten, da sollte es ja erst seit zwanzig Jahren Franzosen geben. *Mon Dieu,** war das aufregend.

Waren während der Wochen der Meerfahrt noch die Sorgen jedes einzelnen Gegenstand der Unterhaltung gewesen, sprach nun plötzlich niemand mehr darüber. Das Schiff näherte sich der Küste, und Mabelle ahnte, daß es jetzt ernst geworden sei. So lange über etwas geredet wurde, war es Klatsch und Konversationsstoff. Was jetzt auf sie zukam, war nicht mehr das fröhliche neue Leben, nicht mehr das ersehnte Abenteuer, sondern die harte Wirklichkeit eines neuen Erdteils, in dem die Familie Cressonat unbekannt war und ohne jegliche Macht.

»Ich glaube«, sagte Alphonse leise, während Mabelle ihm beim Kofferpacken half, »die haben alle Angst.«

»Ich fürchte, du hast recht, mein Kleiner«, seufzte Mabelle.

»Und wir haben nur darum keine Angst, weil wir so wenig wissen.«

»Mama hat am meisten Angst.«

»Das wäre nicht so schlimm«, antwortete Mabelle leise, »aber

---

* Mein Gott! (Ausruf)

hast du bemerkt, wie nervös Papa ist? Und der war doch im Krieg. Dem dürfte das Ganze überhaupt nichts ausmachen!«

»Vielleicht«, meinte Alphonse nachdenklich, »wäre er lieber in den Krieg gegangen als hierher, aber es gibt eben nicht immer Krieg. Zwischendurch muß man etwas arbeiten!«

Die Eltern traten ein, und Alphonse verstummte. Er sagte auch nichts, als seine Mutter ihm die Hand auf den Scheitel legte und in sein Gesicht sah.

»Von dir aus«, sagte sie mit einem kleinen Lächeln, »hätte die Seereise ruhig noch länger dauern können, stimmt's?«

Alphonse entzog sich dem mütterlichen Griff, strich sich das Haar aus der Stirn und tastete nach Mabelles Hand. Die große Schwester verstand diesen Wink und faßte in Worte, was der kleine Alphonse nur ungenau empfand:

»Wir würden uns mehr freuen, Mama – ich meine auf Nouvelle Orléans — wir würden uns mehr freuen, Alphonse und ich, wenn wir ein wenig mehr wüßten.«

Cressonat drehte seinen Stuhl herum, zog Alphonse an sich und umschloß ihm mit den Knien, so daß der Junge sich nicht befreien konnte.

»Was möchtet ihr denn gerne wissen? Ich sage euch alles, sofern ich es selbst weiß. Wir haben keine Geheimnisse!«

»Aber ihr habt Angst!« rief Mabelle.

Cressonat sah sie überrascht an.

»Das ist ganz bestimmt nicht das richtige Wort. Wir sind ein wenig besorgt, weil wir von den Seeleuten so allerlei über die neue Stadt am Mississippi gehört haben, das uns fremd ist. Darüber hatte uns in Nantes und erst recht in Versailles niemand etwas gesagt.«

»Und es muß auch gar nicht stimmen!« fiel Odile de Cressonat rasch ein. »Es hat auch keinen Sinn, jetzt langen Erwägungen nachzuhängen. Man grübelt nicht über einen Ort, den man in zwei oder drei Tagen selbst betreten wird!«

Das war freilich richtig. Mabelle ahnte, daß ihre Mutter sich in den letzten Nächten so allerlei hatte anhören müssen, und daß sie wenig Lust hatte, mit den Kindern zu besprechen, was sie schon mit ihrem Mann so oft überlegt hatte.

»Wir sind jedenfalls auf französischem Boden«, schloß die Mutter, »das zählt. Die Kolonie heißt Louisiana nach unserem großen König; ich möchte wissen, was es daran zu mäkeln gibt. Gott lasse uns unsere Gesundheit, das allein ist in diesen Weltgegenden wichtig!«

»Und daß es keine Schule gibt«, ergänzte Alphonse leise. Aber das hatte nur Mabelle verstanden, und sie versetzte ihm auch gleich einen leichten Rippenstoß als Mahnung.

»Wir sind doch auf Cressonat auch nicht in die Schule gegangen, du Dummer! Wir bekommen eine Gouvernante oder einen Hauslehrer!«

Cressonat sah seine hübsche Tochter nachdenklich an, sagte aber nichts.

Vor dem runden Kajütenfenster zog die Nacht auf. Die Seeleute hängten lange Stangen aus, an denen Laternen befestigt waren, und riefen von Zeit zu Zeit ins Dunkel.

»Man scheint den Hafen gefunden zu haben«, sagte Cressonat befriedigt und erhob sich, um an Deck zu gehen.

»Kann man denn einen Hafen überhaupt verfehlen? So klein kann der doch nicht sein mit den vielen Schiffen«, meinte Mabelle und lief hinter dem Vater die steile Treppe aufs Vorderkastell hinauf.

»Und ob man daran vorbeifahren kann!« antwortete Cressonat.

»Da gab es einen prächtigen Mann, diesen Cavalier de la Salle, dem Frankreich die ganze Kolonie verdankt, der segelte einmal zwei Tage über die Mississippi-Mündung hinaus, und die ist weiß Gott breiter und größer als Biloxi, der Hafen, den wir ansteuern.«

Es war ein seltsames Schlafen in Betten, die sich nicht mehr bewegten, und mit ganz neuen Geräuschen, dem quietschenden Scheuern des Schiffes an den Anlegepfählen, den Gesprächen auf dem Kai, dem Wiehern von Pferden und dem Geschrei von Eseln. Mabelle hatte sich schon so sehr an die lang anrollenden Wogen gewöhnt, die das Schiff auch bei ruhiger See unablässig immer wieder gehoben hatten.

Als sie aus dem Rundfenster starrte, schrak sie sogleich zurück: Keinen Meter von ihr entfernt lachte sie ein schwarzer Junge an, mit weißen Zähnen und großen Augen.

»Warum bist du so erschrocken, Mabelle?« wollte ihr Bruder wissen. »Der war doch lieb. Er hat gelacht. Der will uns bestimmt nichts Böses!«

»Was kann so ein kleiner Junge schon Böses wollen!« sagte Mabelle ärgerlich. Es war ihr peinlich, daß sie erschrocken war. Mußte er auch so plötzlich auftauchen, vor einem Fenster, durch das man sechs Wochen lang bestenfalls einen Delphin gesehen hatte?

Papa steckte in die Außentaschen seines Gehrocks eine Menge Münzen, das war immer so, wenn man irgendwo hinging oder hinfuhr, es schien nichts umsonst zu geben auf dieser Welt.

»Ich würde die Trinkgelder erst verteilen«, sagte Mama halblaut, »wenn unsere sieben Sachen tatsächlich auf dem Kai stehen, keinen Augenblick früher!«

»Aber ich bitte dich, Odile: Wochenlang sind wir auf diesem Schiff gefahren. Wir kennen die Seeleute, die stehlen doch nicht!«

»Möglich, daß sie wirklich nicht stehlen, Balthazar, aber wer garantiert dafür, daß sie noch einen Finger für uns rühren, wenn sie nichts mehr zu erwarten haben? Und diese Körbe sind für uns zu schwer, das wirst du zugeben!«

Mama hatte entschieden recht. Die Matrosen hatten offensichtlich schon ganz andere Dinge im Kopf als die Handreichungen für die Passagiere. Wie es den jungen Ehepaaren erging, konnte Mabelle nicht verfolgen, sie hörte nur laute Worte von nebenan und die hellen Stimmen der jungen Frauen, die sich vernehmlich beklagten. Dem Grafen ging man schließlich ein wenig mürrisch, aber doch ausreichend zur Hand, und Mama warf als Letzte noch einen Blick in die Kabine, in der alle vier wochenlang auf engem Raum zusammengelebt hatten: Es war nichts zurückgeblieben.

Auf Deck umfing Mabelle plötzlich ein Schwall so warmer und so feuchter Luft, daß sie um ein Haar aufgeschrien hätte. Es war ihr, als hätte man ihr warmes Wasser über Schultern und Kleid geschüttet.

»Oh Gott, Balthazar!« stöhnte Odile de Cressonat, »wie sollen wir das aushalten! Und dabei ist es erst früher Morgen!«

»Nun«, antwortete Cressonat und blickte zum Himmel auf, »es ist nicht mehr früher Morgen. Bis Mittag mögen noch zwei Stunden fehlen. Aber du hast recht: Es ist sehr schwül. Am besten, du läßt dich an einem schattigen Platz nieder.«

»Ich laufe los und suche unser Boot!« rief Mabelle. Sie wollte sich nützlich erweisen, aber sie erkannte betroffen, daß sie nichts Schlimmeres hätte sagen können.

»Du rührst dich keinen Schritt von hier weg, Mabelle!« rief Papa ungewohnt scharf. »Wir sind nicht in Fécamp oder in Rouen! Sieh dir das Gesindel an, das hier herumlungert. Bleibt beisammen, ihr drei, und hütet das Gepäck, ich will mich selbst umsehen.«

Das aber hatte Petit schon besorgt und kam stolz zu der kleinen Gruppe zurück.

»Alles in bester Ordnung, *M'ssieurs-Dames!*« rief er wie ein Droschkenkutscher, »dort vorne, Graf, zweihundert Schritte, am selben Kai, das sind unsre Leute. Nehmen Sie nur das Handgepäck, ich kümmere mich um das übrige. An dienstbaren Geistern fehlt es hier gewiß nicht!«

»Er hat auf einmal nicht mehr *Herr* Graf gesagt, sondern nur noch Graf«, flüsterte Mabelle ihrer Mutter zu, während sie, Alphonse hinter sich herziehend, mit Vater Schritt zu halten versuchten.

»Wenn uns hier nichts Schlimmeres passiert als das, Mabelle«, seufzte Odile de Cressonat, »dann will ich Gott täglich auf den Knien danken. Wo sind wir hingeraten, Kind!«

Nun, wo waren sie wirklich hingeraten? Sie hatten nur ein kurzes Stück zu gehen, links das Hafenbecken mit einer niedrigen, lehmigen Kaimauer, rechts das, was vielleicht eines Tages eine Stadt sein würde, Hütten aus Treibholz und Schiffstrümmern, dazwischen Zypressen und Weiden auf überschwemmtem Boden, als habe es monatelang geregnet. Im gelben Wasser patschten neugierige schwarze Kinder herum und drängten auf dem schmalen Weg so nahe an Mabelle heran, daß sie fürchtete, sie könnte ausrutschen und gegen die Kaimauer fallen. Die Mütter ließ das Treiben ihrer Kinder ungerührt; sie saßen vor ihren Hütten und bereiteten unbekannte Mahlzeiten zu. Die wenigen Männer, die zu sehen waren, hatten sich das Gepäck der acht Passagiere auf den Kopf oder die Schultern gehoben und gingen in einem merkwürdigen, wunderbar wiegenden Schritt zu dem Flußboot, tänzelten über die Planke, die vom Ufer auf das Schiff führte, und versammelten sich schließlich erwartungsvoll am Kai.

»Danke, Petit!« sagte Papa, »das übernehme ich, Sie haben uns schon sehr viel geholfen!«

Die Münzen aus der Gehrocktasche verschwanden in den rosigen Handflächen der Schwarzen so schnell, wie diese Männer danach selbst verschwanden. Das Gepäck war auf dem Boden des Bootes aufgeschichtet, und einer der Ruderknechte zog eine große Plane darüber.

»Sollten wir nicht noch schnell nachsehen, ob alles vorhanden ist?« fragte Odile de Cressonat unsicher.

»Die Träger hatten nichts bei sich, als sie gingen«, widersprach der Graf, »wir wollen nichts übertreiben. Bleib mit den Kindern hier, in der Nähe unserer Sachen. Ich sehe, Petit verhandelt gerade mit dem Bootseigner. Ich komme gleich zurück!«

Das war nun nicht mehr die *Wappen von Bayeux,* das war ein großes, flachgehendes Boot, auf dem es wohl einen kleinen Verschlag gab mit einem Dach, aber das war vermutlich die Wohnung der Besatzung, die ja ihr Leben auf diesem Kahn zubrachte.

»Hoffentlich regnet es nicht«, sagte Alphonse mit seiner nachdenklichen Knabenstimme.

»Wir fahren nur einen Tag, und es ist eine sehr warme Jahreszeit«, antwortete Madame de Cressonat. »Selbst wenn wir alle naß werden bis auf die Haut, halte ich eine Erkältung binnen einer Nacht für ausgeschlossen. Mach es dir etwas bequem, Mabelle! Man kommt ja um bei diesen Temperaturen. Hoffentlich legen wir bald ab!«

Mabelle hätte nichts dagegen gehabt, dem Treiben im Hafen noch ein Weilchen zuzusehen, nun, da das Gepäck untergebracht war und keine Aufregung mehr bevorstand. Die Negerkinder erlahmten nicht in ihrer Neugierde. Sie bildeten ein Spalier auf dem Kai und nahmen Mabelle die Sicht auf die Hütten.

Dorthin aber, woher die Cressonats gekommen waren, zur *Wappen von Bayeux,* war der Blick frei und Mabelle versenkte sich nochmal in den Anblick dieses Schiffes, auf dem sie ihre Heimat verlassen hatte, einer unbekannten Zukunft entgegen. In diesem Augenblick kam der Vicomte zurück.

»Nun ja«, sagte er, »einen Tag müssen wir wohl noch Geduld haben. Vor morgen früh kann das Boot nicht ablegen. Wir fahren glücklicherweise nicht auf dem Mississippi, wo wir Gegenströmung hätten, sondern an der Küste entlang durch den Borgne-See und den Lac Pontchartrain. So gelangen wir noch bequemer nach La Nouvelle Orléans.«

Einen Tag also mit Warten verbringen, da mußte man sich einrichten! Es gab wenig Raum auf dem Boot, denn es war flachbordig gebaut. Da der Weg schließlich durch Meeresbuchten führen sollte, durfte das Boot nur wenig Tiefgang haben. Ein Schiff wie die *Wappen von Bayeux* wäre in Gewässern wie dem Lac Borgne unweigerlich auf Grund gelaufen. Ebenso begrenzt wie der Platz für die Passagiere war die Segelfläche des Kahns, und Mabelle betrachtete mitleidig den Fetzen schmutziger und geflickter Leinwand.

An nächsten Tag endlich blähten sich die Segel im Ostwind. Für diesen Wind freilich mußte man dankbar sein; er nahm, kaum daß sich das Boot in Bewegung gesetzt hatte, einiges von der Schwüle hinweg, die sogar über der Küste lastete.

Da man auf dem Boot nur schwer umhergehen konnte, der Gepäckstücke und der Fracht wegen, richteten sich die Cressonats Lagerplätze ein, die dem Wind Zutritt ließen und nur den Nachteil hatten, daß man nicht in Fahrtrichtung blickte.

»*Tant pis!*«* brummte der Graf, um die Familiendebatte

* Sei's drum.

abzuschließen, »werden wir eben alles ringsum erst sehen, wenn wir daran schon vorbeigefahren sind. Wenn es so bleibt, versäumen wir dabei nicht allzuviel. Ich habe nie und nirgends gleichförmigeres Land gesehen!«

»Und warum hat man gerade hier eine Kolonie errichtet, Papa?« wollte Mabelle wissen, denn soweit sie das vom Boot aus erkennen konnte, schien die Küste allein aus flacher, grüner Wildnis zu bestehen.

»Eine berechtigte Frage«, seufzte Cressonat. »Aber erstens sind Kolonien im allgemeinen Hoffnungsgebiete, das heißt: sie sind das, was die Pioniere aus ihnen machen. Und zweitens ging es um den Mississippi. Nach allem, was wir von Nordamerika wissen, ist er die Hauptverkehrsader dieses riesigen Kontinents. Ihr seht: Auf dem Wasser reist man selbst mit viel Gepäck einigermaßen bequem. Ohne Wasserstraßen müßten wir auf Indianerpfaden über Land ziehen und ein nennenswerter Güterverkehr aus der Kolonie wäre damit unmöglich.«

Seitdem das Boot die Bucht von Biloxi verlassen hatte, war zur Rechten das Ufer stets sichtbar geblieben. Links dehnte sich nun die offene See, unterbrochen nur durch gelegentlich auftauchende kleine und große Inseln.

Eine junge Indianerin brachte kurz darauf heiße, duftende Maiskuchen und hielt ein Kännchen in der Hand, das sie Mabelle mit fragenden Blicken bot.

»Offenbar eine Sauce«, sagte Odile de Cressonat. »Vorsicht, laß dir erst nur wenig davon geben!«

Es war eine Sauce, und der Duft, der von ihr aufstieg, war zwar ein wenig fremdartig, aber doch sehr verlockend. Oder hatte Mabelle einfach soviel Hunger, daß alle Bedenken schweigen mußten? Sie bedeutete dem Mädchen, die Maiskuchen zu übergießen. Ein ganzer Fächer von Düften stieg von dem Teller auf, und Mabelle machte sich daran, mit ihrem kleinen Reisebesteck dem ersten Menü zu Leibe zu gehen, das die Neue Welt ihr anzubieten hatte. Als sie den ersten Bissen im Mund hatte, sehr heiß, knusprig und in der köstlichen Sauce schwimmend, blieb ihr vor Überraschung der Mund offenstehen. Sie kaute, schluckte und die Tränen stiegen ihr in die Augen.

»Oh Gott, war das scharf!« sagte sie dann, »Alphonse darf nicht so viel Sauce nehmen! Scharf, aber gut!«

»Bitte, ein ganz klein wenig, nur zum Kosten!« rief Alphonse, griff entschlossen nach dem Unterarm der Indianerin und kippte sich – da sie ihn verblüfft gewähren ließ – eine ordentliche Portion von der kräftigen Sauce über seine Maiskuchen.

»Wir müssen eben etwas dazu trinken!« entschied Papa, dem die Düfte auch schon appetitanregend in die Nase gestiegen waren, »aber daß mir niemand von euch Wasser trinkt! Das Wasser auf der *Wappen von Bayeux* schmeckte zum Schluß zwar schon scheußlich, aber wir wußten immerhin, daß es aus den normannischen Quellen stammte und ungefährlich war. Hier gibt es zunächst nur Wein, auch für die Kinder.«

Zur Linken zeigten sich nun ganze Schwärme kleiner Inseln, durchwegs flach und offensichtlich unbewohnt.

»Wäre Kolumbus hier gelandet, kein Mensch hätte jemals wieder von Amerika gesprochen«, stellte Papa fest, aber die Stimmung blieb trotzdem gut. Petit und Grandjean waren nämlich, nach einigen Balanceakten über das Gepäck der Cressonats hinweg, erschienen und brachten Neuigkeiten: Man werde nun in den Lac Borgne einlaufen, was soviel heiße wie der Einäugigen-See, es wisse nur kein Mensch, woher der Name stamme.

»Dieser See ist natürlich auch nur eine Meeresbucht«, wußte Petit zu berichten; »hier ist ja die Küstenlinie von solcher Unübersichtlichkeit, daß ich die künftigen Kartographen um ihre Arbeit wirklich nicht beneide. Dieser Lac Borgne führt schon ganz nahe an den Umkreis von Nouvelle Orléans heran, nur ist es für uns sehr viel bequemer, nicht durch das Sumpfland geradewegs auf die Stadt zuzureisen, sondern in den Lac Pontchartrain einzufahren und gemächlich den Hafen von Nouvelle Orléans zu erreichen.«

Dort, wo die Familie Cressonat sich aus ihren Gepäckstücken und Decken nicht gerade eine Hütte, aber immerhin eine Mulde zurechtgemacht hatte, war das Boot mehr als vier Meter breit, von Bord zu Bord sogar mehr — Mabelle zerbrach sich darüber nicht den Kopf. Sie sah zu, wie in der Dämmerung Laternen an der Bordwand befestigt wurden, und sie verfolgte den langsamen Schlag der Ruderer aus immer kleiner werdenden Augen. Bisweilen vertauschten die Schwarzen auch die Ruder mit langen Stangen, mit denen sie offenbar den Seegrund erreichen konnten. Der Lac Borgne war also seicht, und da er mit dem Lac Pontchartrain in Verbindung stand, war dieser vermutlich ein ähnlich sanftes Gewässer.

Die schnell einfallende Dämmerung und der ungewohnte Wein hatten Mabelle müde gemacht, aber sie wehrte sich gegen den Schlaf. Zu fremdartig war die Welt um sie, so fremdartig, wie eine große, dämmerige Leere eben sein konnte, in der sie eigentlich bunte Papageien erwartet hatte, schwirrende Kolibris und kreischende Affen.

Durfte man dies alles einfach verschlafen? Wenn sie jetzt die Augen schloß wie Alphonse, der friedlich neben ihr ruhte, dann erwachte sie am nächsten Morgen und hatte die Einfahrt in La Nouvelle Orléans verpaßt.

»Du solltest auch schlafen!« mahnte ihre Mutter. »Dein Vater und ich, wir lösen einander ab, ihr könnt ohne Sorge sein. Nie-

mand wird uns irgend etwas wegnehmen von unserem Gepäck.«
»Ich habe keine Sorge, ihr habt uns ja auch so schön nach innen
gebettet, Mama«, antwortete Mabelle mit dem Versuch eines
Lächelns, das nicht mehr ganz gelang. Sie war einfach zu müde.
»Ich möchte nur die erste amerikanische Nacht nicht verschla-
fen, das verstehst du doch!«
Nun war es an Odile de Cressonat, zu lächeln. Sie zog Mabelle
an sich heran und fuhr dem großen Mädchen zärtlich durch die
Locken.
»So ist das eben mit den Nächten«, sagte sie leise, »man ver-
schläft sie, und irgendwann tut es einem dann leid. Nur: wenn
man dann nicht mehr soviel Schlaf braucht, dann weiß man
auch mit den Nächten nichts mehr anzufangen, hat meine Mutter immer gesagt.«
»Das . . . das verstehe ich nicht, Mama!« stammelte Mabelle.
»Macht nichts, mußt du auch nicht verstehen. Und für morgen
habe ich einen Vorschlag: Damit du dich an alles erinnerst, damit uns diese Tage und Wochen in der Neuen Welt nicht verlo-
rengehen, fängst du morgen an, ein Tagebuch zu schreiben,
willst du?«
»Aber nur für mich! Mein ganz persönliches Tagebuch!« rief
Mabelle begeistert. »Das ist wirklich eine gute Idee. Und wenn
ich dann so alt bin wie du, Mama . . . *Pardon*, ich wollte eigentlich nur sagen: Wenn ich dann erwachsen bin, dann lese ich wieder, wie alles hier angefangen hat!«
Beruhigt von dieser Lösung, in Gedanken schon die ersten Zeilen niederschreibend, schlief Mabelle sehr schnell ein. Die Rufe
der Ruderer drangen nur noch leise in ihren Schlaf, wurden zu
einem halblauten, klingenden Singsang, mehr ein Schlummer-
lied als eine Störung. Auch der Ostwind war eingeschlafen, wie
die ganze Uferlandschaft am Lac Borgne, und wenn der See

wirklich ein Auge hatte, so war es nun geschlossen. Auf der glatten Wasserfläche lag fahl und durch Wolken gedämpft der Mondschein, und die kleinen Wellen, die das Boot aufscheuchte, liefen nach beiden Seiten geradezu endlos in die Weite der Wasserfläche.

Spät, erst gegen Mitternacht, kam ein neuer Ton in die vertrauten Geräusche — ein feines, helles Singen von unendlich vielen Stimmen.

Alphonse wurde als erster unruhig, begann mit den kleinen Händen in sein Gesicht zu schlagen, erwachte aber nicht. Mabelle träumte vom Angriff einer Armee kleiner, fliegender Bösewichter, die sie unablässig umschwirrten.

Erst die Stimme von Mama weckte sie wirklich.

»Es sind Mücken, Kinder, und ihr müßt euch schützen!« sagte Odile de Cressonat, »ihr könnt dann gleich weiterschlafen...«

»Was heißt schützen?« fragte Alphonse schlaftrunken, »was sind das für Biester? Sie sind alle zu mir gekommen, Mabelle hat gar nichts abgekriegt!«

»Und ob ich was abgekriegt habe! Da, sieh doch: Eine ganze Wolke ist um uns herum, du mußt nur gegen die Laternen schauen!«

Aber Alphonse blinzelte nur unlustig; er war offensichtlich tief enttäuscht von der Tatsache, daß es in Amerika noch mehr Mücken gab als zu Hause in der Normandie.

»Die Indianerin mit den Maiskuchen, die hat uns Lampenöl gebracht, damit müßt ihr euch einreiben, Gesichter und Hände, nichts vergessen!«

»Puh, das stinkt!« protestierte Mabelle, »muß das sein? Auch wenn ich mich in den Mantel hülle?«

»Du mußt atmen, und darum finden sie dich«, erklärte Cressonat, »und es geht nicht nur um den Stich und das Jucken. Diese

Insektenstiche sind nicht ungefährlich, es gibt Ärzte, die sagen, wer oft gestochen wird, bekommt ein Fieber. Wir sind inmitten großer Sümpfe, also seht euch vor!«

Alphonse war wieder eingeschlafen, aber seine Mutter verteilte soviel von dem dicken Öl auf seine Wangen, daß sich bald der Geruch ranzigen, gestockten Fetts bemerkbar machte.

»Hoffentlich wäscht sie sich die Hände, diese Indianerin«, murmelte Mabelle, »ich meine, ehe sie uns das Frühstück zubereitet. Geht dieses Zeug denn überhaupt wieder ab?«

»Du kannst ja in den Lac Pontchartrain springen und ein Morgenbad nehmen«, riet Cressonat. »Sei friedlich, Mabelle, und spiel nicht die Prinzessin auf der Erbse!«

»Gewiß nicht, Papa!« rief Mabelle und näherte ihr Gesicht dem ihres Vaters, um ihn zu küssen; aber sie hatte schon soviel von dem gestockten Lampenöl aufgetragen, daß Cressonat nur noch stöhnend zurückwich.

»Schon gut, Töchterchen... Morgen sieht alles anders aus. Schlaf jetzt und decke dich gut zu, und wenn du meinst, daß du am Morgen nicht mehr schlafen kannst, übernimmst du die Wache, *d'accord**?«

Die Ölwolke, die über Mabelle in der Luft stand, war beklemmend, manchmal glaubte sie, gar nicht atmen zu können. Aber es war besser als das helle Singen der Stechmücken, und der Schlaf kehrte schnell wieder. Sie sah den See im Mondlicht auf einmal von oben. Sich selbst sah sie in einer Sommernacht an seinem Ufer sitzen, und in der Hand hielt sie ein prächtiges, in weiches Leder gebundenes Buch — ihr erstes Tagebuch.

* Einverstanden.

Das neue Orléans

Mein liebes Tagebuch, ich glaube, es ist der 28. Mai im Jahr des Herrn 1715. Heute früh sind wir in der Stadt angekommen, von der schon soviel gesprochen wird, obwohl sie noch gar keine ist: In La Nouvelle Orléans, so benannt nach dem Bruder unseres großen Königs, dem Herzog von Orléans. Welch ein prächtiger Name und welch eine enttäuschende Stadt!

Es begann damit, daß nur ein paar Dutzend Menschen am Anlegesteg standen, ein mißmutiges Grüppchen, das auf den Lac Pontchartrain hinausstarrte, dann ein paar Freunde und Verwandte begrüßte, die mit uns auf dem Boot gewesen waren, und schließlich verschwand. Was übrig blieb, waren zwei höchst verdächtige Gestalten: Monsieur Vandenberg, der Korrespondent von Petit & Grandjean, und ein Mulatte in der Uniform der französischen Kolonialtruppen, jedoch ungepflegt, ja abgerissen, der uns empfing. Vater ließ sich seinen Ärger nicht anmerken, sondern fragte nach Monsieur Crozat.

»Mssö Crozat kein' Zeit, kommen morgen!« antwortete der Mann in miserablem Französisch, »ich zeigen Haus, *d'accord?*«

Vater nickte nur schweigend, beinahe geistesabwesend. Ich hätte gern gewußt, wer dieser Monsieur Crozat ist, für den wir so unwichtig sind, daß er sich nicht aus den Federn erhebt, um uns zu begrüßen. Aber Mama bedeutete mir, lieber still zu sein, und sie hatte recht. Es gibt Augenblicke, in denen Papa einfach nicht ansprechbar ist, und dieser Morgen, diese Ankunft in Nouvelle Orléans, das war so ein Augenblick.

Der Unteroffizier — wenn es einer war, und man ihm die Uniform nicht einfach geschenkt hatte — lud unser großes Gepäck auf einen Plateauwagen, vor den ein einziges, klappriges Pferd

gespannt war. Ich half ihm dabei, dann stieg er auf den Kutsch-
bock. Er machte Mama ein Zeichen, neben ihm Platz zu nehmen, aber sie lehnte entrüstet ab, so stiegen Alphonse und ich
auf, und das war ganz gut so, denn Alphonse war furchtbar
müde und darüber hinaus vollkommen zerstochen. Sein Paus-
backengesichtchen sah aus wie das eines kleinen Chinesen, so
sehr waren seine Augen von den Mückenstichen zugeschwollen.
Vater und Mutter gingen hinter dem Wagen her wie arme Leute
und achteten darauf, daß nichts herunterrutschte, denn der Kutscher hatte sich nicht die Mühe gemacht, irgend etwas festzu-
binden. Ein ganz feiner, warmer Regen fiel vom Himmel, er war
nicht unangenehm, aber nach wenigen Minuten waren unsere
Kleider völlig durchtränkt.
Während wir im Schrittempo zwischen Gebäuden dahinrollten,
die den Namen »Häuser« kaum verdienten, versuchte ich, ein
Bild von der Stadt zu gewinnen. Sie war lebhaft, soviel konnte
man sagen, aber die Menschen, die am Straßenrand vorübereil-
ten oder sich zu einem Schwätzchen versammelt hatten, sahen
alle aus, als hätte man sie vor dem Portal der Kathedrale von
Bayeux aufgesammelt: Bettler, Tagediebe und Frauen oder
Mädchen, die auf Cressonat nicht einmal für die Stallarbeit eingestellt worden wären. Sie nahmen alle kaum Notiz von uns,
nur ein paar Kinder verdrehten die Köpfe.
Der Weg zu dem Haus, das dieser Monsieur Crozat uns zuge-
dacht hatte, war glücklicherweise nicht weit, zählt doch das
ganze Neue Orléans noch keine dreihundert Häuser, die Geschäfte und die Gebäude an den Hafenfronten eingerechnet.
Auch mir fiel es da nicht schwer, einen Überblick zu gewinnen.
Als der Mulatte das Pferd anhielt, sprang ich so schnell vom
Bock, daß Alphonse mir nicht folgen konnte. Aber der Mann, so
ungepflegt er auch aussah, mochte offenbar Kinder: Er griff

schnell zu, half Alphonse auf den Boden und führte ihn, als gebe es uns andere gar nicht, auf das Haus zu, das ganz Nouvelle Orléans nur *la Maison Espagnole** nennt.

Ich wandte mich nach Mama um und sah zu meiner Freude endlich ein kleines Lächeln über ihr Gesicht huschen. Das Haus sah auch nicht schlecht aus. Alt konnte es ja nicht sein, vor fünfzehn Jahren sei hier überall noch Wildnis gewesen, hatte man uns auf dem Schiff erzählt. Das Dach war ein wenig verwahrlost, die Schäden des letzten Sturms hatten wohl niemanden mehr interessiert, weil das Haus leerstand. Aber der kleine Vorplatz, die Veranda, die Front mit den schlanken Säulen und die großen Fenster mit ihren hohen, weiß gestrichenen Läden, dies alles sah recht freundlich aus.

Während Papa und ich dem Mulatten beim Abladen des Gepäcks halfen, ging Mama durch die Räume, um die Zimmereinteilung zu treffen, und als sie wieder auf die Veranda kam, war ihr Gesichtsausdruck nicht mehr so fröhlich.

»Wir werden Hilfe brauchen«, sagte sie dem Mulatten, »kannst du uns ein Dienstmädchen beschaffen?«

Der Unteroffizier nickte eifrig:

»Meine Nichte!« antwortete er. »So alt wie Mademoiselle, nur nicht so schön, aber sehr geschickt. Ich schicken Matilda *tout de suite***, und Bezahlung bitte an Onkel Sergeant, Matilda zu klein für Geld, *d'accord****?«

Mein Herz begann sogleich vor Freude zu schlagen. Ein Mädchen in meinem Alter! Auch wenn sie eine andere Hautfarbe hatte, auch wenn sie eine Bedienstete war, so konnte sie mir

* Das spanische Haus.
** Sofort.
*** Einverstanden.

doch eine Menge erzählen, und vielleicht konnte sie mir eine Freundin werden hier in der Fremde! Mama aber schien keineswegs begeistert.

»Ein so junges Mädchen?« fragte sie, mehr zu Papa als zum Sergeanten, »beherrscht sie denn die Hausarbeit?«

Der Mulatte grinste traurig.

»Bei uns, Madame, alle Kinder viel Arbeit. Meine Cousine nicht gesund, viel liegen auf Stroh. Kleine Matilda wie andere Kinder machen Haushalt. Bitte lassen Sie Matilda kommen, sie ist ein liebes Mädchen.«

»Und was sollen wir ihr bezahlen?« wollte Papa wissen.

»Bezahlen was wollen! Monsieur le Vicomte großer Mann, wird kleines Mädchen nicht schlecht bezahlen.«

29. Mai

Ich mußte gestern etwas unvermittelt schließen, denn während ich in meinem Dachzimmer schrieb, gab es unten plötzlich eine furchtbare Aufregung. Mama schrie, mit einer Stimme, daß mir das Blut gefror. Nie zuvor hatte ich einen Menschen so schreien gehört, und als wir Kinder dann in ihr Zimmer stürzten, Vater aus dem Arbeitszimmer uns voran, da kniete Mama im Bett und preßte ein Kissen auf etwas, das ganz laut und böse brummte.

»Ein Tier!« sagte sie völlig aufgelöst, »es muß durchs Fenster gekommen sein . . . ein riesiges Tier . . .«

Papa schickte uns aus dem Zimmer, aber natürlich spähten wir durch den Türspalt, Alphonse unten, ich einen halben Meter weiter oben. Und was war es? Eine Heuschrecke, vielleicht fünfundzwanzig Zentimeter lang, oder auch nur zwanzig, ich will dich nicht belügen, liebes Tagebuch, ein Ding, über das man im Finstern schon erschrecken kann, denn sooo groß werden die in Frankreich nicht. Vater packte den grünen Unhold, der sich kräftig wehrte, und warf ihn aus dem Fenster. Danach wurden nicht nur die Läden geschlossen, sondern auch die Glasfenster, von denen allerdings einige zerbrochen sind. Das wird noch eine Weile so bleiben, denn wir wissen in dieser fremden Stadt noch nicht, wer sie uns reparieren könnte.

Aber es gibt ein Ereignis, und dieses Ereignis heißt Matilda. Sie ist keine Mulattin wie ihr sogenannter Onkel (vermutlich ist er gar nicht mit ihr verwandt), und ihre Mutter ist eines von den weißen Mädchen, die aus französischen Hafenorten herübergeschickt worden sind. Matilda hat eine Farbe wie Milchkaffee, sie sagt, sie sei eine *Quarterone.* Ihr Vater war ein Mulatte und er muß ein gutaussehender Mann gewesen sein. Matilda selbst ist reizend. Im Augenblick habe ich nicht viel zu bestellen, denn sie ist ganz verrückt nach Alphonse und er nach ihr. So habe ich mich an Mama angeschlossen und mit ihr die Zimmer eingerichtet. Es sind fünf im Erdgeschoß und vier im Giebel, nicht viel, wenn man an ein Schloß gewöhnt ist, aber auch nicht wenig, wenn man sechs Monate lang zu viert in einer Kajüte gelebt hat.

Die Möbel, die im Haus waren, sind recht hübsch. Papa sagt, sie seien noch hier, weil alle Bettler und Herumtreiber in Nouvelle Orléans zu bequem seien, etwas Schweres wegzutragen. Die Eltern sprechen ja nicht darüber, aber ich weiß, sie sind ganz froh, irgendeine Einrichtung vorgefunden zu haben. Da wir gestern und heute alles saubergemacht haben, die Bettgestelle auseinandergenommen und mit Petroleum abgewaschen worden sind, kann man nun wohl darin wohnen, auch, wenn man die Leute nicht kennt, die dieses Haus vor uns benutzt haben. Matilda erzählte, es sei ein Spanier gewesen, ein Mann aus Cuba, der mit viel Geld angekommen sei, dann aber Bankrott gemacht und sich schließlich umgebracht habe. Ich kann nur hoffen, daß er sich dazu nicht gerade mein Giebelstübchen ausgesucht hatte.

30. Mai

Ich glaube, ich hätte hier auf jeden Fall begonnen, ein Tagebuch zu führen, auch wenn Mama mich nicht dazu angeregt hätte. Denn es ist wunderbar, nach dem Essen oder nach dem Gutenachtsagen in diesem netten, kleinen Zimmer allein zu sein und zu schreiben. Alphonse schläft nebenan, ich höre seine ruhigen Atemzüge, und wenn ich die Verbindungstüre ein wenig offenlasse, sehe ich auch seine kleinen Fäustchen auf der Bettdecke liegen. Er schläft mit einem so roten Gesicht, als würde es ihn unsäglich anstrengen, aber Papa sagt, das ist die ungewohnte Hitze, die hier auch bei Nacht nur wenig abnimmt, und auch die Pusteln von den Mückenstichen mögen noch nicht alle abgeheilt sein.

Ich habe also Ruhe, ich bin allein und doch nicht verlassen, ich höre die Eltern in den unteren Räumen umhergehen. Und ich sehe das Licht, wie es zwischen den Läden hinaus in den Garten fällt, einen Garten, der geradezu lächerlich klein ist für unsere normannischen Gewohnheiten; schon nach etwa zweihundertfünfzig Metern endet er an einer Hecke aus Korkeichen, hinter der wir ein Nachbarhaus erspäht haben. Ich war zuerst sehr enttäuscht, aber Mama meint, es sei gut, nicht so allein zu wohnen, und die Nachbarn sollen kleine, aber anständige Leute sein, Deutsche, die sehr viel Sumpfland gekauft haben und etwas daraus machen wollen. Man nennt ihren Bereich schon Lac des Allemands und hat ihnen zwischen der Stadt und dem See freie Hand gelassen, erzählt Matilda. Ich bin etwas aufgeregt, denn ich habe hier schon viele Schwarze gesehen, auch Indianer, aber niemand vermochte mir einen Deutschen zu zeigen. Leider lassen mich Papa und Mama nicht allein in die Stadt – dort gäbe es so viel zu sehen. Mama sagt, sie habe es nicht für möglich gehalten, daß soviel Gesindel an einem Ort beisammen leben könne, ohne dauernd aufeinander einzuprügeln. Nun, ich weiß nicht so recht, was Gesindel ist, ich kann mir eine Stadt aus Gesindel nicht vorstellen, dann würde ja auch der Bürgermeister ein Gauner sein ...

Es ist finster, und Papa und Mama sind noch nicht zurück. Zwar haben sie uns darauf vorbereitet, daß sie spät kommen würden, aber ich finde es nicht richtig. Sie haben Matilda gebeten, so lange im Haus zu bleiben, bis sie zurückkehren, aber was kann uns dieses Mädchen schon helfen, das zwar ein wenig kräftiger ist als ich, aber sicherlich nicht klüger. Es wird ein Hausdiener und ein Kutscher eingestellt werden, aber all diese Dinge brauchen Zeit, und bis dahin sind wir allein in einem Haus, hinter dem im Sumpfland die Ochsenfrösche schreien und das außer Rufweite zu anderen Nachbarn ist.

Dabei sehe ich ein, daß es sein mußte, denn ich weiß inzwischen, wer Crozat ist, von dem für Papa und damit für uns viel abhängt. Es ist ein ganz mächtiger und sehr reicher Mann, vielleicht der reichste von Frankreich überhaupt: Antoine Crozat, Marquis du Châtel. Aber weil seine Familie nicht von altem Adel ist, nannte Vater ihn bisher immer nur Crozat. Im Haus dieses Crozat sind Papa und Mama heute abend zum Tee geladen, und da geht es nun um unsere Zukunft, um alles ...

Matilda hat uns ein fremdartiges Abendessen zubereitet, mit vielen Bohnen, mit Fleisch und einer Menge Pfeffer, aber Alphonse liebt Tilda, wie er sie nennt, schon so sehr, daß er mit Tränen in den Augen einen Löffel nach dem anderen von dem scharfen Zeug hinuntergewürgt hat. Es ist nicht so schlimm wie auf dem Schiff, denn hier zu Hause haben wir ja immer einen großen Krug mit Maté stehen, ein sehr erfrischendes Getränk mit einem feinen, ein wenig säuerlichen Geschmack. Nach dem Essen baten wir Matilda, einmal ums Haus zu gehen und nachzusehen, ob alles in Ordnung sei. Aber allein gehen wollte sie auch nicht, also faßten wir uns an den Händen und gingen zu dritt durch die Dunkelheit, die nur durch das Licht aus den Fenstern unseres Hauses durchbrochen wurde.

Alphonse und ich hatten unser festes Schuhwerk an, denn der Boden war noch nicht ganz trocken nach den ausgiebigen Regenfällen. Matilda freilich patschte bloßfüßig durch den nassen Sandboden und den Schlamm und redete dabei immerzu vor sich hin, vielleicht, um ihre eigene Angst zu übertönen:

»Im Sumpf gibt es viele, viele Krokodile. Sie sind nicht sehr groß, aber sie kommen auch aufs Land und in die Gärten, denn sie fressen Hunde und Katzen und kleine Kinder!«

»Wie viele Krokodile sind es denn?« wollte Alphonse, der alles immer sehr genau nimmt, wissen.

»Tausende, vielleicht sogar fünfhundert!«

»Aber Matilda!« wandte ich ein, »tausend ist doch mehr als fünfhundert!«

Sie blieb stehen, wandte sich zu uns um, hob die Schultern, um zu zeigen, daß ihr das gleichgültig sei und antwortete:

»Wartet es nur ab. In einem Jahr seid ihr genauso dumm wie ich. Hier gibt es nämlich keine Schule!«

»Zu Hause hatten wir auch keine Schule!«, berichtete Alphonse, »da ist der Lehrer im Haus gewesen und hat Unterricht gehalten, jeden Tag, in der Eichenstube. Wenn wir hier einen Lehrer haben, kannst du auch kommen und etwas mit uns lernen, Tilda!«

Als wir das Haus umrundet hatten, ließen wir die Schuhe auf der Veranda, sie waren wirklich sehr schmutzig, und setzten uns in der Küche um den kleinen Tisch, an dem die Bediensteten aßen – solange es hier eben Dienerschaft gegeben hatte. Ich faßte mir ein Herz und stellte die Frage, die mir draußen, im Finstern, zu unheimlich gewesen war: ich wollte mehr über die Krokodile wissen, die in die Vorgärten kamen und kleine Kinder fraßen.

»Wie groß sind sie wirklich, und wie ist das mit den Kindern, auf die sie Jagd machen?«

Matilda hatte noch einmal Maté zubereitet, denn Alphonse klagte über Durst, und sie hatte einen großen Teller Obst gewaschen, den sie uns nun auf den Küchentisch stellte.

»Das mit den Krokodilen ist so«, flüsterte sie dann und warf einen furchtsamen Blick zum Fenster, vor dem es aber stockfinster war, »das sind keine wirklichen Tiere. Vor zehn oder zwölf Jahren, da gab es hier ein furchtbares Fieber, man nannte es das *Fièvre jaune,* das Gelbe Fieber.«

Ich unterbrach sie, weil mir eine Frage schon seit Tagen auf der Zunge lag: ich wollte wissen, wieso Matilda soviel besser Französisch sprach als ihr Onkel.

»*Mon Dieu, les comtesses!*«* sagte sie und hob den Blick zum Himmel, »manchmal möchte man meinen, ihr habt noch nichts von der Welt gesehen. Mein Onkel ist wie ich ein Mulatte, seine Mutter war eine Jamaikanerin, die kein Wort Französisch sprach und seinen Vater hat er nie gekannt. Meine Mutter hingegen stammt aus Rochefort-sur-Mer, sie ist eine Weiße, eine Französin. Seit mein Vater uns verlassen hat, trinkt sie, aber wenn sie nicht wegen des Rausches schläft, redet sie mit mir Französisch. So, und jetzt laßt mich von den Krokodilen weitererzählen, die mögen es nämlich gar nicht, wenn man sie nicht ernst nimmt!«

»Du tust ja, als ob das gar keine Tiere wären!« meinte Alphonse.

* Mein Gott, diese Komtessen!

50

»Sind sie auch nicht«, flüsterte Matilda. »Als das Gelbe Fieber über die Städte hier kam, da starben furchtbar viele Menschen, in Biloxi, in Mobile, ja sogar bei den Spaniern in Pensacola und rund um den ganzen Lac Pontchartrain. Es gab zuwenig Holz für die Särge, es gab auch keine Priester, um die Toten einzusegnen und man warf sie kurzerhand in den großen Sumpf zwischen Nouvelle Orléans und dem Katuatsche-See, oder ließ sie auf dem Mississippi stromabwärts treiben, hinaus ins Meer.«

Alphonse machte große Augen. Offenbar beschäftigte ihn die Vorstellung von den vielen Toten sehr, aber Angst schien er nicht zu haben.

»Wieso konnten die denn alle noch schwimmen, wenn sie schon tot waren? Ich lebe und kann noch gar nicht gut schwimmen!«

Wieder sandte Matilda ihren Verzweiflungsblick über uns dumme Grafenkinder zum Himmel, sah mich bedeutungsvoll an und sagte:

»Die Toten hatten alle dicke Bäuche, und diese Bäuche hielten sie über Wasser. Sie lagen auf dem Rücken und schwammen davon, und nach der ersten Flußbiegung auf der Höhe des Lac Borgne, da wurden sie schon zu Krokodilen. Und die im großen Sumpf am Katuatsche-See auch, darum gibt es seither so viele!«

»Und was hat das mit den Kindern zu tun?« fragte ich.

»Nun, diese armen Seelen im Fluß und im Sumpf, das waren doch Väter und Mütter, als sie noch lebten. Daß sie selbst Krokodile sind, das wissen sie vielleicht gar nicht. Sie kommen zu den Häusern, in denen sie früher gewohnt haben, und holen sich alles, was sie früher gerne mochten, die Haustiere und die Kinder!«

»Kommen ... kommen sie auch in dieses Haus, Tilda?« wollte Alphonse wissen, und ich erkannte, daß ihm nicht mehr sehr wohl war, darum stieß ich Matilda unter dem Tisch nachdrücklich gegen das Schienbein. Sie verstand gleich meine Warnung. »Aber nein, *mon petit** Alphonse«, sagte sie und strich ihm durchs Haar, »doch nicht in dieses Haus. Der Mann, dem es früher gehört hat, der ist doch nicht am Gelben Fieber gestorben, der hat sich ganz einfach umgebracht, weil er kein Geld mehr hatte. Und das kann schließlich jedem passieren!«

Als wir aufstanden und ich nach oben ging, um all diesen Unsinn niederzuschreiben, warf Matilda mir einen bitterbösen Blick zu, und während sie Alphonse zu Bett brachte, flüsterte sie immer weiter auf ihn ein. Ich werde mit Mama ein ernstes Wort reden müssen, denn auf Cressonat wurden solche Geschichten niemals erzählt, darum weiß der arme Alphonse gar nicht, daß es Lügengeschichten gibt und wahre. Was ich nur gerne wüßte ist, ob Matilda selbst an die Krokodile mit der Menschenseele glaubt, oder ob sie uns das nur auftischt, um uns zu verwirren. Vielleicht wird es besser, wenn Papa endlich mit Herrn Crozat übereinkommt und wir mehr Personal einstellen können. Ob ich von den Krokodilen träume, heute Nacht, oder doch lieber von dem reichen Herrn Crozat, der unsere Zukunft in der Hand hält? Noch weiß ich nicht, welche Vorstellung mir unangenehmer ist!

* Mein Kleiner.

Der Marquis

Selbst in einem kleinen Gemeinwesen wie der gerade entstehenden Stadt Nouvelle Orléans war die Hauptstraße um die fünfte Nachmittagsstunde außerordentlich belebt. Fußgänger und Handkarren prägten das Bild, Kutschen hingegen galten als Seltenheit. Dem Vicomte de Cressonat konnte dies nur recht sein, denn er hatte in den wenigen Tagen, seitdem er mit seiner Familie angekommen war, noch keinen Wagen auftreiben und keinen Fahrer engagieren können – mit anderen Worten: Er ging zu Fuß, und seine Frau tat wie er.

»Wer mir das gesagt hätte...« seufzte sie und stützte sich auf den Arm des Gatten, »noch vor zwei Monaten hätte ich es nicht geglaubt.«

»Nun, durch unser Dorf bist du doch oft genug zu Fuß gegangen, hast die Kinder der Bauern und der Pächter begrüßt und das Bürgerspital besichtigt...«

Odile de Cressonat blieb verärgert stehen.

»Verstehst du nicht, daß es ein Unterschied ist, ob man sich zwischen Menschen bewegt, die alle wissen, man ist die Gräfin, oder ob man hier an zerlumpte Negerinnen streift oder an weiße Frauen, die einen ansehen, als wollten sie einem die Augen auskratzen?«

»Aber es kennt uns doch niemand! Sollen sie uns ansehen, wie sie wollen!«

Odile nahm Cressonats Arm und ging weiter, der sandige Boden machte jeden Schritt beschwerlich, aber es konnte schließlich nicht mehr weit sein.

»Morgen oder übermorgen aber werden sie uns kennen!« beharrte sie.

»Morgen oder übermorgen werden wir unseren Wagen haben und mindestens ein Pony, das ihn zieht, und wenn wir keinen Kutscher haben, dann wird Mabelle kutschieren, die fuhr zu Hause ja auch ihre Ponys wie der Teufel. Dann hat der Ort sein Gesprächsthema und um die Brieftasche der Cressonats kümmert sich niemand mehr!«

Indessen waren sie gar nicht so unbekannt, wie sie angenommen hatten. Auf dem Vorplatz eines großen, von der Straße ein wenig zurückgebauten Hauses erwartete sie schon ein schlanker, großer Herr: Laloire des Ursins, Hauptagent des Marquis de Châtel.

»Ursins . . . das ist doch die französische Form von Orsini?« erkundigte sich Odile de Cressonat, der es offensichtlich schmeichelte, daß sie nicht von einem Lakaien in Empfang genommen worden waren.

»Stimmt, Gräfin, wir sind eine italienisch-spanische Familie. Ich entstamme dem spanischen Zweig, aber die Franzosen nennen uns seit dreihundert Jahren Ursins statt Orsini, belassen Sie's ruhig auch dabei!«

In einem kleinen, eleganten Saal im Hochparterre waren schon einige Herren mit ihren Damen versammelt, und beinahe alle waren älter als Odile und Balthazar de Cressonat. Der Hausherr, Antoine Crozat, Marquis du Châtel, war bereits nahe der Sechzig, und es war zu erkennen, daß er sich in seinem Leben nicht den ritterlichen Vergnügungen des Adels, der Jagd und gesellschaftlichen Empfängen hingegeben, sondern in Europa, Afrika und Amerika hart gearbeitet hatte. Imposanter, wenn auch nicht jünger, war die Erscheinung des eben aus Frankreich eingetroffenen Monsieur Lamothe-Cadillac. Dem kräftigen Graukopf mit dem gesund gefärbten Gesicht rühmte man beträchtliche Verdienste im Norden nach, an der großen nordame-

rikanischen Seenplatte. Ehe er sich nach Louisiana begab, hatte
er ein Jahr in Frankreich verbracht. Als Gouverneur verkörperte
er nun in Nouvelle Orléans die Staatsmacht, während der Marquis du Châtel alle Handelsmonopole in sich vereinigte: Ohne
seine Zustimmung, sagte man, fuhr kein Pelztierhändler den
Mississippi herab, kein Frachtboot den Fluß hinauf, wurde kein
Schiff in Biloxi entladen und kein Gewehr verkauft.

Während Lamothe-Cadillac sich ungeniert den Speisen und den
Getränken widmete, kam der Marquis mit großen Gebärden auf
das Ehepaar Cressonat zu.

»Sie sehen, lieber Vicomte, warum ich Sie nicht gleich am Tag
Ihrer Ankunft zu mir bitten konnte«, sagte er mit einer entschul-
digenden Handbewegung in die Runde, »heute finden Sie hier
jeden, der für Sie und Madame interessant sein könnte. Inzwischen hatte ich auch Zeit, die Verträge vorzubereiten, die Sie
brauchen, um hier tätig werden zu können. Sie werden unterzeichnet sein, noch ehe der Abend zu Ende ist. Aber jetzt genießen Sie erst einmal die Gesellschaft. Laloire wird Sie bekannt-
machen.«

Odiles Stimmung hatte sich längst gebessert, ja sie bat insgeheim
den Marquis – und sei sein Adel noch so jungen Datums – um
Verzeihung und beglückwünschte sich zu einer Nation, die
überall, wo immer sie war, Feste zu feiern verstand. Vergessen
war der Anmarsch zu Fuß durch den feuchten Sand, vergessen
die schwarzen Ränder an ihrem Rocksaum, vergessen auch die
Enttäuschung über das trostlose Nest an dem wilden, ungebär-
digen Strom. Hier war ein neues, ein anderes Frankreich, aber es
war Frankreich, soviel stand nun fest.

Insgesamt mochten etwa zwei Dutzend Menschen anwesend
sein, verschwindend wenige für einen Empfang in Versailles,
eine enorme Menge für einen Abend in Nouvelle Orléans. Of-

fensichtlich war alles anwesend, was im öffentliichen Leben zählte, und wer an diesem Abend nicht zugegen war, der spielte eben keine Rolle. Die Frauen der zwei mächtigen Männer waren gepflegte Erscheinungen, die in den Kolonien nichts von ihrem höfischen Auftreten verloren hatten; das war zumindest für Madame de Lamothe-Cadillac erstaunlich, die doch schon seit Jahren zwischen Quebec und Detroit gelebt hatte, ehe sie nach Louisiana gekommen war. Die Offiziere und Beamten hatten zum Teil sehr junge, schöne Frauen von jenem kreolischen Typ, der auf den Antillen die reizvollsten Blüten treibt, und nach einigem Suchen entdeckte Odile auch die Herren Petit und Grandjean mit ihren zwei Fläminnen. Die jungen Frauen genossen das Spektakel, das war zu erkennen, und sie hatten es auch zuwege gebracht, mit ihren Toiletten und Dekolletés trotz der schönen Kreolinnen Aufsehen zu erregen: Zwischen soviel bronzegleißender Haut fielen eben die weißen Schultern des Schwesternpaares besonders auf. Die Männer wirkten etwas abgespannt, und Petit flüsterte im Vorbeigehen etwas von herben Enttäuschungen und Unterschlagungen, ohne sich allerdings näher auszudrücken. Cressonat beschrieb nur schnell, wo sie Wohnung gefunden hatten, damit die Gefährten von der Schiffsreise sich einmal zu einem Besuch einfinden könnten.

Am Buffet hatte Odile das Mißgeschick, daß die weiten Ärmel ihres Kleides genau in dem Augenblick nach vorne und über ihre Hände fielen, als sie in der Linken ein Kännchen mit Orangensaft und in der Rechten einen Teller mit Kuchen balancierte. Nur einen Augenblick mußte sie in dieser hilflosen Haltung verharren, da trat schon von rechts ein großer, schlanker Mann an sie heran, erbat lächelnd ihre Zustimmung und schlug geschickt die Ärmelstulpen soweit zurück, daß sie ihre Vorräte zu einem der kleinen Tische tragen konnte.

»Darf ich Ihnen behilflich sein, Vicomtesse?« sagte dort ihr Retter und nahm ihr Glas und Teller aus der Hand, »sonst passiert vielleicht das gleiche noch einmal!«

Die Befürchtung war begründet, aber wer hatte schon damit gerechnet, sich selbst bedienen zu müssen. Das war eine der Sitten aus der Neuen Welt mit ihrem gemischten Publikum!

Als der Orangensaft und der Kuchen vor ihr auf dem *Guéridon*[*] standen, konnte sie nicht gut anders, sie mußte den Herrn, der ihr beigesprungen war, zum Sitzen auffordern, und er stellte sich vor.

»Ich heiße Jan van Hertogenbosch«, sagte er, verneigte sich leicht, nahm von irgendwoher ein Glas Wein und setzte sich der Gräfin gegenüber, so daß sie ihn nun besser sehen konnte: Im Stehen hatte er sie nämlich um Haupteslänge überragt. Er hatte eines jener braunen, zerfurchten Gesichter, die jeden Eindruck des Alters verwischen, er konnte ebensogut Ende dreißig wie Anfang fünfzig sein, nur seine Gestalt war auffallend schlank und dennoch kräftig, wie man sie eigentlich nur bei Offizieren sah, die sich ständig in den Waffen übten und viel im Sattel saßen.

»Wer ich bin, scheinen Sie zu wissen«, antwortete Odile, »denn Sie haben mich ja gleich Vicomtesse genannt.«

Hertogenbosch blickte sie offen an.

»Sie wissen es vielleicht noch nicht, Gräfin, denn Sie sind ja erst mit der *Wappen von Bayeux* gekommen, aber eines muß Ihnen klar sein: In der ganzen Kolonie mit allen ihren kleinen Städten von Biloxi bis Baton Rouge gibt es keine tausend Europäerinnen, und unter diesen tausend vielleicht hundert Damen, Frauen von Offizieren, Beamten und den Helfern unseres reichen Mar-

---

[*] Beistelltisch.

quis. Da sollte Odile Vicomtesse de Cressonat unbemerkt bleiben?«

Es war ein deutliches Kompliment, und es gefiel ihr, denn Hertogenbosch hatte nicht die faden Höflingsmanieren, die ihr in Versailles so mißfallen hatten. Man fühlte, daß in seinem Leben ganz andere Dinge als die Frauen die große Rolle spielten, und diese Männerwelt, die er verkörperte, war für Odile fremd und anziehend zugleich.

»Und Sie, Monsieur?« erkundigte sie sich, obwohl sie ihren Kuchen beinahe lieber allein genossen hätte, »zu welcher Gruppe der aufgezählten Männer gehören Sie? Arbeiten Sie für den Marquis?«

»Gelegentlich. Jedenfalls stehe ich nicht in seinem Sold. Ich bin einer der letzten einer ausgestorbenen Spezies, Madame, ich bin ein Freibeuter. Meine Kollegen haben schon aufgegeben, haben mit dem Gouverneur von Jamaika Frieden gemacht und verzehren ihre geraubten Schätze auf den Bahamas oder in Port Royal, nicht wenige sind dort 1692 zugrunde gegangen.«

»Bei dem großen Erdbeben?«

»Ja, es war beinahe ein Weltuntergang für die Insel. Ich hingegen wollte mich von meinen Leuten und von meinem Schiff nicht so schnell trennen, und als im September 1710 ein englischer Korsar den Mississippi herauffuhr und die großen Magazine auf der Ile Dauphine plünderte, da machte mir Crozat das Angebot, den Schutz auf dem Strom zu übernehmen, gegen Unterhalt für Schiff und Mannschaft. Er hatte damals nämlich einen Schaden in der Höhe von 50 000 Livres, das war selbst für ihn ziemlich bitter!«

»Man hat also in gewissem Sinn den Bock zum Gärtner gemacht?« meinte Odile lachend. Sie war erleichtert, daß Hertogenbosch nicht nur aussah wie ein Mann, sondern daß er auch einen Männerberuf hatte, wie sie als Normannin ihn seit frühester Kindheit kannte. Wäre dieser Mann ein Händler, ein Agent oder ein Verwaltungssekretär gewesen, so hätte das doch eine gewisse Enttäuschung bedeutet.

»Hier leben wir alle in einer kleinen und seltsamen Welt, Vicomtesse«, antwortete Hertogenbosch keineswegs gekränkt, »und eines ihrer Merkmale ist, daß man unversehens vom Bock zum Gärtner oder auch vom Gärtner wiederum zum Bock werden kann. Jahrzehntelang war Spanien hier der Gegner Frankreichs, heute sind es die Briten, weil in Spanien ein Verwandter Ihres Königs herrscht. Das sind Wechselfälle, und ehe man in Amerika von ihnen erfährt, sind sie einige Monate alt. Ich bin Holländer; wir haben gegen die Briten gekämpft in den Tagen des großen Admirals Ruyter, wir wurden von Ihrem König mit Krieg überzogen, als er noch jung und angriffslustig war. Heute sehe ich nur noch auf die Menschen, mit denen ich zu tun habe, und darum, verehrte Gräfin, habe ich Sie angesprochen: Sie sind ein Lichtblick, und zweifellos nicht nur am Mississippi, soviel darf ich doch wohl sagen, ohne den Herrn Gemahl zu vergrämen.«

»Gut, daß Sie mich an ihn erinnern, Kapitän!« sagte Odile und erhob sich schnell. »Wo steckt er überhaupt? Für ihn ist der Abend eigentlich so wichtig, daß ich mich nicht so sorglos amüsieren sollte!«

»Sie können ihm doch nicht helfen, Gräfin, er ist in den Klauen des vielgewandten Herrn Laloire des Ursins und wird nehmen müssen, was dieser ihm anbietet, denn wie die Dinge liegen, gibt es neben dem Marquis und seinen Generalagenten keinen Weg in Louisiana. Falls Ihr Gemahl jedoch das Ergebnis seiner Verhandlungen mit mir zu besprechen wünscht, falls er einen ehrlichen Rat annehmen will, so stehe ich Ihnen beiden vollkommen zur Verfügung!«

Inzwischen saßen in einem Kabinett, in das die Geräusche aus dem Saal nur gedämpft drangen, zwei Herren einander an einem Tisch gegenüber, auf dem eine Landkarte lag. Laloire des Ursins und Balthazar de Cressonat hatten sogleich Sympathie füreinander empfunden, und Cressonat hatte sich entschlossen, dem Hauptagenten des Marquis zu vertrauen. Die übrigen Herren, die an diesem Abend geladen waren, wirkten weit weniger vertrauenserweckend, und Cressonat mußte sich eingestehen, selten eine so bunte Mischung von Edelleuten, Abenteurern, Nichtstuern und Gaunern in einem Raum angetroffen zu haben. Als er diesen Gedanken auszusprechen wagte, lachte Laloire des Ursins nur kurz und wurde dann nachdenklich.

»Das Merkwürdige ist, daß hier alle ein wenig zu Abenteurern werden, und daß es in dieser *Assemblée** offensichtlich Gauner gibt, die unstreitige Verdienste an ihre Fahnen geheftet haben. Nehmen Sie zum Beispiel Antoine de Lamothe Cadillac: Welch wohlklingender Name, aber er ist erfunden. Der Mann heißt Laumet und mußte Frankreich vermutlich wegen einiger Übeltaten verlassen. Aber wie großartig hat er im Norden, in der Seenplatte gearbeitet! Welch sicherer Blick bei der Gründung von Detroit, Fort und Michilimakinah, der Stadt an der Irokesengrenze, eine bleibende Leistung, die ihn unsterblich machen wird. Und doch hat dieser echte Kolonialpionier mit dem Pelzhandel in kurzer Zeit so ungeheuer viel Geld gemacht, daß es nicht mit rechten Dingen zugegangen sein kann. Schließlich haben ihm so viele Waldläufer und Fallensteller den Tod geschworen, daß ihm der Boden in Kanada zu heiß wurde und er nun hier sein Glück versucht.«

»Ich habe ihn gesehen«, antwortete Cressonat, »er sieht gut aus,

* Versammlung.

man würde ihm den Adel glauben. Und sein Leben hat sich tatsächlich so abgespielt?«

»Schlimmer! Man weiß wohl nur die Hälfte, aber das reicht eigentlich schon. Der Marquis versucht, ihn loszuwerden, aber Lamothe hat ausgezeichnete Verbindungen. Schicken wir ihn nach Frankreich, dann macht er unsere kleine, arme Kolonie so schlecht, daß niemand mehr hierher will, und der Zuzug ist doch unsere einzige Chance!«

Cressonat wurde blaß und setzte sich.

»In Paris hat man mir die Lage aber ganz anders geschildert . . . es sollte reiche Bodenschätze geben . . .«

Laloire des Ursins lachte bitter.

»Bodenschätze in einem Schwemmland?« Er beugte sich über die Karte, die das Mississippital mit den wichtigsten Nebenflüssen zeigte. »Da müsen Sie schon den Strom hinaufreisen und dann nach Westen zu in die Gebirge. Lamothe ist ein guter Spürhund, er hat am Illinois tatsächlich Kupfer gefunden. *Bon,**
es ist nicht Gold, es ist nicht Silber, aber man weiß, wo Kupfer liegt, da liegen auch andere Erze. Nur: wie soll man dies alles in Angriff nehmen, mit Indianern, die in hunderttausend Jahren ihrer Geschichte nur die Jagd als Broterwerb kennengelernt haben!«

»Und Schwarze?«

»Die könnten wir haben, zwei schwarze Sklaven gegen drei Indianer, den Handel würden die Spanier aus Kuba machen, aber das will unser König nicht, oder seine fromme Maintenon, eine Mätresse, wie sie uns gerade noch gefehlt hat. Wir dürfen die Neger nur aus Afrika einführen, und das ist ein weiter, kostspieliger Weg.«

* Gut.

»Sie sprechen immer vom Einführen, Monsieur des Ursins. Was laden die Schiffe denn, wenn sie in Mobile oder Biloxi wieder auslaufen?«

Der Generalagent blickte überrascht auf.

»Daß Sie selbst das Problem erkennen, zeigt mir, daß Sie der richtige Mann sind, Graf«, sagte er und suchte in seinen Papieren. »Wir haben uns natürlich überlegt, welchen Bereich unserer Aktivitäten wir Ihnen übertragen könnten, und haben etwas gefunden, wo die Rechtschaffenheit das oberste Gebot sein muß: Wir brauchen für alle diese Schiffe, die Güter und Menschen aus Europa bringen und Sklaven aus Afrika, mehr Rückfrachten, mehr Ladungen, als unsere kleine Kolonie aufbringen kann. Organisieren Sie diese Rückfrachten. Holen Sie Güter den Mississippi herunter oder aus Mexiko oder aus den spanischen Gewässern, ziehen Sie einen Zubringerdienst kleiner Seeschiffe und kleiner Flotten von Indianerbooten auf und sorgen Sie dafür, daß auf der Ile Dauphine genug lagert, wenn Schiffe nach Europa, Kuba oder nach Kanada auslaufen wollen!«

»Eine ungeheure Aufgabe! Beinahe unlösbar für einen Fremden!« sagte Cressonat betroffen.

»Fremd waren wir alle. Es ist schwer, aber es ist eine echte Chance, denn ohne Ausfuhren wird diese Kolonie nicht leben können. Ihre Zukunft liegt also in Ihrer Hand, Graf.«

»Soll ich als Beauftragter des Marquis . . .«

»Ich weiß schon, worauf Sie hinauswollen, Graf Cressonat. Entschuldigen Sie, daß ich diese Verhältnisse nicht sogleich klarlegte. Der Marquis hat bis dato an die 700 000 Pfund in die Kolonie gesteckt – hier sagt man auch Livres, aber die Briten sind so nahe, eines Tages wird man hier wohl nach Pfunden rechnen. Die Krone unterstützt die Arbeit von Antoine Crozat, Marquis du Châtel, jährlich mit 50 000 Pfund. Aus diesem Betrag setzt der Marquis Ihnen, Graf, ein Fixum von monatlich 500 Pfund aus und übernimmt die Miete für das Landhaus, das Sie bezogen haben und das von der Krone verwaltet wird. Dazu erhalten Sie fünf Prozent vom Wert jeder abgehenden Schiffsfracht, allerdings erst, wenn sie Frankreich erreicht hat. Stellen Sie sich also gut mit den Korsaren, von denen es immerhin noch einige gibt!«

»Fünfhundert Pfund und eine große Chance . . .« wiederholte Cressonat und überlegte nur einen Augenblick. »Ich nehme an, Monsieur des Ursins und bitte Sie, dem Marquis meinen Dank zu bestellen.«

Zwei Stunden später war die Gesellschaft beendet. Lamothe-Cadillac, dem man natürlich den neuen Exportkommissar vorgestellt hatte, war nicht davon abzubringen gewesen, das Ehepaar nach Hause zu fahren und ließ unterwegs seinen erprobten Charme reichlich spielen.

Als Balthazar de Cressonat und seine Frau allein waren, als sie im Mondlicht auf der Veranda standen und die Schlüssel suchten, wurde Odile ein wenig schwindlig, und sie mußte sich auf den Arm des Gatten stützen.

»Mein Lieber«, sagte sie, »entschuldige. Es war doch sehr viel auf einmal. Und du sagst, dieser Lamothe, das sei ein Betrüger?«

»Oh nein, so einfach liegen die Dinge nicht. Er ist ein erfolgreicher Abenteurer mit dunkler Vergangenheit, und er ist nicht der einzige. Männer wie er sind für eine Kolonie unter Umständen nützlicher als eine Schar kleiner Beamter ohne Phantasie. Im übrigen ist er nicht sehr wichtig, ich werde ihn um Rat fragen, ich werde sein Kupfererz verschiffen, aber die Leute, an die wir uns halten müssen, sind der Marquis und Laloire des Ursins.«

»Und wir werden davon leben können? Man wird uns regelmäßig und pünktlich Geld in die Hand geben?«

Cressonat lachte leise, um die Kinder nicht zu wecken.

»Ja, kleine Hausfrau, man wird. Erinnerst du dich an den süßen Hafen von Port-en-Bessin, das herrliche Licht über den Dünen, den reizenden Ort mit den Fischerhäusern?«

»Natürlich erinnere ich mich – aber was soll das jetzt?«

»Nun, der Hafenkommandant von Port-en-Bessin erhält jeden Monat 120 Pfund Gehalt und die freie Wohnung. Wir haben fortan fünfhundert Pfund monatlich und ebenfalls die freie Wohnung, und von jeder Schiffsfracht, die ich besorge und die Frankreich erreicht, gibt es wiederum Geld. Es wird langsam gehen, Odile, und ich werde viel unterwegs sein, um Frachten aufzutreiben, aber vielleicht, vielleicht sind wir eines Tages, nun sagen wir, wohlhabend.«

Drinnen im Haus vernahm man leise, huschende Schritte.

»Oh, Monsieur le Comte ... und Madame ... Wie gut, daß Sie es sind«, stammelte Matilda und küßte Odile die Hand, »ich bin drinnen vor Angst beinahe gestorben, warum *pour tous les diables** sind Sie nicht hereingekommen?«

Cressonat lachte, und nun hielt er sich nicht zurück.

»Du kannst ja fluchen wie ein alter Seemann, kleine Matilda«, sagte er und schloß die Tür von innen ab. »Die tausend Teufel lassen wir draußen. Komm, bleib hier, schlaf bei uns, und morgen suchst du uns einen Kutscher, der zuverlässig ist und der etwas von der Gartenarbeit versteht!«

* Um alle Teufel.

Ulysse

Schon wenige Tage nach dem Empfang bei Antoine Crozat, dem Marquis du Châtel, begann in der Villa der Familie Cressonat ein neues Leben. Eigentlich war es zunächst nur eine neue Stimmung, ein neuer Gesichtsausdruck bei ihren Eltern, wie Mabelle feststellte, und wenn sie sich ganz genau fragte, dann war es eher die Wiederkehr der Stimmung, wie sie zu Hause in der Normandie auf dem großen Schloß geherrscht hatte, als etwas völlig Neues. An Mama war die Wandlung oder Rückverwandlung deutlicher zu erkennen als an Papa, vielleicht auch, weil Mabelle das Gesicht und das Gehaben ihrer jungen Mutter aufmerksamer studierte und besser kannte als ihren Vater, der schließlich auch auf Schloß Cressonat nicht allzuviel mit den Kindern beisammen gewesen war.

»Es war auch Zeit«, stellte Alphonse altklug fest, »die beiden gefielen mir gar nicht mehr. Ich fürchtete schon, sie würden krank werden!«

»Unsinn, sie hatten Sorgen, das war alles. Wir wußten doch alle nicht, wie unsere Zukunft aussehen sollte.«

»Und jetzt wissen wir's? Mir hat noch keiner was gesagt!«

Mabelle wußte nicht, ob sie sich ärgern oder ob sie lachen sollte.

»Glaubst du, mir geht's besser? Matilda weiß von jedem Geldstück, das bei ihrer Mutter ins Haus kommt. Bei uns wird von solchen Dingen eben nicht gesprochen. Aber man sieht Mama ja an, daß es nun aufwärts geht.«

Dafür, daß es tatsächlich ein wenig besser wurde, sorgten zwei Herren: der Marquis, indem er mit einem höflichen Schreiben das erste Monatsgehalt ins Haus schicken ließ, und Jan van Hertogenbosch, der schon am zweiten Tag nach seiner Begegnung mit Odile de Cressonat, also zum frühestschicklichen Zeitpunkt, in einem leichten Jagdwagen vorfuhr und dem Ehepaar seine Aufwartung machte. Daß er mit seinem Korsarenschiff die Transporte schützen sollte, die zu organisieren die Aufgabe des Grafen sein würde, bot den beruflichen Anlaß für das Gespräch. Aber es war unverkennbar, daß Hertogenbosch eher der Gräfin als Balthazar de Cressonat seinen Besuch abstattete. Mabelle, die an der Unterhaltung ebensowenig teilnahm wie Alphonse, beobachtete um so genauer, und die Blicke, die der schlanke Holländer ihrer Mutter zuwarf, wurden zwar nicht erwidert, aber sie sprachen eine deutliche Sprache.

Erst gegen Ende der Visite kam das Gespräch auf das Personalproblem: man brauche einen verläßlichen Mann, der mit Pferden ebenso umgehen wie Pflanzen pflegen und kleine Arbeiten im Haus verrichten könne.

»Eines steht fest, Graf«, sagte Hertogenbosch ernst, »wenn Sie einen der arbeitslosen Weißen nehmen, so holen Sie sich ihren Mörder ins Haus.«

Mabelle sah genau, wie ihre Mutter mit einem mahnenden Blick zu den Kindern den Finger an die Lippen legte.

»Entschuldigen Sie, Madame, ich habe mich da vielleicht etwas zu drastisch ausgedrückt, aber es ist eine Tatsache: Die Weißen, die hier zu haben sind, die also nicht bei der Regierung oder bei Crozat im Sold stehen oder eigene Geschäfte betreiben, die sind nicht nach Louisiana gekommen, um zu arbeiten.«

»Und die Indianer?« erkundigte sich Odile de Cressonat.

»Sie besitzen einen guten Charakter. Ich habe unter meinen Leuten mehr Indianer und Neger als Weiße, aber bei mir ist der Fall anders. Für die Hausarbeit sind sie sehr ungeeignet, sie liegt ihnen nicht, sie sind auch zu stolz.«

»Bleiben die Schwarzen«, schloß Cressonat.

»Ich habe einen älteren Neger in Diensten, der schon ein Jahr im Land ist«, berichtete Hertogenbosch. »Aufs Schiff nehme ich ihn nicht mehr mit, dazu ist er schon zu alt, aber für die Hausarbeit wäre er rüstig genug. Verkaufen möchte ich ihn nicht, das würde ihn kränken. Nehmen Sie ihn als Leihgabe und suchen Sie sich aus dem nächsten Transport, der aus Guinea ankommt, einen jungen Schwarzen aus. Mein Ulysse kann ihn anlernen und danach zu mir zurückkehren.«

»Hat er den Namen von Ihnen?« wollte Odile de Cressonat wissen.

»Erraten!«

Zum erstenmal an diesem Morgen begegneten die Blicke der beiden einander bewußt.

»Sie meinen, der Weltenbummler und Irrfahrer sei eigentlich ich, stimmt's Gräfin? Nun, dieser Ulysse hat auch einige Irrfahrten hinter sich, von Afrika nach Spanien, von Spanien nach Mexiko und endlich dann über Sao Domingo hierher, darum benannte ich ihn nach dem geduldigen Odysseus. Die Kinder werden sich gut mit ihm vertragen!«

Schon tags darauf präsentierte sich Ulysse auf den Stufen der Veranda, ein kleines Bündel in der Hand. Er war reinlich gekleidet und gepflegtes weißes Haar leuchtete über dem dunklen Gesicht.

Cressonat hatte schon vorher angeordnet, daß man zu Ulysse *Sie* sagen solle, er sei älter, und er werde eine Vertrauensstelle einnehmen.

»Ich hätte aber gern du zu ihm gesagt!« protestierte Alphonse.

»Dann muß er auch zu dir du sagen. Ist dir das recht?« antwortete Odile de Cressonat.

»Das ist mir recht. Aber zu Mabelle muß er Comtesse sagen!«

»Das versteht sich von selbst«, sagte Mabelle, aber als sie Ulysse dann sah, sein breites Lächeln, sein gutes altes Männergesicht, da tat es ihr schon wieder leid.

Da offensichtlich alle Häuser an der bislang einzigen Straße von Nouvelle Orléans nach dem gleichen Grundplan gebaut worden waren, suchte Ulysse nicht lang, sondern trug sein kleines Bündel in das Kämmerchen, das sich unter der Treppe zum Oberstock befand und in dem ein schmales Bett stand. Dann fand er sich im Wohnzimmer ein und stellte sich auch den Kindern vor.

»Wir haben den Kindern gesagt, daß sie Ihnen folgen sollen, Ulysse – aus Gründen der Sicherheit. Im übrigen sollen die beiden natürlich jede vertretbare Freiheit haben«, erklärte Balthazar de Cressonat. »Was Sie selbst betrifft, so sind Sie für Garten, Stallung, Pferde und Wagen zuständig; Haus und Küche sind Matildas Bereich. Sie wird sich jedoch für schwerere Arbeiten an Sie wenden, etwa zum Holzkleinmachen.«

»Das ist selbstverständlich, Monsieur le Comte!« antwortete Ulysse höflich, aber ohne Unterwürfigkeit.

»Wenn nichts anderes zu tun ist, arbeiten Sie bitte am Zaun, Ulysse«, sagte die Gräfin. »Er ist teils schadhaft, teils gar nicht vorhanden, ich hätte aber gerne eine Umzäunung des Grundstücks wegen der streunenden Hunde.«

»Und wegen der Krokodile!« ergänzte Alphonse.

»Was meint er damit?« fragte Odile de Cressonat irritiert.

»Die Krokodile im großen Fluß«, fiel Mabelle schnell ein, ehe Alphonse sich und Matilda verraten konnte, »die sind natürlich ziemlich weit weg, aber Alphonse nimmt das nicht so genau!« An dem Blick, mit dem Mama sich abwandte, erkannte Mabelle, daß sie diese Antwort nicht wirklich überzeugt hatte. Aber konnte man den Erwachsenen überhaupt sagen, was es mit den Krokodilen im Mississippi auf sich hatte?

Als der erste Sonntag in Nouvelle Orléans herankam, verfügten die Cressonats bereits über einen kleinen Wagen, zwei Pferde und einen Kutscher, für den sich in einem der Reisekörbe sogar die Livrée des Hauses Cressonat gefunden hatte. Da es in der Kolonie keinen Herzog gab und schon gar keinen Vizekönig, war Cressonat, was den Adelsrang anlangte, nach dem Marquis du Châtel der zweite Mann und in seiner eigenen Überzeugung sogar der erste. Bei den Damen war die Lage nicht ganz so klar, denn Antoine Crozat, Marquis du Châtel, hatte Marguerite le Gendre d'Arménie geheiratet, die – solange sie in Paris lebte – einen hohen Hofrang innegehabt hatte. Und Marie-Anne, die Tochter der beiden, galt als eines der geistvollsten Gechöpfe weiblichen Geschlechts überhaupt und wurde in Frankreich von weltlichen und geistlichen Poeten ausgiebig bedichtet.

Cressonat entschloß sich also zu einem eher kleinen Auftritt. Die Kinder fanden, in schlichtes Weiß gekleidet, auf dem Klappsitz Platz, die Eltern saßen im Fond. Balthazar hatte seine Hauptmannsuniform angelegt, die er zuletzt im August 1708 vor Lille getragen hatte, als Prinz Eugen diese französische Stadt angriff. Es konnte nicht schaden, diesen Leuten hier am Mississippi zu zeigen, daß man auch in der Alten Welt gelegentlich Mut gebraucht und Abenteuer zu bestehen gehabt hatte, vor allem, wenn es gegen Feldherren wie Marlborough oder den Savoyer gegangen war.

Mabelle ging nicht ungern zur Kirche. In Cressonat hatte sie in gewissem Sinn zum Haus gehört, man hatte sie vom Schloß her durch einen eigenen Gang betreten können, der unmittelbar in die Loge der Familie geführt hatte. Als das Oberhaupt der Familie hatte Onkel Hercule den Vortritt gehabt, und es war für die Kinder immer feierlich gewesen, zu sehen, wie die ganze Gemeinde sich in dem Augenblick erhob, da er eintrat, die Versammlung grüßte und dadurch, daß er sich setzte, den anderen gleichsam die Erlaubnis gab, sich wieder in ihren Bankreihen niederzulassen. Odile de Cressonat hatte die Kinder darauf vorbereitet, daß es hier nicht so sein würde, wie in Cressonat, sondern daß sie in den Bänken neben Fremden sitzen und daß sie einen Priester hören würden, der vielleicht den Namen Cressonat noch niemals vernommen hatte. Aber alles, was von der Kanzel gesprochen werde, sei das Wort Gottes, und dessen bedürfe man in der Fremde noch viel mehr als zu Hause. Und Papa hatte Mabelle darauf vorbereitet, daß sie zum erstenmal einen Jesuiten predigen hören würde: sie solle die Ohren spitzen, denn dieser Orden habe sich in Kanada große Verdienste erworben, missioniere bei den Indianern und verfüge über eine Menge guter Köpfe.

Tatsächlich war die Kirche – ein großes, niedriges Holzhaus mit einem kleinen Glockenturm aus Brettern – überraschend gut besucht. Das Völkchen, das sich durch die Türe drängte und in die Bänke verteilte, war unsäglich bunt gemischt, und man sah so manchem frechen Gesicht an, daß an diesem Tag der Einkehr das Gewissen zu sprechen begonnen habe.

Cressonat ging voraus, dann folgten die Kinder, und die Gräfin bildete den Schluß. Männer wie Frauen saßen bald links, bald rechts, es war eben keine geschlossene Dorfgemeinschaft, sondern eine Ansammlung unterschiedlicher Menschen, die alle durch die verschiedensten Schicksalsschläge hierher verschlagen worden waren.

Mabelle entdeckte ein paar junge Frauen von ziemlich dunkler Hautfarbe, sonst aber waren beinahe nur Weiße in der Kirche. »Für die Farbigen gibt es einen Abendgottesdienst«, erklärte Cressonat leise den anderen, »man hat mir erzählt, daß sie dann ihre Lieder singen und daß dies sehr schön klingen soll. Aber sie sind dabei lieber unter sich.«

Mabelle ließ ihre Blicke so ungeniert schweifen, daß ihre Mutter ihr mahnend die Hände zusammenlegte und das Gesangbuch aufschlug.

»Es sind immer dieselben Menschen«, sagte sie leise, »wir werden sie noch viel zu oft sehen. Sammle dich jetzt und bitte für Papa und uns um ein gutes Gelingen!«

Das war leicht gesagt, saßen doch in den anderen Bänken auch ganze Familien, Familien, deren Töchter sich ebenfalls den Hals ausrenkten, um die Neuankömmlinge besser sehen zu können, und es waren nicht nur die Mädchen, die sich für Mabelle de Cressonat interessierten: Es gab auch ein paar junge Herren, sommerlich-hell gekleidet, die höchst seltsame Sonnenhüte aus Stroh in der Hand hielten und kleine Spazierstöcke, mit denen sie im tiefen Sand der Hauptstraße von Nouvelle Orléans ganz gewiß nichts anfangen konnten. Es war furchtbar aufregend, und Mabelle bedauerte, daß es in einem Gottesdienst nicht, wie in einer Theatervorstellung etwa, eine Pause gab, in der man sich mit den anderen Zuschauern unterhalten konnte.

Sie schalt sich noch ob dieses Vergleichs, als die Messe auch schon begann. Zelebriert wurde der Gottesdienst wie auch in Frankreich, nur daß der Priester, als der Augenblick gekommen war, keine erhöhte Kanzel bestieg, sondern nur auf eine kleine Empore vor dem Altar trat.

Pater Lemoyne hatte einen sogenannten Römerkopf, auf dem sich dichtes, dunkles Kraushaar türmte, und das Französisch, in dem er nun seine Predigt hielt, ließ erkennen, daß er viele Jahre in den kanadischen Kolonien am Sankt-Lorenz-Strom zugebracht hatte. Die meisten verstanden ihn dennoch recht gut, denn ein Gutteil der Kolonisten von Louisiana war ja nicht über das große Wasser gekommen, sondern auf dem Mississippi nach Süden gereist. In Louisiana seien die Indianer noch friedlich, hatte man sich an der Seenplatte im Norden erzählt, und der Boden leicht zu haben, von seiner verblüffenden Fruchtbarkeit ganz zu schweigen.

Mit dieser Fruchtbarkeit begann auch Pater Lemoyne seine Predigt: Man lebe hier in einem Garten Eden, den der rote Mann nicht genutzt habe, weil seinen heidnischen Händen eben der Segen fehle. »Diese ahnungslosen Kinder Gottes«, rief der Jesuit und hob klagend die Arme, »bewegten sich in ihrem Paradies, als seien sie blind und taub; sie säten nicht und ernteten nicht. Sie zogen im Land umher und aßen dort, wo eben Kaktusfeigen reif wurden oder andere Früchte sich anboten, ja manche Stämme machten sich nicht einmal die einfachsten Gefäße, sondern gruben Löcher in den Boden, preßten den Obstsaft hinein, warfen sich auf den Boden und schlürften das kostbare Naß wie Tiere.«

Ein paar Kinder in den Bankreihen lachten, aber Lemoyne gebot mit hoheitsvoller Gebärde Ruhe.

»Unser Recht, hier zu sein«, fuhr er fort, »beruht auf diesem unwürdigen Zustand, in dem große Völker schon seit Jahrtausenden verharren. Sie hat das Licht des Glauben nie erleuchtet, und darum sind sie arm und unwissend, wie auch die Neger in Afrika. Ich weiß, daß für viele weiße Herren solcher indianischer Sklaven deren Heidentum Nebensache ist, vielleicht sogar bequemer wäre. Aber ich werde nicht ruhen, ehe jeder Indianer und jeder Neger, jeder Mulatte und jeder Mestize in der Königlichen Kolonie Louisiana seine christliche Taufe erhalten hat.«

Er sprach noch lange über Hautfarbe und Religion, er wetterte gegen die Besitzer der großen Plantagen, die sich nicht die Mühe machten, sonntags in die Kirche zu kommen, und er drohte an, der Marquise von Maintenon, der frommen Freundin des Sonnenkönigs in Versailles, in einem langen Brief all jene aufzuzählen, die hier in Amerika ihr Christentum und ihren katholischen Glauben vergessen zu können meinten.

Als nach dem gemeinsamen Schlußlied das kurzatmige Harmonium verstummte, verließ die Gemeinde mit gesenkten Köpfen das Bethaus und war so bedrückt, daß kaum Gespräche zustande kamen. Mabelle überraschte es daher sehr, als ein Mädchen neben ihr plötzlich sagte:

»Nimm dir's nicht so zu Herzen. Er tut nur so! Gegen die Großen wettert er, mit uns jungen Leuten ist er recht umgänglich.«

»Und woher weißt du das?« fragte Mabelle, blieb stehen und ließ die Eltern zum Wagen vorausgehen. Ulysse trohnte hoch auf dem Bock und würde schon auf sie warten.

»Wir haben doch Sonntagsunterricht. Und weil es sonst keine Schule gibt, erzählt uns Pater Lemoyne nicht nur vom Glauben, sondern so allerlei Interessantes. Außerdem lernt man einander kennen. Warum warst du denn nicht da, heute morgen?«

»Ich, ich wußte doch nichts!« stotterte Mabelle, tödlich verlegen, »ich schwänze nie die Schule... Willst du mir erzählen, was heute dran war, dann fahr doch mit uns, ich stelle dich meinen Eltern vor!«

Das andere Mädchen, gewiß nicht älter als Mabelle, aber schon damenhaft gekleidet, lächelte geschmeichelt:

»Jetzt geht's nicht«, sagte sie, »ich muß heim zum Essen. Aber wenn du willst, komme ich zum Tee. Übrigens weiß ich, wer du bist: eine echte, kleine Comtesse – ich heiße Ludivine de Lamothe-Cadillac! Also um fünf, *d'accord**?«

Es war höchst merkwürdig. Matilda war eine Hausgenossin, man konnte mit ihr über alles reden, was so täglich vorfiel, und weil Mabelle die Welt in Nouvelle Orléans noch ziemlich fremd

---

* Einverstanden.

war, durfte die kaffeebraune Matilda durchaus als unersetzlich gelten. Aber eine richtige Freundin, eine junge Französin, war doch etwas ganz anderes! Und wie Ludivines Name klang, das war eine ganze Melodie ...

Schon auf der Heimfahrt berichtete Mabelle aufgeregt und mit glänzenden Augen, daß sie ihre erste Freundin gefunden habe.

»Matilda ist also nicht das, was du eine Freundin nennst?« wollte Papa wissen.

»Man kann doch zwei Freundinnen haben«, verteidigte sich Mabelle, und Alphonse kam ihr zu Hilfe:

»Eine braune und eine weiße. Ich werde mir auch Freunde suchen, in allen Farben!«

Mabelle war so aufgeregt, wie auf der ganzen langen Reise nicht. Wenn sie ehrlich war, mußte sie zugeben, daß auf Schloß Cressonat Gäste ziemlich selten gewesen waren; gewiß, dort hatte man Verwandtschaft gehabt, aber wenn Besucher gekommen waren, dann hatten Mabelle und Alphonse allenfalls den Kindern der Gäste die Gärten und die *Communs** zeigen dürfen. Daß Mabelle nun selbst Besuch erhielt, daß ein Sonntagnachmittag nicht mit Alphonse, Mama und den Büchern verstreichen würde, sondern im Gespräch mit einer neuen Freundin in einer neuen Stadt, das empfand sie als Zeichen eines neuen Lebensabschnittes.

Mindestens zehnmal war sie die Treppe von ihrem Giebelzimmer in die Küche hinuntergelaufen, um mit Matilda den Tee zu besprechen, zu dem man dummerweise ja nichts anzubieten hatte außer einer Dose mit Keksen, die noch aus dem Reisegepäck stammte. Matilda erbot sich, schnell etwas zu backen, aber die Gräfin war strikt dagegen und gebrauchte Worte, die Ma-

---

* Nebengebäude.

belle schon lange nicht mehr von ihr gehört hatte: So weit komme es noch, und das fremde Mädchen müsse ja wohl nicht wie eine Prinzessin empfangen werden. Man sei in Louisiana, der ärmsten Kolonie Frankreichs, das wisse Ludivine ganz gewiß genausogut wie Mabelle.

Punkt fünf Uhr hörte man draußen auf dem Vorplatz leises Räderrollen: Ludivine de Lamothe-Cadillac kam in einem zweirädrigen Wagen, der das Pferd in einer Gabeldeichsel führte, ein ganz leichtes Ding. Mabelle wußte zwar, daß man es Gig nannte, hatte sich aber stets vergeblich so ein Wägelchen gewünscht, vor allem, weil zu Hause auf Cressonat die Ponys tatsächlich praktischer waren. Nur waren sie leider zu klein für die Gabeldeichsel eines Gigs.

Ludivine wendete beinahe auf der Stelle, ein elegantes Manöver, das Alphonse auf der Veranda mit lautem Händeklatschen bedachte. Dann reichte sie den Zügel des Apfelschimmels Ulysse, der sie zu kennen schien, und lief leichtfüßig die wenigen Stufen zur Veranda hinauf.

Mabelle kam ihr entgegen und man tauschte Wangenküsse, als kenne man einander seit Jahren: Ein an sich bedeutungsloser Vorgang, bei dem Mabelles Herz dennoch bis zum Hals klopfte. Dann wurde Alphonse vorgestellt, und schließlich knickste Ludivine artig vor der Gräfin, die mit ihrem Mann im Gartenzimmer saß. Cressonat erhob sich nicht, stellte aber ein paar höfliche Fragen nach Lamothe-Cadillac und nach Ludivines Mama.

»Sie müssen beide kennenlernen«, plapperte Ludivine fröhlich, »Papa ist ein Gascogner, da gibt es immer was zu lachen. Bis voriges Jahr waren wir noch in Frankreich. Eine herrliche Zeit! Nun, Nouvelle Orléans ist ja klein. Ich soll Grüße von meinen Eltern bestellen, alles andere wird sich wohl finden.«

»Deine Mutter soll aus einer interessanten Familie stammen«, sagte Odile de Cressonat, die im Unterschied zu ihrem Mann offenbar fand, man brauche dieses hübsche Kind noch nicht zu siezen.

»Nun ja, wie man's nimmt«, antwortete Ludivine ein wenig verlegen. »Die Guyon sind Korsaren. Mein Onkel war gewiß sehr tapfer, und er hat viel für meinen Vater getan, weil die beiden gemeinsam die ganze Küste von Nordamerika abfuhren und kartographierten. Aber es war natürlich ein kurzes, sehr bewegtes Leben. Ich erinnere mich, daß Onkel Guyon starb, als ich vier oder fünf Jahre alt war!«

Balthazar de Cressonat blickte auf, das Gespräch begann ihn offenbar zu interessieren, und obwohl Mabelle schon auf Kohlen saß, weil sie die neue Freundin gern in ihr Giebelstübchen entführt hätte, stellte der Graf doch noch eine Frage: Er habe von dem berühmten Kartenwerk über die Ostküste von Nordamerika gehört, eine sehr verdienstliche Arbeit.

»Ich hoffe, Ihr Herr Vater hat dafür die verdiente Anerkennung erhalten?«

Ludivine lachte unbefangen.

»Ach wissen Sie, Graf, bei einem Gascogner ist die Anerkennung nie so wichtig wie das Geld. Die Anerkennung, die verschafft er sich schon selbst, aber an Geld hat es bisweilen arg gefehlt. Für die Schinderei mit den Land- und Seekarten, wie mein Vater diese Arbeit heute noch nennt, bekam er sehr viel Boden. Ein Gut von sechsundvierzig Hektar.«

»Ganz beachtlich!« murmelte Cressonat.

»Aber wenn ich ehrlich sein soll: Er hat keinen Finger gerührt, um daraus etwas zu machen, keinen Baum gefällt, kein Stück Wiese gepflügt. Das liegt alles noch irgendwo zwischen Quebec und der Küste, und wer weiß, was daraus wird . . .«

Cressonat und Odile tauschten einen stummen Blick, und Mabelle nutzte das verwunderte Schweigen der Eltern, um Ludivine zu entführen. Sie stieg die steile Treppe vor Ludivine hinauf. Die Stufen knarrten entsetzlich, aber das Zimmerchen präsentierte sich überaus einladend, denn Mabelle hatte sich aus dem ganzen Haus zusammentragen dürfen, was ihr gefiel.

»Das habt ihr doch nicht alles aus Europa mitgebracht?« fragte Ludivine und sah sich interessiert um.

»Natürlich nicht, wir sind mit ein paar Reisekörben gekommen, in einer Kabine zu viert.«

»Etwa mit diesen unmöglichen Kaufleuten aus Hâvre de Grâce?«

»Petit und Grandjean?« Mabelle dachte nach. »Soo unmöglich fanden wir sie eigentlich nicht, es sind eben Bürgerliche, und sie haben nur ihre Geschäftsbücher im Kopf!«

Ludivine ließ sich in einen der Korbstühle fallen, aber es geschah so geschickt, daß ihr Rock sich in die anmutigsten Falten legte und die feinen blauen Schühchen darunter gerade noch hervorlugten.

»Sprich mir bloß nicht von Geschäften!« bat sie. »Was glaubst du, wovon bei uns immer die Rede ist! Ich glaube, keine zweite Familie hat ein so unruhiges Leben wie wir. Doch, einen gibt es noch, und ihr kennt ihn: Hertogenbosch!«

»Nun ja . . .« Mabelle war nicht entzückt von der Wendung, die das Gespräch nahm, »der ist Kapitän und fährt Geleitschutz, wie mir Papa erklärt hat. Aber was hat das mit uns zu tun.«

»Und Ulysse? Er muß euch sehr gut kennen, wenn er euch Ulysse überläßt!« beharrte Ludivine und beobachtete Mabelle genau. »Du hast eine schöne junge Mama, viel schöner und jünger als die meine. Du mußt deiner Mutter einmal sagen, daß Hertogenbosch den schlechtesten Ruf hat, den man zwischen Kuba und Quebec überhaupt haben kann.«

»Ich?« fragte Mabelle verschreckt, »ich soll Mama so etwas sagen? Ich glaube, das würde mir die ersten Ohrfeigen von ihr einbringen. Alphonse hat schon gelegentlich eine bekommen. Nein, Ludivine, auch wenn du mich für albern hältst: Von solchen Dingen möchte ich nicht reden, nicht mit Mama und . . . auch nicht mit dir!«

Ludivine hob die Schultern.

»Ich bin nicht sicher, ob man in Nouvelle Orléans von etwas anderem reden kann, und ob es sich lohnt. Aber das wirst du schon noch selbst feststellen. Übrigens wirst du hier noch so allerlei an Garderobe brauchen. Willst du mitmachen in unserer Nähstube?«

»Uns . . . ihr seid also mehrere?«

»Mit dir sind wir dann vier!« antwortete Ludivine lachend, »das ist alles nicht sehr einfach hier, man muß sich eben zu helfen wissen, und da wir alle in derselben Lage sind, helfen wir uns gegenseitig und machen aus der Not, wie dem Fehlen einer Putzmacherin, unsere eigenen Tugenden: Wir versuchen es selbst zu lernen. Denn wie ich die Entwicklung dieser Kolonie hier voraussehe, sind wir alte Damen, ehe die erste richtige Schneiderin einen Salon in Nouvelle Orléans eröffnet.«

Mabelle war starr vor Bewunderung. Wie dieses Mädchen sprach, wie sie sich ausdrückte – und sie hielt mit ihrer Begeisterung nicht hinter dem Berg.

»Du bist reizend, Mabelle«, gab Ludivine freimütig zu, »und wenn man bedenkt, wie vornehm ihr seid und wo wir herkommen – alle Achtung! Aber wundere dich nicht zu sehr, ich hab's vom Vater, der ist ein großer Plauderer, und dieses Talent hat ihm schon viel geholfen. Hoffen wir, daß er nun auch noch ein wenig Glück hat, das werden unsere Väter in diesem Land brauchen.«

Ein Unfall?

Mein liebes Tagebuch! Niemals hätte ich angenommen, daß
schon auf deine zehnte Seite meine Tränen fallen werden. Aber
es scheint, daß hier, in dieser neuen Welt, mit der größten
Selbstverständlichkeit die furchtbarsten Dinge passieren, all das,
wovon man sonst nur gehört hatte. Aber ich will mich zur Ruhe
zwingen und alles der Reihe nach erzählen, es hatte nämlich alles so schön begonnen, und meinem jetzigen Schmerz war das
größte Glück vorangegangen!

Ludivine de Lamothe-Cadillac bringt mir deutliche Sympathien
entgegen, das habe ich schon bei unserem ersten vertrauten Gespräch in meinem Giebelstübchen bemerkt. Darum folgte ich
auch ihrer Einladung zu einem Nähkränzchen, erstens, weil dies
wirklich eine der dringendsten Notwendigkeiten ist, zum andern aber, weil es ja mein eigener Schaden gewesen wäre, eine
eben gewonnene Freundin zu anderen abwandern zu lassen.
Und erst im letzten Augenblick, als eigentlich schon alles be-
schlossen war, stellte ich die Frage, ob Matilda an unseren Zu-
sammenkünften teilnehmen könne: sie sei meine Freundin und
unser Hausmädchen, und es wäre gewiß eine Entlastung für
meine Mutter, wenn Matilda nähen könnte und ein wenig zu-
schneiden.

Ich werde nie vergessen, wie das feine, schmale Gesicht Ludivines plötzlich von Rot übergossen war.

»Eine Schwarze?« rief sie. »Ein Hausmädchen? Weißt du, was
du da sagst?«

Mir stiegen sogleich die Tränen in die Augen; ich begann her-
umzustottern, daß es ja nur eine Frage gewesen sei, aber das
Unglück war schon geschehen.

»Ich verzeihe dir«, sagte Ludivine, als sie sich beruhigt hatte und meine Verwirrung bemerkte. Sie sah, daß ich eben völlig ahnungslos gewesen war. »Du bist noch nicht lange in der Kolonie, für dich ist eine Negerin eben interessant.«

»Aber«, schluchzte ich, »sie ist nicht viel dunkler als du und ich, wenn wir ein paar Stunden in der Sonne waren! Ihre Mutter ist Französin.«

Ludivine erhob sich, nahm ihre weißen Zwirnhandschuhe vom Tisch auf und schickte sich an, zu gehen.

»Man weiß genau, welche Art Französinnen das ist, die sich mit Schwarzen einlassen«, sagte Ludivine, »und ob es sich um ein tiefes oder ein helles Braun handelt, liebe Mabelle, das muß dir völlig gleichgültig sein. Deine Eltern werden dich ebenso wie die meinen gewiß an keinem Sklavenmarkt teilnehmen lassen. Wir haben auch Pater Lemoyne versprechen müssen, solche unmenschlichen Veranstaltungen nicht zu besuchen. Aber ich rate dir gut: Wenn wir Freundinnen werden sollen, vergiß alles, was du über die guten Wilden in den Büchern gelesen hast. Die Wirklichkeit ist ganz anders, und nun Adieu, du liebes Mondkalb!«

Sie umarmte mich, ja sie küßte mich zu meiner maßlosen Überraschung sogar auf den Mund, was schlimm nach Salz und Tränen geschmeckt haben muß, und dann ging sie. Ihre Zärtlichkeit im letzten Augenblick hatte mich zwar getröstet, aber im Grunde war ich doch ziemlich niedergeschlagen. Einmal, weil ich nun selbst einsah, daß ich mich wie ein Mondkalb benommen hatte, das zum erstenmal auf einer irdischen Wiese grast, zum andern, weil ich mich gegenüber Matilda schuldig fühlte. Ich war so froh gewesen, sie zu haben; ich hatte mich an ihr braunes, rundes Gesichtchen mit den großen dunklen Augen schon sehr gewöhnt, und Alphonse liebt sie geradezu, er weicht nicht von ihrer Seite und läuft ihr selbst bei der Arbeit durch alle Räume nach. Es wäre bestimmt nicht richtig, mich von Matilda zurückzuziehen! Andererseits aber habe ich offensichtlich gegen ungeschriebene Gesetze verstoßen. Ich werde mit Mama darüber sprechen müssen, Papa ist mir in diesen Dingen zu gefährlich, der wäre imstande, Ludivine das Haus zu verbieten, nur um Matilda nicht zu kränken.

Natürlich waren es sehr gemischte Gefühle, mit denen ich mich zu dem ersten Nähkränzchen aufmachte; nicht nur wegen Matilda, sondern auch, weil ich dort ja andere Freundinnen Ludivines kennenlernen würde, oder mindestens eine. Sie hatte so seltsam gelacht, als sie mich auf die anderen Mitglieder in der Runde vorbereitete. Ulysse brachte mich mit unserem Wagen zu dem Haus im Zentrum, das Monsieur de Lamothe-Cadillac bewohnt, und ich sagte, daß ich in zwei Stunden gern wieder abgeholt werden würde.

»Ich werde schon nach eineinhalb Stunden kommen, Comtesse Mabelle«, antwortete der alte Neger und er lächelte dabei ein ganz klein wenig, so als wisse er von dem, was mich erwartete, mehr als ich. »Wenn es Ihnen gut gefällt, Comtesse, so bleiben Sie ruhig länger, ich habe ja ein Verdeck, das ich bei Regen aufstellen kann.«

Mit großer Erleichterung stellte ich dann fest, daß jene Freundin, auf die Ludivine mich neugierig gemacht hatte, mir längst bekannt war – es handelte sich um niemand anderen als um Yvonne Petit, die achtzehnjährige Gattin des Kaufmanns Eustache Petit aus Hâvre de Grâce; sie war allein gekommen, weil ihre Zwillingsschwester sich an einem großen Teller mit Kaktusfeigen den Magen verdorben und schmerzhafte Koliken eingehandelt hatte.

»Yvonne hat mir von euch erzählt«, gestand Ludivine, »darum

habe ich es riskiert, dich nach der Kirche anzusprechen. Sie sagte, ihr wäret zwar sehr vornehm, aber für Grafen sehr umgänglich. Nun, da ich den Tick meines Vaters kenne, der unbedingt immer zu den Vornehmsten gehören möchte, habe ich mir gedacht: probierst du's eben.«

Tatsächlich hatten wir noch keine zehn Minuten geplaudert, als Monsieur de Lamothe-Cadillac eintrat und mich mit südfranzösischer Grandesse begrüßte. Er sprach dabei so viel, daß Mamas Befürchtung, ich würde in diesem Haus ausgefragt werden, sich schnell in Luft auflöste. Madame de Lamothe-Cadillac, geborene Guyon, die Korsarenschwester, hätte mich mehr interessiert als dieser alte *Beau**; sie aber bekam ich leider nicht zu Gesicht.

Das Wiedersehen mit Yvonne Petit freute mich sosehr, daß ich aufpassen mußte, Ludivine nicht zu kränken. Sie steht mir an Jahren näher als Yvonne und hat Anspruch auf meine Freundschaft, während Yvonne Petit eine verheiratete Frau ist, die sich an ihren Mann halten kann. Sie berichtete übrigens von schweren Enttäuschungen: Das Handelshaus Petit & Grandjean habe durch die Untreue und die Untüchtigkeit des Monsieur Vandenberg, seines Residenten in Louisiana, sehr viel Geld verloren: die beiden jungen Herren müßten hier von Grund auf neu anfangen.

Als wir uns auf dem Vorplatz des Hauses verabschiedeten, stand de Lamothe-Cadillac auf einmal neben mir.

»Wie hat es Ihnen denn bei uns gefallen, Comtesse?« wollte er wissen.

»Ach«, antwortete ich unbefangen, »um die Wahrheit zu sagen: ich habe mich eigentlich gar nicht umgesehen, wir Mädchen

* Schönling.

schwätzen gerne, und dann waren ja noch die vielen Nadeln und die Schnittmuster. Aber das Haus ist sehr eindrucksvoll.«

»Sie hätten das Haus sehen sollen, das ich in Detroit bewohnt habe«, sagte er, »das war meine Stadt. Ich habe sie gegründet. Aber gegen diesen Vaudreuil, diesen rauhen Haudegen, kann ein Mann von Lebensart wie ich natürlich nicht ankommen. Glauben Sie, Comtesse, daß Ihr Herr Vater eine Einladung zu mir annehmen würde?«

Ludivine kniff mich mahnend in den Unterarm, ich begriff nur leider nicht, was dies bedeuten sollte: Mußte ich nun zusagen oder sollte ich eine Ausflucht gebrauchen?

»Wünschen Sie, daß ich meinem Vater etwas von Ihnen bestelle, Monsieur?« fragte ich darum mit der vollkommensten Unschuldsmiene, während Ulysee schon höflich vom Bock kletterte und das kleine Treppchen im Wagenfond herunterklappte.

»Ähh . . . für den Moment . . . vielen Dank, Comtesse, wir lassen von uns hören!« antwortete de Lamothe-Cadillac und verschwand im Haus.

»Du bist ja viel raffinierter, als ich vermutet habe«, flüsterte Ludivine mir zu, »den Ärmsten so an der Nase herumzuführen. Wenn du es schaffst, daß deine Eltern zu uns kommen, dann . . .«

»Was ist dann?«

»Dann«, hauchte Ludivine geheimnisvoll, »sage ich dir, für welchen Mann in der Kolonie ich schwärme.«

Auf der Rückfahrt vertraute Ulysse mir dann an, daß Matilda sich den ganzen Nachmittag über die Augen schier aus dem Kopf geweint hatte.

»Weil ich sie nicht mit mir genommen habe?«

Ulysse nickte bekümmert.

»Matilda will alles wissen. Immerzu an Türen lauschen. Seit

kleine Dame vom Haus Lamothe bei Comtesse gewesen ist, unsere arme Matilda wie ausgewechselt. Immerzu nasse Augen und viel sprechen mit Monsieur Alphonse.«

Da hatte ich's nun, und mein Bruder hatte mir keinen Ton davon gesagt. Matilda mußte von ihm die fürchterlichsten Eide verlangt haben. Allein das mußte man ihr eigentlich schon übelnehmen, denn Alphonse ist schließlich ein Kind. Man darf ihn nicht in dieser Weise unter Druck setzen oder gar vor die Wahl stellen, sich für seine Schwester oder eine kleine schwarze Magd zu entscheiden.

Obwohl ich Mitleid mit Matilda empfand, kochte ich schließlich innerlich, als der Wagen vor unserem Haus hielt. Mamas Fragen nach den Gesprächen vom Nachmittag und nach dem Hauswesen bei Lamothe-Cadillac beantwortete ich nur einsilbig, so daß Mama mich schließlich recht ungnädig beurlaubte und mir befahl, bis zum Abendessen meine schlechte Laune abzulegen. Als ob man solche Stimmungen und Nöte abstreifen könnte wie eine alte Satinbluse!

Ich ging in mein Zimmer und klingelte dort nach Matilda. Ich hatte ein kleines Glöckchen aus böhmischem Glas, dessen feinen Ton sie kannte, und obendrein schien sie darauf gewartet zu haben, denn schon im nächsten Augenblick stand sie in der Tür. Als sie mich sah, so herausgeputzt, wie ich bei Ludivine gewesen war, stürzten ihr sogleich die Tränen aus den Augen.

»Und ich hatte geglaubt«, sagte sie in ihrem guten Französisch, »daß wir Freundinnen seien, Freundinnen fürs Leben!«

Ich kam mir entsetzlich schlecht vor, als ich so ruhig wie möglich antwortete, jeder Mensch brauche Freunde, und nicht nur einen oder eine.

»Ich verstehe«, sagte sie und trocknete sich die Tränen. »Du willst sagen, man brauche schwarze und weiße Freundinnen,

und vielleicht auch noch ein paar Indianerinnen, denn Freundinnen kann eine junge Gräfin ja nie genug haben.«

»Matilda«, bat ich leise, »sei nicht ungerecht. Wir sind alle jung,
wir leben in dieser seltsamen Kolonie. Wir sind doch aufeinander angewiesen, meine Eltern haben ihre Verpflichtungen, einen
Bekanntenkreis . . .«

»Meine Mutter hat auch einen Bekanntenkreis«, antwortete
Matilda, und ihre Augen funkelten so böse, wie ich es noch nie
gesehen habe, »vor allem, seit mein Vater uns verlassen hat. Das
sind die scheußlichsten, die schmutzigsten Männer, die es unter
den Weißen von Nouvelle Orléans überhaupt gibt. Aber keiner
von ihnen ist zu mir so grausam, so ungerecht und so falsch gewesen wie du, Mabelle de Cressonat!«

Nachdem sie mir das ins Gesicht geschleudert hatte, stand sie
auf und lief die Treppe hinunter, und, feige wie ich bin, lief ich
ihr nicht nach, obwohl ihr Schluchzen bis zu mir herauf drang.
Ich suchte nach Alphonse, gab es aber nach wenigen Minuten
auf, mit ihm zu sprechen. Denn das waren Dinge, die ein kleiner
Junge nicht verstehen kann. Nur sein Blick schmerzte mich; er
sah mich immerzu so fragend an und rückte endlich mit dem
heraus, was er eigentlich wissen wollte.

»Was ist eigentlich dran an dieser Ludivine?« fragte er und
blickte mich mit seinen ruhigen Augen so forschend an, daß ich
ganz beschämt war. »Sie ist dünn, sie ist schön, sie hat eine viel
zu hohe Stimme und sie ist immerzu aufgeregt. Ich muß dir sagen, da gefällt mir unsere Matilda viel besser!«

Daraufhin senkte er traurig den Kopf und trollte sich.

Ja – so begann das Unbegreifliche, und ich muß sagen: Führte
ich nicht schon ein Tagebuch, ich hätte es nun beginnen müssen,
um dies alles zu erzählen.

Es war bald nach unserem ersten Nähkränzchen, daß Ludivine

unangesagt vorfuhr. Man hörte das Räderknirschen auf dem Sand des Vorplatzes so laut, daß ich gleich an das Fenster meines Giebelzimmers stürzte und von oben alles mit ansehen konnte. Matilda kam höflich herausgelaufen und half Ludivine vom Wagen, weil diese einen kleinen Packen mit Büchern und Heften unter dem Arm hatte. Dabei standen die beiden Mädchen ziemlich nahe beisammen, unmittelbar neben dem Wagen; was gesprochen wurde, verstand ich nicht, denn das Fenster war wegen der Nachmittagshitze geschlossen, und hätte ich es in diesem Augenblick geöffnet, so hätte man es auf dem Vorplatz bestimmt gehört.

So konnte ich also nur sehen, daß der Wortwechsel erregter wurde und daß Ludivine hastig wieder auf ihren Gig kletterte. Sie ließ sogar die Peitsche ein wenig knallen, damit der Apfelschimmel sie schnell wegbringe, beschrieb wie stets die enge Kehre, bei der sich ihr einachsiger Wagen beinahe auf dem Fleck drehte, und lag plötzlich im Sand: Eines der beiden großen Räder hatte sich von der Achse gelöst, das leichte Gefährt war umgekippt und das Pferd tat verschreckt zwei oder drei große Sprünge, gottlob nicht mehr, weil Ulysse eben aus dem Haus trat und das verstörte Tier schnell zum Stehen brachte.

Ich sah noch Ludivine, den langen Zügel um das Handgelenk gewunden, zwischen den verstreuten Büchern im Sand auf dem Gesicht liegen, dann lief ich schnell die Treppe hinunter. Im Entrée stieß ich mit meinem Vater zusammen, ließ ihm den Vortritt und sah beklommen zu, wie er das offenbar ohnmächtige Mädchen auf seinen Armen ins Wohnzimmer hineintrug.

»Schnell, Matilda!« sagte er zu unserer Magd, die regungslos allem zugesehen hatte. »Ich brauche Wasser und Verbandzeug, und dann holst du Madame aus dem Garten.«

Ich hielt die Tür zum Salon auf. Ludivine hing wie leblos in Papas Armen, ihr Haar hatte sich gelöst und fiel frei in langen Strähnen bis auf den Boden, ihr schönes Gesicht war ganz blaß und vom Sand verklebt. Als Papa Ludivine auf ein Sofa gebettet hatte, schlug sie die Augen auf, sah mich und lief sogleich puterrot an:

»Du bist hier?« stöhnte sie, »und du läßt dich verleugnen? Oh Gott, mein Bein!«

Das war nun mehr auf einmal, als ich zu begreifen vermochte. Matilda kam mit einer Schüssel warmen Wassers und reinen Tüchern aus der Küche; ich schob einen Stuhl zurecht und hielt mich für die Handreichungen bereit.

»Sie soll gehen, bitte!« bat Ludivine und sah meinen Vater angsterfüllt an, aber Matilda hatte gar nicht darauf gewartet, aus dem Zimmer gewiesen zu werden: sie lief hinaus und wir waren mit Ludivine allein.

»Welches Bein ist es?« fragte mein Vater und tauchte ein Tuch in das Wasser.

Ludivine deutete auf das rechte Knie.

»Soll ich meine Frau rufen, Ludivine?« fragte Papa. (Das waren die Dinge, die ich so an ihm bewunderte und immer bewundern werde: ich kann mir nicht vorstellen, daß Monsieur de Lamothe-Cadillac solch eine Frage gestellt hätte, wenn ich in der Lage Ludivines gewesen wäre.)

Sie schüttelte nur den Kopf.

»Ich bitte Sie, Graf!« sagte sie leise und errötete, »Sie sind Mabelles Vater...«

Zugleich streifte sie selbst ihr Kleid hinauf, und man sah das rechte Knie und den Schenkel rot verschrammt und voll Sand, aber doch offenbar nicht gebrochen. Papa begann, die lange Rißwunde zu reinigen und schickte mich ins Bad, die Flasche mit Arnika zu holen.

»Das wird jetzt ein wenig weh tun!« sagte er dann, befeuchtete ein kleines Tüchlein mit dem Kräuterschnaps und tupfte die offenen Stellen am Knie und am Oberschenkel damit ab. Ludivine verzog zwar das Gesicht, sagte aber nichts und sah meinen Vater nur unverwandt an. Als diese Prozedur beendet war, trat Mama ins Zimmer. Ludivine wollte schnell das Kleid wieder über das Bein schieben, aber mein Vater hinderte sie daran.

»Meine Frau macht Ihnen jetzt einen leichten Verband, Ludivine«, sagte er, »dann geht Mabelle mit Ihnen ins Bad und hilft Ihnen, sich zu säubern. Ein Glück, daß das Pferd nach vorne ausgebrochen ist, es hätte Sie sonst schwer verletzen können!« Damit erhob er sich und winkte mich zu sich.

»Bleib bei deiner Freundin«, sagte er leise, »ich möchte jetzt die Dinge klären. Matilda ist so seltsam. Ob sie bei dem Unfall ihre Hand im Spiel hatte?«

»Ich hab's von oben gesehen«, flüsterte ich, »es ging alles furchtbar schnell. Es muß einen Streit gegeben haben.«

Dann war der Verband fertig, und ich brachte Ludivine in das untere Waschkabinett neben der Küche, in der sich niemand aufhielt. Papa hatte Matilda ins Gebet genommen und Mama war in den Garten zurückgekehrt, zu Alphonse.

»Hattest du Matilda aufgetragen, zu sagen, du seist nicht zu Hause?« fragte Ludivine, als ich ihr den Sand aus den Kleidern geschüttelt und das Gesicht vorsichtig abgewaschen hatte. Dabei sah sie mich prüfend an und mir wurde ganz merkwürdig zumute, so als stünde ich keiner Gleichaltrigen gegenüber, sondern einer jungen Frau.

»Wie kannst du so etwas annehmen, Ludivine«, antwortete ich wirklich betroffen, »erstens wußte ich gar nicht, daß du kommen würdest, und eine halbe Stunde später wäre ich wirklich nicht zu Hause gewesen, sondern mit Alphonse und Mama am

Fluß. Und dann, warum um Gottes willen sollte ich mich verleugnen lassen? Ich freue mich doch, dich zu sehen, immer und zu jeder Zeit!«

»Aber das Fenster hast du nicht aufgemacht! Du hast alles gesehen und mich mit dieser kleinen Hexe allein gelassen!«

»Wie sollte ich denn ahnen, daß etwas nicht in Ordnung sei? Es sah alles aus wie immer, und dann auf einmal der Unfall!«

»Sie hat den Nagel aus der Nabe gezogen«, flüsterte Ludivine, als könne Matilda uns hören, »das kann nur sie gewesen sein, denn auf der Fahrt hierher war noch alles in Ordnung. Ich habe Angst. Die Farbigen sind unberechenbar, und sie sind zu allem fähig.«

»Aber warum sollte sie so etwas tun?«

Ludivine sah mich beinahe böse an und schüttelte den Kopf.

»Bist du so naiv oder willst du nicht verstehen? Die Kolonie ist klein, sie ist winzig. Freundschaften lassen sich hier nicht ersetzen. Sie liebt dich. Sie ist stolz, die Freundin einer jungen Gräfin zu sein, das hebt sie heraus aus ihrem ganzen Elend und dem unendlichen Schmutz zu Hause. Und nun bin ich dazwischengekommen!«

Ich begriff und wußte doch nicht, was ich antworten sollte.

»Ulysse hat das Rad wieder drangemacht«, sagte ich nach einem Blick aus dem Fenster, »darf ich dich heimkutschieren? Ich wollte schon immer mal einen solchen Wagen fahren!«

»Und wie kommst du zurück?«

»Die Viertelstunde kann ich auch laufen, ich nehme meinen Sonnenschirm mit«, sagte ich fröhlich. Die Aussicht auf eine kleine Wagenfahrt hatte mir die gute Laune wiedergegeben, und ich fragte mich gar nicht mehr, ob Ludivines Verdacht begründet sei oder nicht.

Ehe sie aufstieg, warf Ludivine einen mißtrauischen Blick auf

Nabe und Rad. Aber Ulysse lächelte beruhigend und zeigte auf einen langen Nagel, den er durch die Achse getrieben und so umgebogen hatte, daß er sich auch bei vielen schnellen Umdrehungen nicht selbständig machen konnte.

Ich half Ludivine, die sich wegen des Verbandes nicht so frei bewegen konnte wie sonst, und stieg dann von der anderen Seite auf. Der Apfelschimmel hatte sich beruhigt und stand in der Gabel, ja mir schien, als äuge er freundlich zu mir zurück und ermutige mich ein wenig.

Es war ein anderes Gefühl als mit den Ponys auf Schloß Cressonat; das Gefährt war kein Spielzeug, sondern ein richtiger Wagen, und ich bewegte mich nicht auf dem Gelände des Schlosses, sondern nahm am Verkehr teil wie eine Menge anderer Menschen auch. Indessen machte das Pferd mir alles ziemlich leicht; ich ließ es auch nur selten in langsamen Trab fallen, weil Ludivine jedesmal schmerzlich das Gesicht verzog, wenn die Räder über eine Unebenheit rollten. An ihrem Knöchel war nun auch ein großer blauer Bluterguß zu sehen, eine Prellung, die wir früher gar nicht bemerkt hatten.

»Ich hätte tot sein können!« sagte sie anklagend, als sie meinen Blick bemerkte.

»Das vielleicht nicht«, widersprach ich unvorsichtig, »aber eine schwerere Verletzung wäre schon möglich gewesen, und ich habe offengestanden noch von keinem Arzt in Nouvelle Orléans gehört.«

»Doch, es gibt einen, einen Iren. Aber er ist ständig betrunken; dein Vater hat mich ganz wunderbar versorgt und verbunden. Er ist wirklich ein Edelmann!«

Das tat mir natürlich wohl, nach allem, was gewesen war; ich küßte Ludivine auf die Wange, half ihr vom Wagen und bot ihr meinen Arm, als sie ins Haus wollte. Aber ich ging nicht mit hinein, sosehr ich auch gebeten wurde. Es erschien mir plötzlich als eine Untreue gegenüber Matilda, was immer diese auch angestellt haben mochte. Ich spannte mein Schirmchen auf, denn die Sonne lag sengend auf der breiten Fahrstraße zwischen den Häusern von Nouvelle Orléans. Zum erstenmal fiel mir auf, daß es gar keine Gehsteige gab, und daß eigentlich niemand zu Fuß ging, der auf sich hielt. Ich war die einzige Weiße von Stand, die nicht ritt oder im Wagen fuhr, aber ich machte mir nichts daraus und aus den neugierigen Blicken: Es war hellichter Tag, die Hauptstraße war voll von Menschen, ich fühlte, daß mir keine Gefahr drohe, so lange ich nicht stehen blieb oder mich mit jemandem auf ein Gespräch einließ. Ich ging, so tief auch meine hohen Absätze in den Flußsand einsanken. Vom Lac Pontchartrain trug ein leiser Wind die bitteren Düfte trockenen Schlammes herüber. Es hatte tagelang nicht geregnet, und sogleich hatte sich der Schlick in den Straßen wieder zurückverwandelt in den feinkörnigen Sand des großen Mississippi.

Als ich endlich zu Hause eintraf, schmerzten mich die Sehnen der Schenkel und der Waden. Jeder Schritt im tiefen Sand hatte mich die doppelte Anstrengung gekostet, und schließlich, als ich das Stadtzentrum hinter mir hatte, war ich sogar aus den Schuhen geschlüpft, die man ohnedies alle paar Schritte ausleeren mußte, und war barfüßig weitergelaufen.

Zu Hause warteten Papa und Matilda im Wohnzimmer auf mich. Sie hatten offensichtlich nicht miteinander gesprochen, denn Papa hatte ein Buch in der Hand und Matilda trödelte mit dem Staubwedel herum.

»Sie will ohne dich nicht sprechen«, erklärte mir Papa, »also bringen wir's hinter uns, ehe dieser großmächtige Monsieur de Lamothe-Cadillac mit seiner Gascogner Beredsamkeit hier auftaucht.«

Matilda stellte den Flederwisch in eine Ecke, kam gesenkten Blickes heran und war sichtlich überrascht, daß Papa ihr einen Stuhl anbot. Als sie mich jedoch auf dem Sofa sitzen sah, huschte sie blitzschnell an meine Seite und ergriff meine Hand.

»Also, Matilda«, begann mein Vater ohne jede Strenge, aber mit jenem großen Ernst, den ich aus seiner Stimme nur ganz selten herausgehört habe. »Mabelle ist hier. Du bist nicht allein. Ich möchte jetzt alles wissen.«

»Niemand wußte, daß sie kommen würde«, sagte Matilda bokkig, »sie kommt und geht wann sie will. Sie war nicht angemeldet!«

»Und geht dich das etwas an?« fragte mein Vater.

»Nein, aber es schickt sich doch nicht. Ich wollte auch erst gar nicht lügen. Ich wollte sie nur ein wenig – nun warten lassen. Da sagte ich: Ich weiß nicht, ob die Comtesse hier ist. Aber Ludivine, ich meine Mademoiselle de Lamothe, wurde gleich ganz hochfahrend, ja richtig bissig. Ich sehe doch Ulysse, schrie sie, mit wem also soll Mabelle ausgefahren sein? Du lügst mich an, du schwarze Schlampe . . .«

»Das hat sie gesagt?« verwunderte sich Papa.

Matilda blickte nicht auf.

»Es klang jedenfalls so. Ich kenne solche Worte zu gut! Meiner Mutter wird oft so nachgerufen, dabei ist sie weißer als ich. Ich kann es nicht mehr hören. Und wie Lu . . . wie Mademoiselle de Lamothe mich so beschimpft hat, da war ich entschlossen, Stein und Bein zu lügen. Ich grinste sie an und sagte: Und wenn Sie mich noch sosehr beschimpfen, Mademoiselle, Mabelle ist nicht da, sie ist nicht da, sie ist nicht da, punktum!«

»Also eine glatte Lüge!« stellte mein Vater fest, aber ich drückte insgeheim Matildas Hand. Ich wollte ihr zeigen, daß ich ihr nichts übelnahm, ja daß ich sogar verstand, was sich in der

Hitze eines so vertrackten Nachmittags ereignet hatte.

»Sie wurde wütend, ganz richtig wütend«, berichtete Matilda weiter, »wandte sich zum Wagen um und suchte unter dem Sitz nach ihrem Sonnenschirm. Sie wollte mich bestimmt damit schlagen! In diesem Augenblick entdeckte ich, daß das rechte Rad nur notdürftig befestigt war. Es mußte sich schon einmal gelöst haben, und man hatte den Schaden nur flüchtig repariert, mit einem langen Nagel. Ich griff zu. Es tat weh, aber ich habe Kraft in den Fingern: Ich bog das eine Ende gerade, und schon konnte ich ihn herausziehen.«

Papa warf mir einen verblüfften Blick zu.

»Also doch!« sagte er. »Immerhin, du gibst es zu. Das ist gut, zumindest zu deiner Dienstherrschaft bist du ehrlich!«

Matilda sah den Vater groß an, schlug dann wieder die Lider nieder und sagte leise:

»Ich liebe Sie alle, Monsieur le Comte, und am meisten Mabelle. Bitte schicken Sie mich nicht fort. Ich würde es nicht überleben.«

Vater stand auf und schüttelte den Kopf, trat dann zu Matilda, strich ihr durchs Haar und blickte mich bekümmert an.

»So jung«, sagte er, »und solche Affären! Du mußt netter zu ihr sein, Mabelle, ich will im Haus keine Tränen. Unsere geschäftliche Lage ist keineswegs rosig; ich werde euch vielleicht auf Monate allein lassen müssen wegen dringender Reisen, also haltet Frieden und vertragt euch!«

ZWEITES BUCH

Das spanische Haus

Marie-Sophie

Hundert Meter von der Anlegestelle der Mississippi-Schiffe entfernt war eine kleine Poststation entstanden, und da man niemals so genau zu sagen vermochte, wann denn das Postschiff von Pensacola und Biloxi den Fluß herauf- oder das andere von Fort Natchez und Bâton Rouge den Fluß herunterkam, hatte ein geschäftstüchtiger Spanier neben dem kleinen öffentlichen Gebäude eine Bodega eingerichtet, in der man bei einem Glas Wein auf die Ankunft der Schiffe warten und, wenn sie dann angelegt hatten, über die Neuigkeiten reden konnte, die sie mitbrachten: Neuigkeiten schwarz auf weiß, wenn es Zeitungen aus Europa oder aus Quebec gab, oder die weit interessanteren Neuigkeiten, wie sie von Mund zu Ohr flogen, in allen drei Sprachen der Neuen Welt, je nachdem, ob sie aus Kuba, Kanada oder Pennsylvania kamen.

Hier, in der Bodega, stieß Balthazar de Cressonat nach einigen Wochen, in denen von dem Korsaren nichts zu sehen gewesen war, auf Jan van Hertogenbosch, der hinter einem Glas Rioja-Weines saß und den Fluß hinunterblickte.

»Die Nachricht, auf die Sie warten«, sagte Cressonat nach der Begrüßung, »kommt also aus Biloxi?«

»Von viel weiter, Graf: Aus Paris!«

»Direkt hierher? Dann muß es sich um ein ziemlich kleines Schiff handeln!«

»Es ist ein kleines, schäbiges Ding, das dennoch diese Reise schon zum viertenmal macht: *Le navire des femmes,* wie es alle nennen, das Frauenschiff. Sehen Sie sich um, Graf: Die Bodega ist voll, Gerüchte reisen schnell. Manch einer, der hier sitzt, hat schon die Nacht hier verbracht, das habe ich mir dadurch erspart, daß ich meine Leute Ausschau halten ließ. Daher weiß ich, daß die *Aphrodite* aus Nantes vor einer Stunde die Pointe de la Hache umrundet hat, das Kap an der Flußmündung; sie muß in der nächsten halben Stunde in Sicht kommen, und Sie müssen es auch gewußt haben, Graf, denn solche Zufälle gibt es nicht!«

»Sie meinen den Zufall, daß ich just zur Ankunft des Frauenschiffes hier eintreffe?« fragte Cressonat lachend, »was sollte ich mit solcher Fracht? Ich habe Frau und Tochter und dazu ein kaffeebraunes Hausmädchen, das schafft schon Probleme genug.«

»Ich habe davon gehört.« Hertogenbosch sah sich um, ob jemand zuhörte, schenkte Cressonat von dem roten Rioja ein und setzte leiser hinzu: »Lamothe-Cadillac erzählt in der ganzen Stadt, es habe einen Mordanschlag auf seine schöne Tochter gegeben, und Sie hätten alles vertuscht!«

Cressonat hob die Schultern.

»Bei den Strafen, wie sie auch heute noch immer verhängt werden, vor allem, wenn es sich um Farbige handelt, hätte ich auf einen Verdacht hin ein junges Leben vernichtet. Selbst wenn Matilda an dem Wagen herumhantiert haben sollte – es wäre für mich kein Grund, sie der öffentlichen Verachtung preiszugeben. Und das wäre der Fall, wenn sie in unserer kleinen Kolonie zum Beispiel zu fünfzig Stockschlägen verurteilt würde.«

»Ich teile Ihren Standpunkt, Graf«, antwortete Hertogenbosch nachdenklich, »obwohl es schwierig sein dürfte, ihn durchzuhalten, so wie das Leben hier ist. In diesem Fall riskieren Sie nicht sehr viel. Lamothe-Cadillac ist ein dunkler Ehrenmann, der Gouverneur in Quebec hingegen, vor dem er Reißaus nahm, ist ein hochverdienter, hochdekorierter Mann aus einer der ältesten Familien des Languedoc. Lamothe-Cadillac hat viele Feinde, und es werden noch einige dazukommen. Aber für Sie, Graf, ist er wichtig, denn was wollen Sie aus dieser armseligen Kolonie ausführen, wenn Sie nicht die Silbererze vom Illinois kriegen?«

»Nun, auf der Ile Dauphine soll es einen Großgrundbesitzer geben, der mit Ackerbau ein Vermögen macht.«

»Richtig, er heißt Trudeau, man nennt ihn auch den *Lord de l'Isle;* er exportiert in die spanischen Kolonien, wo nichts wächst, weil die Spanier ihre Feldarbeiter wie Tiere behandeln. Aber Trudeau hat alles selbst in der Hand und gut funktionierende Verbindungen nach Pensacola und Kuba.«

Cressonat blickte den Holländer offen an.

»So wird es hier mit allem sein. Ich bin zwar nur zehn Jahre später dran als die anderen, aber es scheint, ich bin doch entscheidend zu spät gekommen. Haben Sie einen Rat für mich? Ich würde mich erkenntlich zeigen.«

»Ich helfe Ihnen, Graf, weil es ungünstig für die ganze Kolonie wäre, wenn sie in Abhängigkeit von Lamothe-Cadillac gerieten. Sie werden Felle bekommen, denn weiter oben, im Norden, hat der Gouverneur viel vom Pelzhandel an sich gezogen. Er war sein Leben lang anständig, dieser Vaudreuil, aber nun wird er alt und will mit einem kleinen Vermögen nach Frankreich zurückkehren. Das hat die Waldläufer und Fallensteller verprellt; sie wollen sich nicht die Preise diktieren lassen und bieten nur noch zum Teil in seinen Stationen an. Damit haben Sie eine Chance: Begnügen Sie sich für den Anfang mit kleinen Gewinnen oder überhaupt mit der Vermittlungsgebühr, die Crozat Ihnen garantiert hat, und Sie werden der Pelz-Exporteur von Louisiana, Graf!«

»Dann darf ich zunächst eine zweite Flasche bestellen, die aber auf meine Rechnung«! antwortete Balthazar de Cressonat lebhaft.

»Wir werden sie nicht mehr leeren können!« stellte Hertogenbosch fest, der mit seinem Korsarenauge die *Aphrodite* erspäht hatte. Sie umrundete gerade die letzte Schilfinsel vor der Anlegestelle, und obwohl sie gegen die Strömung anzukämpfen hatte, mußte sie in einer Viertelstunde festmachen.

Die Flasche Rioja wurde doch noch angebrochen, und Cressonat prostete dem Holländer zu.

»Wir sind zu zweit und können offen sprechen«, sagte er, »sie müssen mir unbedingt sagen, Mijnheer, wie ich mich erkenntlich zeigen kann!«

»Warten Sie ab, Graf, was Ihnen die Sache bringt. Bei Männern Ihres Schlages ist man am besten dran, wenn man ihnen die Ziffern überläßt. Natürlich geht keiner in die Kolonien, um hier die gelben Fluten des Vaters der Ströme zu besichtigen und die reizenden Krokodile. Wir wollen alle reich werden. Aber jene, die es damit zu eilig hatten, liegen inzwischen schon unter der Erde oder haben ihren Ruf überstrapaziert wie Lamothe-Cadillac. Seien Sie offen zu Crozat; der Marquis ist zwar ein guter Geschäftsmann, aber inzwischen reich genug, um wieder ehrlich werden zu können. Ich selbst habe, wie man so sagt, mein Schäfchen im Trockenen: So lange wir mit den spanischen Kolonien nicht Handel treiben durften, blühte der Schmuggel, und dabei waren die Verdienstspannen erfreulich hoch. Denken Sie also zunächst nicht an mich, sondern an sich selbst und an Ihre reizende Familie!«

Cressonat lachte gutmütig.

»Hat etwa Mabelle, dieses süße kleine Kind, Ihnen am Ende den Kopf verdreht?«

»Die kleine Mabelle?« Jan van Hertogenbosch hob abwehrend beide Hände. »Da sei Gott vor. Nein, ich meine das ganz allgemein, Graf. Sie haben eine schöne junge Frau, Sie haben einen aufgeweckten Sohn, und Sie haben eine niedliche Tochter, die bald Ansprüche anmelden wird. In Paris kann man unbemerkt und billig dahinleben, sofern man dazu gezwungen ist. Hier kennt jeder jeden, und Sie haben nicht nur den Namen, Sie haben auch die Position. Geben Sie den Ihren den Rahmen, in dem sie glücklich sein können.«

»Sie halten also mein Haus für zu bescheiden?«

»Vielleicht. Auch Nouvelle Orléans ist vielleicht nicht so günstig, nicht so gesund und fröhlich wie zum Beispiel Mobile, am Meer gelegen, unweit von Pensacola. Aber dort gibt es vorerst nur ein einziges akzeptables Haus, und das ist die Zweitresidenz von Lamothe-Cadillac, seit er es einem anderen abgejagt hat. Bleiben Sie also ruhig hier, aber sorgen Sie für einen repräsentativen Hausstand, für eine weiße Gouvernante, für ein Gartenhaus . . .«

Cressonat waren diese doch recht persönlichen Ratschläge gerade etwas peinlich geworden, als die Ankunft der *Aphrodite* das Gespräch beendete. Vom Bug des Schiffes wurde ein Seil ans Ufer geworfen, und an dieser langen Leine ließ sich das nicht sehr große Fahrzeug von der Strömung selbst erstaunlich sanft gegen den Landungssteg drücken. Aus der Bodega strömten nun die Männer ans Ufer, es mochten dreißig oder vierzig sein, und sie stimmten – vom Rioja angeheizt – ein lautes Begrüßungsgeschrei an. Die auf dem Deck zusammengedrängten Frauen und Mädchen hingegen blieben völlig stumm.

Auf dem Landesteg gab es ein Treppchen, das man durch ein paar quergelegte Bretter dem Wasserstand des Flußes oder auch der Bordwandhöhe des Schiffes anpassen konnte. Bei der *Aphrodite* genügten zwei zusätzliche Stufen, und Cressonat wunderte sich, daß ein so kleines Fahrzeug die Ozeanüberquerung überhaupt geschafft hatte.

Vermutlich war es den Frauenfängern ziemlich gleichgültig

gewesen, ob die Fracht ihr Ziel erreichte oder auch nicht. Den armen Geschöpfen, die in diesem Schiff acht Wochen über das Meer gesegelt waren, sah man an, daß sie zeitweise dem Himmel näher gewesen sein mochten als der Erde. Nicht einmal das hier nun feststehende glückliche Ende der Fahrt vermochte ein Lächeln auf ihre Lippen zu zaubern. Sie schleppten kleine und größere Bündel mit sich, in der richtigen Annahme, daß es in der Kolonie nicht ganz leicht sein würde, sich auszustatten, und daß die Männer, denen man sie überlassen würde, wohl kaum die Gewohnheit hatten, ihre Frauen zu verwöhnen.

Cressonat fragte einen der Seeleute, die den Fuß auf die Bretter stemmten, damit die improvisierte Treppe nicht rutsche, woher der Transport denn komme.

»Wir sind aus Nantes«, antwortete der Mann, »die Fracht kommt aus Paris und aus Fresnes.«

Fresnes, das war das große Frauengefängnis der Ile de France, und so mancher der Frauen sah man auch an, daß sie bewußt das kleinere Übel gewählt hatte, daß die unbekannte Chance einen leichten Sieg über das allzu bekannte Elend hinter Gefängnismauern davongetragen hatte. Schlimme Gesichter waren darunter, früh vom Alkohol gezeichnet oder auch von einem rüden Leben in den Kneipen des Faubourg Saint-Antoine, dem unruhigsten Viertel der großen Stadt Paris. War eine jünger, schüchterner und vom Verbrechen oder vom Laster noch unberührt, so hielt sie sich ein wenig abseits, um den Blicken der versammelten Männer zu entgehen und ihre rohen Späße nicht hören zu müssen.

Solch ein Mädchen stand plötzlich neben Jan van Hertogenbosch, er hatte sie mit seinen langen Armen aus der kleinen Schar kurzerhand herausgefischt. Niemand hatte es bemerkt, weil vor der Bodega inzwischen ein reges Allgemeingespräch zwischen den Frauen und den wartenden Männern begonnen hatte, ein Gespräch, in dem binnen Minuten Entscheidungen fürs Leben fielen, ein Abkommen, das niemand lenkte oder überwachte. La Nouvelle Orléans hatte keinen Bürgermeister, und wenn es einen gegeben hätte, er hätte sich wohlweislich gehütet, hier Schicksal zu spielen, wo keiner den anderen kannte und die Sympathie des Augenblicks das einzige Gesetz war. Man stand glücklicherweise auch so eng beisammen, daß jenes scheußliche Taxieren unmöglich war, wie es durch die Sklavenauktionen üblich geworden war: Die Kolonisten konnten nur einen ungefähren Eindruck von den Frauen gewinnen, ihnen in die Augen schauen, mit ihnen ein paar Worte wechseln und von den eigenen Verhältnissen sprechen, das war alles. Und von den Frauen hatten nur die wenigsten Ruhe und Selbstvertrauen genug, erst einmal abzuwarten – schließlich mußte man sie ja irgendwo unterbringen – und sich der Tatsache, daß sie niemand gewollt hatte, zu stellen.

Während die ersten Paare schnell entschlossen und sichtlich zufrieden miteinander abzogen, Frauen aus Paris auf die Karren und Wagen von Männern stiegen, die aus der ganzen Welt hierher gekommen waren und hier an der Indianergrenze ihr Gütchen bearbeiteten, mußte Balthazar de Cressonat sich wohl oder übel mit dem Mädchen beschäftigen, das Hertogenbosch in den Vorgarten der Bodega gezogen und aufgefordert hatte, an ihrem Tisch Platz zu nehmen.

»Wir dürfen Ihnen doch etwas zu essen bestellen, Mademoiselle?« erkundigte sich Cressonat höflich. Er sprach absichtlich leise und behutsam, denn in dem hübschen, schmalen Sommersprossengesicht des blonden Mädchens stand die blanke Angst. Sie nickte auch nur, versuchte wohl, etwas zu sagen, aber Cressonat begriff, daß ihr die Kehle verschnürt war von allem, was um sie herum vorging. Ein Schluck Wein tat ihr sichtlich gut, nur hielt sie dann ein, wohl weil sie einen völlig leeren Magen hatte. Die Wirtin brachte aber ziemlich schnell ein spanisches Omelett, Kartoffeln, Eier und ein wenig Selchfleisch, eine deftige, aber wohlriechende Speise, die so verlockend auf dem Teller lag, daß das Mädchen nach einem Blick, mit dem sie stumm um Entschuldigung bat, sich sogleich darüber hermachte.

Cressonat und der Holländer sahen einander an: Ein armes Geschöpf, aber gewiß nicht aus Fresnes: Eher eine jener Unschuldigen, die es überall verstehen, das Unglück an sich zu ziehen. Als der Teller noch halb voll war, kapitulierte sie vor dem schweren Gericht und hielt sich nur noch an den Wein. Hertogenbosch nahm, ohne sich zu zieren, an sich, was sie übrig gelassen hatte, und aß mit ihrem Besteck weiter, während Cressonat ihr Wein nachschenkte und versuchte, das kaum begonnene Gespräch wieder aufzunehmen.

»Ich hoffe, Sie nehmen es uns nicht übel, daß wir Sie vom Markt genommen haben«, sagte er, ein wenig unsicher darüber, wie man diese in Frankreich undenkbare Veranstaltung sonst nennen könnte. »Nach dem, was man so aus dem Schiff quellen sah, hätten Sie gute Chancen gehabt, gleich ein Unterkommen zu finden!«

Das Mädchen errötete.

»Ich bin erst einundzwanzig Jahre alt«, sagte sie leise, und zum erstenmal stahl sich ein Lächeln auf ihre Lippen, »ich suche zwar Arbeit und Unterkunft, aber einen Mann, den kriege ich wohl im nächsten Jahr auch noch. Inzwischen sehe ich mich hier ein wenig um!«

»Das ist eine sehr kluge Einstellung, die bei Ihrer Jugend verwundern muß, Mademoiselle«, antwortete Cressonat. »Vermutlich hat man Sie auf diese weite Reise und auf Ihr Schicksal in

Louisiana gut vorbereitet?«

»Und ob, Monsieur!« sagte in diesem Augenblick eine tiefe Frauenstimme, und Cressonat gewahrte, als er aufblickte, eine Frau in Schwesterntracht und vier weitere Mädchen, etwa im gleichen Alter wie die blonde Unbekannte. »Ich bin Schwester Gertrud aus der *Salpétrière* und habe fünf unserer Schutzbefohlenen nach Louisiana gebracht. Darf ich fragen, wer Sie sind?«

Cressonat und Hertogenbosch stellten sich vor, die Frauen nahmen an einem Nebentisch Platz, und das Mädchen, das eben das spanische Omelette gegessen hatte, taute ein wenig auf, da nun Schwester Gertrud und die Gefährtinnen aus dem Waisenhaus in ihrer Nähe waren.

»Ich heiße Marie-Sophie«, sagte sie leise, »einen Familiennamen habe ich eigentlich nicht, aber weil ich zu Allerheiligen in die Findelkindlade des Waisenhauses gelegt wurde, hat man mich eben Toussaint genannt. Ich bin gesund und kann alle häuslichen Arbeiten verrichten, darüber hinaus aber auch Handarbeiten und Notenlesen.«

Während Cressonat peinlich berührt schwieg, weil es ihm nicht in seine Welt paßte, daß ein anständiges junges Geschöpf sich offensichtlich selbst anpries, ging Hertogenbosch unbefangen auf Marie-Sophie ein.

»Sie haben gehört«, sagte er, »daß der Herr ein Graf ist, alte normannische Familie; aber hier in Louisiana hat er noch keine Reichtümer gesammelt, er ist erst seit ein paar Wochen hier. Sie könnten seine zwei Kinder hüten und ihnen Handarbeiten, den Katechismus und ein wenig Bescheidenheit beibringen.«

Cressonat blickte amüsiert auf: »Wie wäre es«, sagte er lachend, »wenn Ihnen jemand Bescheidenheit beibrächte, Mijnheer Hertogenbosch? Ist Ihnen klar, daß Sie gerade ein Einstellungsgespräch führen, zu dem Sie niemand ermächtigt hat?«

Der Holländer sandte einen Blick stummer Anklage zum Himmel.

»Ich weiß«, antwortete er, auf Cressonats heiteren Tonfall eingehend, »daß der alte Adel gelegentlich ein wenig langsam denkt; aber Sie, Graf, sollten doch inzwischen begriffen haben, daß ich nur Ihr Bestes will. Sie nämlich könnten Marie-Sophie Toussaint niemals einstellen, man wird Ihnen vorwerfen, sie sei viel zu hübsch und Sie hätten dabei Hintergedanken gehabt.«

»Wer sollte so einen Unsinn sagen? Meine Frau gewiß nicht, die weiß, was sie an mir hat und wie sie selbst aussieht.«

Hertogenbosch pfiff leise durch die Zähne.

»Glauben Sie einem alten Schmuggler: Die Geschäfte, zu denen man gezwungen wird, sind oft die besten. Drehen Sie sich nicht um. Hinter Ihnen setzt Schwester Gertrud gerade zum Sprung an und will Ihnen ein anderes Mädchen andrehen. Schließen Sie schnell mit Marie-Sophie ab, sonst müssen Sie die rachitische Betschwester akzeptieren, die sie Ihnen zuzuführen gedenkt!«

Cressonat tauschte einen schnellen Blick mit Marie-Sophie. In ihren braunen Augen saß ein winziges Lachen. Auch sie war also dem Holländer wegen seiner frechen Bemerkungen nicht böse.

»Ich kann Ihnen nur sechsunddreißig Livres im Jahr geben, freies Logis, anständige Verpflegung und zu Weihnachten ein neues Kleid«, sagte Cressonat hastig und verlegen.

Marie-Sophie aber streckte kurz entschlossen eine schmale, weiße Hand über den Tisch.

»Einverstanden, Monsieur le Comte«, sagte sie, »ich werde Sie nicht enttäuschen!«

Es war eine Einigung gleichsam in letzter Sekunde, denn Marie-Sophie hatte ihre Hand noch nicht zurückgezogen, als schon, wie ein großer dunkler Schatten, Schwester Gertrud ungebeten am Tisch Platz nahm.

»Du weißt sehr genau, Marie-Sophie Toussaint«, sagte sie streng, »daß du bis zur Entlassung aus meiner Obhut Untertanin des Hôpital Général de Paris bist. Ich habe die Kassetten in Verwahrung, die wir dank der Güte Seiner allerchristlichsten Majestät und der milden Gesinnung der Marquise de Maintenon euch Unglücklichen mit auf den Lebensweg geben können. Sie sollen euch ein wenig von jenen anderen Mädchen der Kolonien unterscheiden, die ohne einen Sou und ohne geistliche Fürsorge hier ankommen. Also sei nicht unbescheiden und dränge dich nicht vor.«

Hier hielt Cressonat es für geboten, den Redestrom der energischen Dame zu unterbrechen, um so mehr, als sie ihn völlig zu ignorieren schien.

»Wenn Sie gestatten, ehrwürdige Schwester, Marie-Sophie hat sich keineswegs vorgedrängt. Wie sollte sie auch. Sie hat eben erst den Fuß auf den Boden von Nouvelle Orléans gesetzt, sie kennt hier nicht Weg noch Steg, und sie kennt keinen Menschen. Wie sind Herren von gutem Ruf und einem gewissen Rang in der Kolonie. Wir wollten uns an dem betrüblichen Heiratsmarkt nicht beteiligen, wie er dort drüben eben vor sich geht. Aber Sie werden mir doch erlauben, für meinen Hausstand Umschau zu halten?«

»Sie haben eben eine Entscheidung getroffen, die zu treffen mir zusteht, Monsieur!«

»Ich hatte mich vorhin vorgestellt, wiederhole es jedoch gern für Ihre Akten, ehrwürdige Schwester: Balthazar Archambault, Vicomte de Cressonat, Baron de Viré, Seigneur de Bec-en-Bessin,

Capitaine und hier im Stab des Marquis du Châtel. Dies dürfte wohl ausreichen, mein Vorgehen zu verstehen.«

»Sind Sie verheiratet, Vicomte?« erkundigte sich Schwester Gertrud, nun etwas sanfter gestimmt.

»Allerdings, und ich habe zwei Kinder, die ich eben gerne einem Menschen wie Marie-Sophie anvertrauen möchte.«

»Aber Sie kennen Marie-Sophie doch gar nicht!« widersprach die Schwester mißtrauisch.

»Und Sie, Schwester Gertrud, kennen mich nicht«, antwortete Cressonat, dem der ganze Vorgang schon zu lange dauerte und schon zu viele Neugierige angezogen hatte. »Ich trage hier große Verantwortung und muß täglich Entscheidungen fällen, und nichts ist für mich selbstverständlicher, als nach einem kurzen Gespräch und einem Blick in ein Augenpaar mir eine Meinung über einen jungen Menschen zu bilden.«

»Außerdem, ehrwürdige Schwester«, mengte Hertogenbosch sich ein, da die Gereiztheit des Grafen das Gespräch sichtlich gefährdete, »außerdem kennt man doch die großen Verdienste Ihres Ordens in der *Salpétrière,* im *Maison de la Pitié* und in *Bicêtre.* Dies garantiert für Mademoiselle Toussaint besser als manche Familie!«

Vollends versöhnt, gab Schwester Gertrud einem anderen Mädchen ein Zeichen. Dieses zerrte einen großen Seesack heran, aus dem die Schwester ein kleines Kästchen nahm, den Namen auf dem Deckel prüfte und das Ganze dann Marie-Sophie aushändigte.

»Hier findest du alle Papiere über deine Herkunft, Marie-Sophie, soweit sie uns bekannt geworden ist. Lies sie dir in einer ruhigen Stunde durch, es ist alles, was wir wissen, damit mußt du leben. Die 200 Livres stammen zur einen Hälfte von Seiner Majestät, zur anderen Hälfte von Monsieur Francois Dorbay, dem du zwei Jahre lang als Helferin bei seinen Schriftstücken und Plänen gedient hast. Unterschreibe hier, daß ich dir alles richtig übergeben und dich auf eigenen Wunsch aus meiner Obhut entlassen habe!«

Mit einer Ruhe, die Cressonat überraschte und die er bewundern mußte, öffnete Marie-Sophie das Kästchen aus Wacholderholz und schickte sich an, den Inhalt zu prüfen.

»Das wirst du doch jetzt nicht lesen wollen, Kind!« sagte Schwester Gertrud entrüstet, »es handelt sich um deine persönlichsten Angelegenheiten! Nimm den Schlüssel, schließe ab und verwahre alles gut im Haus des Grafen, wenn er in seiner Güte schon eine Waise aufnimmt!«

»Sie könnten immerhin das Geld zählen, Mademoiselle«, warf Hertogenbosch ungerührt ein, und das tat Marie-Sophie auch, wobei man ihr freilich anmerkte, daß sie einen solchen Reichtum noch nie beisammen gesehen hatte.

»Wollen Sie das Geld für mich verwahren, Monsieur le Comte?« bat sie und reichte die Scheine über den Tisch.

»Wenn Sie es ausdrücklich wünschen . . .« antwortete Cressonat, »ich bestätige Ihnen zu Hause den Empfang mit meinem Siegel. Und jetzt sollten wir gehen; Sie haben zwar gerade etwas gegessen, aber mich verlangt nach dem Diner zu Hause.«

Er erhob sich, Marie-Sophie griff nach ihrem Bündel, übersah die Hand, die Schwester Gertrud ihr zum Kuß bot und winkte den Gefährtinnen mit einem erlösten Lächeln zu.

»Da Sie zu Pferd hier sind, Graf«, sagte Hertogenbosch, »gestatten Sie mir sicherlich, Mademoiselle mit dem Wagen zu Ihrem Haus zu bringen; vielleicht wollen Sie auch Madame ankündigen, daß ich so frei war, dem gräflichen Haus Cressonat eine Gouvernante zu empfehlen?«

Damit zog er den Hut und verneigte sich, nahm das Bündel

Marie-Sophies, das ziemlich ramponiert aussah, und ging zu seinem Jagdwagen. Cressonat sah sich um. Die *Aphrodite* lag noch am Landungssteg, aber es schien niemand mehr an Bord zu sein. Die Sonne drückte auf Fluß, Ufer und Staßen. Es war auf einmal unwirklich still. Irgend etwas schien sich verändert zu haben.

Odile de Cressonat hatte sehr bald die ortsübliche Zeiteinteilung hinsichtlich der Mahlzeiten als praktisch erkannt und für ihren Haushalt übernommen. Man aß in der Morgenkühle geruhsam und ausgiebig, und die Eltern gestatteten auch nicht, daß die Kinder sich vorzeitig vom Frühstückstisch entfernten. Ein Bäcker aus Soissons, den es vor einem Jahr nach Louisiana verschlagen hatte, brachte zwar nicht die gewohnten Brioches zuwege, zumindest nicht so, wie man sie in der reichen Normandie beim Bäcker kaufen konnte, aus feinem, leichten Mehl und mit ungetrübtem Wohlgeschmack. Hier in Nouvelle Orléans mengte man die ein wenig bitteren Würzen des Maismehls dazu, aber man konnte sich daran gewöhnen, gab es doch von den Inselweiden des Herrn Trudeau ausgezeichnete Butter und aus den Farmen am Bayou Saint-Jean unweit der Stadt frische Milch, herzhaften Käse und gelegentlich sogar Gänseschmalz.

Teurer und darum nicht alltäglich waren die Wurst- und Schinkenwaren, die ein Monsieur de Muys, wohl ein Wallone, auf seiner Viehfarm in Tschupitulas herstellte. Irgendwie hatte er seinen Indianern die Technik des Lufttrocknens beigebracht, und auch seine Wurstkochereien arbeiteten ausgezeichnet. Mabelle hatte zunächst wohl ein wenig das Mäulchen verzogen, weil alles, was von de Muys kam, doch recht deftig schmeckte; aber man durfte nicht erwarten, in einer Kolonie, in der Auswanderer aus ganz Westeuropa ihr Glück suchten, die heimatlichen Gewohnheiten voll beibehalten zu können. Mittags wurde der Hitze wegen nur leicht gegessen.

Matilda, die beim Frühstück noch nicht im Haus war, sondern erst nachher das Geschirr wusch, brachte Früchte vom Markt mit, die sorgfältig gewaschen und mitunter als Kompott gereicht wurden, mit braunem Zucker aus Kuba, der ungleich gehaltvoller schmeckte als jener von den Azoren, den Mabelle von zu Hause kannte. Das Mittagsgetränk ware eine leichte Sangria, in der – wie Alphonse schmollend feststellte – zumindest für die Kinder viel mehr Apfelscheiben, Zitronen, Rosinen und Wasser waren als Wein.

»Es ist einfach zu heiß für Wein, *mon petit**«, sagte Odile de Cressonat dann zärtlich, »ich weiß schon, daß du ein kleiner Mann bist, aber bei solchen Temperaturen, wie wir sie hier mittags haben, würde dir das Getränk sonst zu Kopf steigen.«

Um sechs Uhr abends setzte ziemlich regelmäßig ein Landwind ein, der aus dem Norden kühlere Luft brachte und auf die See zu wehte; manchmal regnete es auch um diese Zeit, nachdem schon den ganzen Nachmittag über dunkle Wolken am Himmel gestanden hatten. Gewitter waren häufig und heftig, aber stets nur kurz, und wenn der letzte Tropfen gefallen war, stürmte alles, selbst die Gräfin, hinaus in den Garten, um die abgekühlte, feuchtfrische Luft zu atmen und von den Zweigen die dicken Tropfen des Gewitterregens zu streifen, als seien sie besser als das Brunnenwasser.

Nach den Gewittern gab es die schönsten Abendmahlzeiten, weil der Guß vom Himmel den Moskitos den Mut genommen hatte, weil man die Türen zur Veranda weit offenlassen konnte und die Abendkühle durch das ganze Haus zog. Bei diesen Ge-

* mein Kleiner.

legenheiten gab es nicht selten einen gewissen Wettstreit zwischen der kreolischen Küche Matildas und der normannischen der Gräfin, eine Rivalität, die sich Balthazar de Cressonat um so lieber gefallen ließ, als er und die Kinder die Nutznießer waren.

Marie-Sophie Toussaint kam etwas zur Unzeit ins Haus Cressonat, und da gar Jan van Hertogenbosch mit eintrat, wie er sagte: nur zum Apéritif, warf Odile ihrem Mann zunächst ein paar nicht sehr freundliche Blicke zu.

»Die Schiffe, Liebste«, sagte er zärtlich, »die haben ihre eigenen Fahrpläne, und Wind, Wasser und Wellen kümmern sich nicht um unsere häuslichen Einteilungen. Marie-Sophie, die uns Hertogenbosch empfiehlt, hat am Hafen gegessen, kümmere dich nicht um sie, ihr werdet euch später kennenlernen. Mabelle soll ihr die Räume im Oberstock zeigen und die Verteilung mit ihr besprechen, während ich mich ein wenig frischmache.«

»Und wer kümmert sich um Mijnheer van Hertogenbosch?« fragte die Gräfin leise.

»Nun du! Matilda soll ihr Steak créole machen, das kann sie aus dem Effeff!«

Auf dieses Signal hatte Mabelle nur gewartet. Sie haschte nach der Hand der blonden Pariserin, die bei dem kleinen Wirbel auf der Veranda stumm geblieben war und ohne Ungeduld gewartet hatte, bis die Verhältnisse sich klären würden. Nun aber lächelte sie Mabelle ermutigend an und reichte ihr die Hand.

»Ich . . . finde es wunderbar, daß Sie hier sind!« stammelte Mabelle und ergriff das Bündel, um es ins erste Stockwerk zu tragen.

»Ich wünschte, Sie könnten du zu mir sagen, Mabelle«, antwortete Marie-Sophie auf der Treppe, »aber ich bin vor einer Stunde zur Gouvernante befördert worden, und da schickt es sich dann doch nicht!«

»Bist du . . . sind Sie denn keine Gouvernante?«
Marie-Sophie lachte.
»Ich hoffe nicht«, sagte sie, »zumindest nehme ich an, daß man zu diesem Beruf nicht so einfach geboren wird. Ich habe früh arbeiten müssen, ich habe mancherlei gelernt, weil ich dann herausfand, daß es mir besser gehe als den anderen, wenn ich mehr wisse – ja, und so ist es jetzt gekommen. Ich glaube, der lange Mijnheer wollte mich nur einfach hier ins Haus bringen, wie, war ihm ziemlich gleichgültig!«
Mabelle zog es vor, sich dazu nicht zu äußern. Sie waren nun auch auf dem Treppenabsatz angekommen, und Mabelle erklärte die Lage:
»Im Giebel selbst sind zwei Zimmer, die bewohnen im Augenblick mein Bruder Alphonse und ich. Daneben aber gibt es noch zwei Mansarden, die haben schräge Decken, sind aber ganz gemütlich. Wenn Sie es wünschen, Mademoiselle, ziehe ich in eine Mansarde und überlasse Ihnen das Zimmer neben Alphonse.«
»Wie alt ist er?«
»Er wird im nächsten Monat acht.«
»Dann braucht er mich nicht mehr so nahe. Vielen Dank, Mabelle! Suchen wir eine Mansarde aus! Die mit weniger Sonne, würde ich sagen.«
Die Türe knarrte, und der große, aber an einer Seite ziemlich niedrige Raum öffnete sich leer und dennoch stickig vor Mabelle und Marie-Sophie.
»Oh-là-là!« sagte Marie-Sophie, und wenn sie enttäuscht war, so verbarg sie dies sehr geschickt. »Da werden wir Möbel brauchen. Ob wir im gegenüberliegenden Zimmer etwas finden?«
Das war die andere Mansarde, und siehe da, sie war von den Vorbesitzern mit allerlei vollgestopft worden, das in den unteren Räumen keinen Platz gehabt oder keine Verwendung gefunden

hatte. Für den Augenblick den eigentlichen Zweck der Suche vergessend, kämpften sich Marie-Sophie und Mabelle auf schmalen Pfaden durch das leicht angestaubte Chaos, und jede stieß kleine Schreie der Überraschung oder des Entzückens aus, wenn sie etwas gefunden hatten: Ein hoher, prächtiger Papageienkäfig aus schwerem Messing war das auffallendste Stück, ein leichtes Bettgestell aus Bambus das zunächst wohl nützlichste. Daneben gab es Reisekörbe, ganze Stöße zwei oder drei Jahre alter Zeitschriften in spanischer Sprache, eine prächtige Uniform für einen allerdings sehr kleinen Herrn und Damenkleider in großer Zahl. Ein venezianischer Spiegel, halb erblindet, aber ehrwürdig in seinem schönen Rahmen, krönte eine Damenkommode, die sichtlich von einem ausgezeichneten Kunsthandwerker gefertigt war, ein Möbel aus Toledo vielleicht oder aus Barcelona.

»Wir brauchen Hilfe!« stellte Mabelle schließlich fest und blies sich die Locken aus dem erhitzten Gesicht.

»Oh bitte nicht!« rief Marie-Sophie, »wenn Ihre Frau Mama diese alten Dinge sieht, kommen sie alle ins Erdgeschoß, und ich hätte sie so gern in meinem Zimmer. Bitte helfen Sie mir, Mabelle, wir tragen jedes einzeln hinüber, und die schwere Kommode, die räumen wir aus und schieben sie ohne Laden und ohne Spiegel!«

War das nun ein Bündnis gegen Mama? Mabelle versuchte sich darüber klar zu werden, gab es dann aber auf. Schließlich hatte sich bislang niemand um all diese Dinge gekümmert, die ja schon seit Jahren hier oben standen. Merkwürdig war nur, daß nach dem ungeklärten Tod des Spaniers niemand in dem Haus nach Wertgegenständen gesucht hatte. War es das Rätsel jenes Todes, das die schwarzen Einheimischen ferngehalten hatte, die abergläubisch genug waren, an den in seinem Haus umgehenden Sēnor Supercastro zu glauben – und die vielleicht auch mehr über sein Verschwinden wußten, als die weißen Behörden von La Nouvelle Orléans?

Marie-Sophie wollte auch nicht, daß ihr irgend jemand bei den Reinigungsarbeiten half; sie bat nur, früher aufstehen zu dürfen, und so hörte man denn schon lange vor dem Frühstück aus dem Dachstübchen, in das nur am Morgen ein wenig Sonne fiel, emsiges Hantieren, Schieben und Putzen. Als dann Mabelle ihrer Mutter beim Frühstück helfen mußte, stahl sich Alphonse zu Marie-Sophie hinüber, noch ein wenig verschlafen und darum wortkarg, aber offensichtlich ernsthaft interessiert an der neuen Gefährtin des häuslichen Lebens in diesem Haus.

»Guten Morgen, Alphonse«, begrüßte Marie-Sophie ihn fröhlich. »Das ist nett, daß du mir einen Besuch abstattest. Wie findest du mein kleines Zimmer?«

»Soo klein ist es gar nicht«, brummte Alphonse nachdenklich, »nur aufrecht stehen kannst du nicht überall. Daß die auch immer schräge Dächer machen müssen. Aber sonst finde ich's sehr hübsch.«

»Daß ich hier so hübsche Möbel habe«, antwortete Marie-Sophie, »das ist ein guter Beginn, nun will ich mir nur noch einen schönen Vogel schenken lassen für diesen prächtigen Käfig. Dann bin ich hier oben niemals allein!«

Es war ein frischer Morgen, an dem der nächtliche Nordwind sich nicht legen wollte. In der Nacht hatte es lange geregnet, und unter dem eintönigen Geräusch der herniederprasselnden Fluten hatte die ganze Familie einschließlich Ulysse besonders gut geschlafen. Um nicht zu stören, hatte Ulysse sich schon bald nach Sonnenaufgang außerhalb des Hauses zu schaffen gemacht und arbeitete an dem Zaun, den zu vollenden die Gräfin ihm befohlen hatte, eine Umzäunung des Gartengrundstücks von etwa fünftausend Quadratmetern, also ein gutes Stück Arbeit, wenn man es alleine zu bewältigen hatte.

Der Grund im Garten war tief, stellenweise sogar morastig durch den anhaltenden Regen, und die Familie am Frühstückstisch hörte durch die offenen Fenstertüren den leisen Singsang, mit dem der Alte seine eintönige Arbeit begleitete.

Als Odile de Cressonat eben frisches Brot aufschnitt und Marie-Sophie mit der Schokolade für die Kinder aus der Küche kam, verstummte der Gesang. Im Garten wurde es ganz still, dann aber vernahm man hastige Schritte, wie in Panik in den feuchten Boden gesetzt.

Außer Atem, verschmutzt und mit wirrem weißen Haar stand Ulysse auf einmal neben dem Frühstückstisch, und seine bloßen Füße hatten auf dem hellen Bretterboden große schwarze Spuren nasser Gartenerde hinterlassen.

»Ulysse!« rief die Gräfin entsetzt, »Was für eine Bescherung!«

»*Mille pardons**, Madame la Comtesse«, stammelte der Schwarze und trat dabei von einem Fuß auf den anderen, was das Desaster auf dem Salonboden noch schlimmer machte, »Monsieur le Comte, bitte einen Augenblick mit mir kommen, bitte . . .«

»Wir sind beim Frühstück, Ulysse!« rügte Cressonat. Als er aber sah, wie aufgeregt der Hausdiener war, legte er die Serviette aus der Hand und erhob sich.

Im Garten hinter dem Haus wies Ulysse zitternd in eine Ecke unweit des Zaunes. Das Terrain war dort abschüssig und der Regen der Nacht hatte das Erdreich besonders tief ausgewaschen. Aus der Mulde, die dabei entstanden war, ragte etwas, das aussah wie ein fauliges Stück Holz, das aber hätte den alten

---

* Entschuldigen Sie tausendmal.

Ulysse gewiß nicht in diesem Maße erschreckt. Als Cressonat näher kam, erkannte er, daß es sich um einen Unterarm und eine Hand handelte; die Finger wiesen starr nach oben zum Himmel, und an einem stak ein breiter goldener Ring.

Die Geschichte des Spaniers

Ulysse handelte schneller als sein Herr, ganz so, als habe der große und lähmende Schrecken in dem Augenblick an Kraft verloren, als er ihm nicht mehr allein gegenüberstand. Während Cressonat wie erstarrt auf die Hand im Schlamm blickte, griff Ulysse nach der Schaufel, die er beim Aufstellen der Pflöcke für den Zaun benützt hatte und bedeckte den grausigen Fund notdürftig mit Erdreich. Dann lief der Alte zum Haus zurück, wo ihm allerdings die Gräfin den Eintritt verwehrte.

»Du kannst mir auch hier erzählen, Ulysse, was los ist«, sagte sie auf der untersten Stufe der Gartentreppe, »ins Haus kommst du mir nicht mehr, und für meinen Mann werde ich Holzpantinen bereitstellen.«

Ulysse berichtete, stockend, aber hinreichend ausführlich, und da Odile de Cressonat die Türe nicht freigab, nicht für Ulysse und nicht für die Mädchen, blieb zwar nicht das Geheimnis bewahrt, aber der schreckliche Anblick aus dem Garten auf die zwei Männer beschränkt.

»Setzt euch wieder hin und versucht, noch ein wenig zu essen«, sagte die Gräfin, »wir werden alle sterben, einer früher, der andere später, das ist eben menschlich. Und als dieser arme Mensch das Zeitliche segnete, da gab es in La Nouvelle Orléans offenbar noch keinen Friedhof, darum hat man ihn hier bestattet. Daran ist nichts Furchtbares. Wir leben hier eben unter den besonderen Verhältnissen einer sehr jungen Siedlung.«

Die Kinder senkten die Köpfe, Marie-Sophie bemühte sich, ein unbefangenes Gespräch in Gang zu bringen, aber in Alphonse arbeitete das Rätsel jenes Todes zu stark. Er blickte plötzlich von seinem Teller auf, fiel Marie-Sophie ins Wort und rief: »Ich möchte nur wissen, warum die Krokodile gerade ihn nicht mitgenommen haben. Alle anderen Fiebertoten haben sie doch gefunden und in den Fluß geschleppt.«

Marie-Sophie sah Mabelle betroffen an und diese war eben drauf und dran, ihrer neuen Vertrauten über die Krokodile zu berichten, als Matilda taufrisch und heiter auf der Veranda erschien. Als sie die Gesichter der Familie am Frühstückstisch sah, erstarb ihr der Gutenmorgengruß auf den Lippen.

»Ist . . . ist etwas passiert?« wollte sie wissen und suchte mit Blicken den Grafen, dessen Stuhl am Frühstückstisch gegen alle Gewohnheit leer war.

»Die Krokodile haben einen vergessen«, sagte Alphonse gleichmütig, »den hat Ulysse jetzt gefunden, und Papa läßt das Rührei kalt werden!«

Matilda antwortete nicht, sondern wollte sich in die Küche verdrücken, aber nun war die Gräfin aus ihrem Grübeln über den Spanier endgültig aufgeschreckt, sie erhaschte den Rockzipfel der jungen Mulattin und zog sie an den Tisch.

»Die Geschichte stammt also von dir«, sagte Odile de Cressonat ärgerlich. »Hätte ich mir eigentlich denken können. Wenn du so etwas glaubst, ist das deine Sache. Aber ich verbiete dir ein für allemal, meinen Kindern die Köpfe vollzureden. Wir sind gute

Christen und im übrigen vernünftige Menschen, und so sollen auch Mabelle und Alphonse aufwachsen.«

»Ich bin auch eine gute Christin, Madame la Comtesse«, antwortete Matilda. Sie sprach ruhig und entschlossen und Mabelle mußte sie im Stillen bewundern: Offenbar hatte das braune Mädchen inzwischen eingesehen, daß sie sich einen Platz im Haus schaffen konnte, weil man sie mochte, aber nur, wenn sie aufrichtig war und nicht wieder Heimlichkeiten in Szene setzte.

»Selbst meine Mutter, so schlecht es ihr auch oft geht, vergißt nie die Gebete. Aber seit dem großen Sterben beim Gelbfieber, seit dem Hungerwinter vor ein paar Jahren, seit den Überfällen der Natchez-Indianer auf die Farmen im Norden, Madame, seither wissen wir, daß wir hier in einer anderen Welt leben als jener, aus der Sie alle kommen.«

Odile de Cressonat hatte zunächst etwas gereizt, dann nur noch verwundert zugehört.

»Ich gebe zu«, sagte sie dann, »daß hier vieles anders ist und daß ich manches auch noch nicht verstehe. Die Menschen hier hatten viel Unglück und glauben darum nicht so wie wir an die große Güte eines Gottes, sondern an eine Schar von Dämonen, wie es in Europa früher ja auch verbreitet war. Aber ich möchte dieses Haus von solchen Verirrungen freihalten. Selbst wenn Böses umgeht in La Nouvelle Orléans, am Strom und in der Wildnis, unser Haus soll eine Insel des Vertrauens und der Liebe bleiben; wir sind aufeinander angewiesen und werden uns durch Dinge, die früher einmal hier geschehen sind, nicht vertreiben lassen.

Mademoiselle Toussaint, ich bitte Sie, noch heute in allen Räumen des Hauses Kruzifixe anzubringen; die Kinder werden ihnen helfen, welche zu schnitzen und zu nageln, und vergessen Sie keine Türe, keine Schwelle!«

Als Cressonat eintrat, verstummte das Gespräch so plötzlich, daß er wider Willen ein wenig lächeln mußte.

»Ich verstehe, daß ihr auch vor mir Geheimnisse habt, in einem Haus, das ganz offensichtlich so allerlei birgt, von dem wir keine Ahnung hatten«, sagte er und ließ sich erschöpft in einen der Rohrsessel fallen. »Aber ihr solltet dies alles nicht überbewerten. Eines steht fest: Was immer sich hier ereignet hat, geschah lange vor unserer Ankunft. Ich beginne zu verstehen, warum dieses schöne Haus leerstand. Alle wußten mehr als wir, alle kannten die besondere Bewandtnis, und ich werde Laloire des Ursins ein paar ernste Fragen stellen müssen. Aber im Grunde ist es zumindest für uns Schnee vom letzten Jahr.«

»Mit dem wir uns aber leider beschäftigen müssen?« fragte Odile de Cressonat.

»Wohl oder übel, weil wir nun einmal den Leichnam aufgefunden haben. Ich gestehe, ich weiß noch gar nicht, wie die Polizeigewalten in der Kolonie verteilt sind. Jeder hat hier eine eigene Truppe von Waldläufern, Matrosen oder auch Indianern. Ich bitte euch alle: geht nicht in den Garten, man muß seine Neugierde auch bezähmen können. Ich werde mir inzwischen überlegen, an wen wir uns in dieser Lage wenden können!«

Während alles nachdenklich schwieg, erhob sich Matilda, um abzuräumen. Das Tablett mit dem Frühstücksgeschirr in den Händen, ging sie nahe an Cressonat vorbei und sagte halblaut: »Es ist ein Toter und er liegt in ungeweihter Erde. Vielleicht sollte man zuerst den Priester rufen!«

Mabelle blickte überrascht auf. Ihre braunhäutige Freundin, die sie zunächst für ein naives Naturkind gehalten hatte, bewies wieder einmal, daß sie mit der Wirklichkeit ungleich besser zurechtkam als weiße Kinder mit ihren Hauslehrern und klugen Eltern.

»Sie hat recht«, stellte der Graf fest, »und ich möchte dich bitten, Odile, mir diesen Weg abzunehmen. Ein Kind kann man nicht zu Pater Lemoyne schicken, und ich möchte den alten Ulysse nicht mit seiner unangenehmen Aufgabe allein lassen.«

»Ich soll allein in die Stadt fahren?« verwahrte sich die Gräfin.

»Der Pater ist der einzige Mann, den du allein aufsuchen darfst, ohne dir etwas zu vergeben«, antwortete Cressonat beruhigend. »Es sind besondere Umstände, sonst würde ich dich nicht bitten. Außerdem ist Lemoyne vermutlich der einzige Mensch, der uns wirklich wahrheitsgetreu über die Vorfälle hier berichten kann. Jeder andere scheint irgend etwas verbergen zu wollen, sonst hätte mir doch Laloire des Ursins zumindest Andeutungen gemacht. Bietet uns das Haus an, ja weist uns geradezu ein. Unverständlich!«

Die letzten Worte waren halblaut gesprochen worden, so als unterhalte Cressonat sich mit sich selbst, aber Mabelle hatte alles verstanden.

»Darf ich vielleicht Mama begleiten?« bat sie. »Ich kutschiere auch schon ganz gut. Denn Ulysse ist ja« – sie suchte nach dem passenden Wort – »ist ja im Garten beschäftigt.«

»Du kannst Mama fahren, bleibst aber im Wagen«, entschied Cressonat, »ein Gespräch über Tote oder vielleicht gar über Mord ist nichts für deine Ohren, und Pater Lemoyne würde es in deiner Gegenwart auch nicht führen wollen. Und Sie, Marie-Sophie, halten mir Alphonse, diesen neugierigen Racker, vom Gartengrundstück fern. Lesen Sie ein wenig mit ihm, seine Aussprache ist in Gefahr; der hier vorherrschende kanadische Tonfall des Französischen ist dumpf und unelegant, ich möchte nicht, daß Alphonse ihn annimmt!«

Marie-Sophie brauchte gar nichts zu sagen, sie streckte nur ihre Hand aus und Alphonse ergriff sie.

»Erste Frage«, sagte sie und strich ihm zärtlich durch das dichte Haar, »wo gehen wir hin?«

»In die Küche!« antwortete Alphonse so schnell, daß Marie-Sophie lachen mußte.

»Natürlich, damit du den ganzen Tag in den Garten gucken kannst. Nein, nein. Das ist eine sehr traurige und sehr düstere Sache. Du wirst noch viel davon hören. Aber es muß nicht jetzt sein. Wir setzen uns in den Salon, und ich verspreche dir, du wirst gerne mit mir lesen.«

»Das schon«, gab Alphonse zögernd zu, »aber bitte nicht Lafontaine und Perrault, da kenne ich schon alles, und außerdem . . .«

»Und außerdem?«

»Außerdem«, sagte Alphonse trotzig, »bin ich dafür inzwischen zu groß.«

»Nun, wir werden in der Bibliothek deines Vaters schon etwas finden. Es ist ja zu bewundern, daß er auf dieser weiten Reise auch noch einen Korb Bücher mitgeschleppt hat!«

In einem Vitrinenschrank im Salon standen tatsächlich vierzig bis fünfzig Bände. Ihre hellen und dunklen Lederrücken leuchteten in der Morgensonne hinter dem dicken, geschliffenen Glas. Es war ein Bild wie in einem der französischen Gutshäuser. Man konnte den großen Strom, ja das ganze koloniale Elend der Hütten- und der Barackenstadt für Stunden vergessen, wenn man die goldgepreßten Rückentitel las.

»Oh, das ist das Richtige!« rief Marie-Sophie erfreut, nachdem sie eine Weile, ohne die Glastüren zu öffnen, die Titel studiert hatte, »das wird dich interessieren, und ich lerne auch etwas dabei. Die Reisen und Entdeckungen im Neuen Frankreich von Samuel de Champlain. Das war der erste Gouverneur von Kanada, und das Neue Frankreich, Alphonse, das sind wir hier, wir alle!«

Das Pfarrhaus war ungleich solider gebaut als der niedrige Betsaal, der wohl etwas hastig errichtet worden war und, wie manche Provisorien, dann ein unerwartet zähes Leben hatte. Dem Wohnhaus des Paters jedoch sah man an, daß die kanadischen Jesuiten aus den Jahrzehnten der Irokesenkriege eine Menge gelernt hatten, und wenn auch die Natchez-Stämme am unteren Mississippi bei weitem nicht so kriegerisch waren wie die seit hundertfünfzig Jahren zu festen Bünden zusammengeschlossenen *Fünf Nationen* der nördlichen Indianer, so hatte Pater Lemoyne doch offensichtlich sein Sicherheitsbedürfnis mit in den Süden gebracht.

Das Pfarrhaus war aus dicken Stämmen im Blockhausstil errichtet – von der schnellen Lehmbauweise hielt der Pater offenbar nicht allzuviel, und Holz gab es schließlich genug. Es lag auf einer kleinen Anhöhe mit freiem Blick auf das Nordknie des Stromes, also auf der nur sieben Kilometer breiten Landbrücke zwischen dem Mississippi und dem Lac Pontchartrain, von der jeder wußte, daß La Nouvelle Orléans sie eines fernen Tages völlig ausfüllen würde.

Den Hügel hinan zog sich ein sorgfältig gesandeter Weg, der erkennen ließ, daß der Pater bei aller christlichen Milde seine braunen Diener streng beaufsichtigte. Es gab kein zweites Grundstück in der Stadt, das ähnlich gepflegt gewesen wäre und ebenso herrschaftlich gewirkt hätte. Selbst das Haus, in dem Antoine Crozat, der Marquis du Châtel, logierte, glich in seiner zentralen Lage an der unruhigen Hauptstraße eher einem großen Kontor als einer Adelswohnung, aber Crozat, der in Frankreich ausgedehnte Besitzungen hatte, schien dies im Augenblick noch nicht zu beschäftigen.

Beim Beginn der Steigung ließ Mabelle das Pferd in den Schritt fallen; auf Kirchengrund schickte sich die schnelle Gangart nicht. Als sie auf dem Vorplatz anlangten, lief ein junger Schwarzer aus dem Haus, ergriff die Zügel des Pferdes und sagte mit einer putzigen Verneigung:

»Ehrwürden Lemoyne noch drüben im Bethaus... bitte eintreten, Ehrwürden dann gleich kommen!«

Odile de Cressonat blieb darum noch ein Weilchen bei Mabelle im Wagen sitzen, aber schon nach einer Viertelstunde kam der Pater, die Kutte mit einer Hand über den Knien raffend, mit großen Schritten den Weg herauf. Als er sah, daß er erwartet wurde, schnitt er die Windungen ab, indem er durch das Gras des Hügelhanges ging. Mabelle und ihre Mutter stiegen aus, und die Gräfin deutete an, daß es sich um ein Thema handle, das Mabelle vielleicht überfordere.

»Aber sie sollte darum nicht im Wagen bleiben«, antwortete der Pater schnell und tätschelte Mabelle, die ihm die Hand geküßt hatte, väterlich die Wange, »hinter dem Haus ist ein kleiner Rosengarten angelegt und man hat dort einen sehr schönen Blick auf den Mississippi; dort kann sie warten. Meine Leute werden sich um Ihr Pferd kümmern, Gräfin.«

So saß denn Mabelle, von dicken, braunen Bienen umsummt, zwischen Rosenhecken, die sich auf den großen Strom öffneten und gar nichts von einem Klostergarten an sich hatten. Der junge Mann, der ihr Pferd in Empfang genommen hatte, schnitt die Hecke und warf hin und wieder einen Blick auf das fremde weiße Fräulein, das reglos, die Hände in den Schoß gefaltet, auf einer der steinernen Bänke saß. Und wenn er Mabelles Blick begegnete, dann lächelte er scheu.

Die Gräfin war dem Pater in sein Arbeitszimmer gefolgt und berichtete.

»Sind Sie sicher, Gräfin, daß es sich tatsächlich um Sēnor Supercastro, den vorigen Besitzer des Hauses, handelt?«

Odile lachte nervös.

»*Mon Dieu**, Pater, Sie fragen mich da Dinge! Ich habe diesen Spanier doch überhaupt nicht gekannt! Wer weiß, wie lange er schon in unserem Garten lag?«

Lemoyne blätterte in dem dünnen Totenbuch von La Nouvelle Orléans.

»Ich habe ihn nie eingesegnet. Hier finde ich nur die Eintragung vom 15. Oktober 1714, nach der sein Gesinde gesagt hat, der Sēnor sei nicht mehr gesehen worden. Hausdiener und Köchin baten, den Haushalt aufzulösen. Das scheint geschehen zu sein, aber wer das überwachte, weiß ich nicht.«

»Das wären nun bald zehn Monate. Er war offenbar ziemlich bekannt, denn Ulysse zögerte keinen Augenblick, er sagte uns sofort, der Tote sei Supercastro. Wissen Sie etwas von diesem Mann, Pater?«

Lemoyne lehnte sich in seinem Sessel zurück und dachte nach, vielleicht tat er auch nur so und hatte alle Fakten ohnedies zur Hand.

»Er war vielleicht nicht das, was man einen Abenteurer nennt, von denen laufen hier ja einige herum, vom Grandseigneur bis zum Filou. Aber er hatte einen abenteuerlichen Beruf: Er war Prospektor.«

»Pro . . .?«

Lemoyne lächelte.

»Das ist ein Wort, daß Sie nicht kennen können, Gräfin. Er suchte nach Bodenschätzen. Er hatte dies mit einigem Erfolg in Südamerika getan und galt in San Louis Potosi als ein Mann mit hervorragendem Ahnungsvermögen, ja einem sechsten Sinn für

* Mein Gott

124

Silbererze, Kupfer und andere Schätze, wie sie hier zweifellos unter der Erde liegen. Da er ein sehr gläubiger Mensch war, der sich in dieser Gemeinde der Sünder, Spekulanten und Halsabschneider sehr vereinsamt fühlte, besuchte er mich öfter und erzählte mir von seinen Suchfahrten stromaufwärts und in den Tälern der Mississippi-Zuflüsse. Ich weiß, daß er kein Silber gefunden hat, und ich weiß, daß ihn das so lange bedrückte, bis ihm einige Funde von Eisenerzen, Gips und Bergkristall gelangen. Nach seiner letzten Suchfahrt war die Bedrückung offensichtlich von ihm gewichen. Er war vor allem über die Eisenerzfunde glücklich, denn die Nähe des Flusses würde die Einrichtung von Wasserkraft-Eisenhämmern gestatten und die Verarbeitung an Ort und Stelle ermöglichen. Dann würden, sagte er, die Leute hier nicht nur von ihren hastig angelegten Tabakpflanzungen leben müssen, sondern eine eigene Industrie bekommen.«

»So mußte er also sterben, nachdem er endlich den ersehnten Erfolg gehabt hatte?«

»Offenbar. Ja man möchte meinen, daß der Tod – wenn er gewaltsam war – mit diesen Erfolgen zusammenhing. Vielleicht wollte er die Fundstätten nicht preisgeben, vielleicht hatte er sie aber auch schon seinem Auftraggeber genannt und dieser befürchtete, daß Supercastro sein Geheimnis anderwärts noch einmal verkaufen oder selbst an die Ausschöpfung gehen werde.«

»Sie werden verstehen, Pater Lemoyne«, antwortete Odile de Cressonat ein wenig ratlos, »daß ich mit all dem nicht allzuviel anfangen kann. Würden Sie mir den Gefallen erweisen, mit uns zu kommen? Schließlich muß dieser Ärmste, wie immer er nun zu Tode gekommen ist, möglichst schnell wieder unter die Erde, und diesmal hoffentlich endgültig!«

Lemoyne erhob sich, steckte Papier und Schreibzeug zu sich und öffnete der Gräfin die Türe.

»Wir müssen den Marquis verständigen, sein Haus liegt am Weg.«

»Den Marquis du Châtel?« fragte Odile verwundert. »Ist nicht Monsieur de Lamothe-Cadillac mit den Aufgaben des Gouverneurs betraut?«

»Das mag sein«, sagte Lemoyne ausweichend, »aber diesen Fall möchte ich ihm eigentlich nicht anvertrauen. Er nämlich war der Auftraggeber des armen Supercastro, und seit der Spanier verschwunden ist, geht in La Nouvelle Orléans das Gerücht von reichen Erzfunden, die Lamothe-Cadillac am unteren Illinois gemacht habe. Allerdings spricht man von Silber, nicht von Eisen, während Supercastro mir von Eisen, Gips und Bergkristall erzählte. Merkwürdig und gewiß ein düsteres Rätsel. Steigen Sie schon ein, Gräfin, ich hole Ihre Tochter!«

Da zwei der Damen aus dem Haus entfernt waren und Alphonse sich bei Marie-Sophie in guter Hut befand, hatten Ulysse und Cressonat sich an die eigentliche und schlimmste Arbeit gemacht und den Leichnam freigelegt. Matilda mußte immer wieder Eimer mit Wasser aus dem Haus holen und in einiger Entfernung niederstellen. Die nahm dann Ulysse auf, und schließlich war der Tote von der dicken, nassen Lehmschicht unter der Gartenerde befreit.

»Es ist der Spanier«, sagte Ulysse und bekreuzigte sich.

Cressonat konnte das Gesicht des Toten studieren, ohne zu schaudern, denn der Lehm hatte den Leichnam als luftdichte Hülle umschlossen, und Supercastro sah aus, als habe man ihn erst vor ein oder zwei Tagen ins Grab versenkt.

»Ich sehe keine Wunde«, sagte Cressonat etwas ratlos. Der Gesichtsausdruck des Toten war friedlich, allenfalls ließ sich eine gewisse Überraschung in seinen Zügen erkennen.

»Sie müssen ihn umdrehen, Monsieur le Comte!« flüsterte eine Mädchenstimme neben Cressonat.

»Du solltest doch nicht herankommen, Matilda!« zürnte Cressonat. »Das ist nichts für Kinder. Geh ins Haus, bitte!«

Aber er achtete nicht weiter auf das Mädchen, denn Ulysse war inzwischen ihrem Rat gefolgt und hatte den Toten am Hosengurt ergriffen und langsam in die Bauchlage gedreht. Unter einer dünnen Schicht von gelbem Schlick zeichnete sich deutlich der dunkle Flecken ab, wo die Waffe getroffen hatte: Unter dem linken Schulterblatt klaffte die tödliche Wunde.

»Sie hat es gewußt. Woher hat sie das gewußt?« sagte Cressonat tonlos mehr zu sich selbst als zu Ulysse; und als er sich nun umsah, mußte er feststellen, daß Matilda keineswegs ins Haus gelaufen war, sondern sich nur ein paar Meter entfernt hatte.

»Matilda!« rief Cressonat, »komm her, ich muß dich etwas fragen!«

Aber das Mädchen schlug nur die Hände vors Gesicht, wandte sich dann ab und patschte durch den tiefen Gartengrund davon.

»Sie hat es gewußt, Ulysse!« rief Cressonat erregt, »sie hat vielleicht den Mord mit angesehen. Schnell, lauf ihr nach, wir brauchen sie!«

Aber Ulysse schüttelte nur traurig den Kopf.

»Matilda hat ganz junge Beine, Ulysse ganz alte«, sagte er bekümmert. »Ist schon weg, um Haus herum, nix mehr zu sehen.«

»Glaubst du, daß sie etwas weiß?«

»Wegen Rücken?« Ulysse kraulte sich nachdenklich das dichte weiße Haupthaar, »Wenn vorn kein' Wunde, Wunde müssen sein hinten. Aber vielleicht kein Zufall. Supercastro oft bei Mutter von Matilda, jeden Abend, wenn er war in Nouvelle Orléans.«

»Wir müssen ihn zudecken, Ulysse«, sagte Cressonat. »Nimm

die alte Pferdedecke, die wir im Keller gefunden haben, und stell zwei Stangen mit bunten Lappen auf, damit ihn die Vögel in Ruhe lassen, den armen Kerl, wenn schon wir seine Grabesruhe gestört haben!«

Ulysse nickte und ging einen Schritt hinter dem Grafen her, zum Haus zurück. Was er vor sich hinmurmelte, war darum schwer zu verstehen, und Cressonat blieb stehen.

»Wenn du mir etwas sagen willst, Ulysse, dann bitte so, daß ich es verstehen kann. Was ist los? Weißt du etwas?«

»Weiß ich eines, Monsieur le Comte: Wenn ein Mann ermordet ist und Mörder läuft frei herum, dann keine Ruhe nicht in Grab. Und bitte, Monsieur le Comte, weiß ich noch eines: Wenn ist nicht geweihte Erde, erst recht keine Ruhe nicht finden. Sēnor Supercastro immer unterwegs bei Nacht, bis jetzt. Jetzt alles wird gut, Herr, und Haus wird wieder gutes Haus sein, wie vorher!«

Cressonat antwortete nicht; er kannte die Neigung zum Aberglauben, die viele von den schwarzen Sklaven aus ihrer afrikanischen Heimat mitgebracht hatten, und auch jene Familien, die schon ein paar Generationen hindurch auf Karibikinseln ansässig waren und dann ihren harten Herren entliefen, weil sie in Louisiana ein besseres Los zu finden hofften. Auch diese Maron-Neger, Mischlinge mit Kreolen- und Indianerblut, glaubten neben ihrem Christus und der Mutter Maria an eine Unmenge merkwürdiger Wesen zwischen Himmel und Erde, zwischen Fluß, Wald und Stadt.

Im Haus traf Cressonat auf Odile und Mabelle, die eben von Pater Lemoyne zurückkehrten. Der Pater selbst und Laloire des Ursins standen im Gespräch auf der Veranda.

»Matilda ist weggelaufen«, berichtete Cressonat halblaut, so daß es nur die Damen hören konnten, »ich werde das nicht erwähnen, aber ich möchte, daß Mabelle sich um das Mädchen kümmert. Sie weiß vielleicht mehr, als sie uns gesagt hat, aber ich bin überzeugt, daß sie selbst unschuldig ist. Bist du einverstanden, Odile, wenn Mabelle sich aufmacht und in das Haus von Matildas Mutter hinüberläuft?«

»Du weißt doch, daß die Frau einen schlechten Ruf hat!« gab die Gräfin zu bedenken.

Cressonat zog Mabelle an sich, faßte ihr unters Kinn und blickte ihr in die Augen.

»Ich würde es nicht vorschlagen, Mabelle, wenn es nicht sein müßte. Ich hätte nur gewünscht, daß solche Dinge erst auf dich zukommen, wenn du eine Frau bist und erwachsen.«

»Aber ein Kind bin ich auch nicht mehr, Papa!« sagte Mabelle und lehnte sich an die Brust des Vaters. »Ich möchte gerne Matilda helfen. Ich habe sie gekränkt, wegen Ludivine. Ich ziehe ein Alltagskleid an, nehme ein schwarzes Schultertuch und laufe ganz schnell; es ist Vormittag, vermutlich schläft Matildas Mutter sogar noch, ich glaube, Matilda hat uns einmal so etwas erzählt!«

Die Herren auf der Veranda beendeten ihr Gespräch, weil sie bemerkt hatten, daß der Graf aus dem Garten zurückgekommen war. Der Pater trat als erster ein, Laloire des Ursins wandte sich noch einmal um, als wollte er sich vergewissern, ob irgend jemand das Haus beobachtete.

»Guten Morgen, Messieurs«, sagte Cressonat, »oder vielmehr: Willkommen in meinem Mordhaus, was vielleicht kein sehr guter Morgen ist. Ich will mich nur ein wenig säubern, dann stehe ich Ihnen zur Verfügung. Ulysse wird Ihnen inzwischen zeigen, was wir gefunden haben.«

Eine Frau aus Rochefort

Mabelle kannte das kleine Haus am Nordrand von Nouvelle Orléans von einigen Spazierfahrten, die sie mit Alphonse und Matilda unternommen hatte. Zu Fuß war sie nie dort gewesen, und darum kam ihr der Weg, den sie nun zum erstenmal und allein ging, doch ziemlich weit vor. Es war noch nicht Mittag, aber die Sonne stand schon hoch, und Mabelle war froh, daß sie einen Hut aufgesetzt hatte: So dicht auch ihr Haar gewachsen war, so hatte die Sonne hier in Louisiana doch eine gnadenlose Kraft und drang wie mit langen, heißen Nadeln von oben durch alles, was sie beschien.

Der Weg war breit, weil er keine Einfassungen hatte und jeder Wagen hier fuhr, wie es ihm paßte. Der Norden, das war die Richtung, in der das andere Ufer lag, das Seeufer, der Lac Pontchartrain. Die Landbrücke, auf der sich die ersten Häuser zu einer kleinen Stadt zusammengeschlossen hatten, war hier nicht so sumpfig wie gegen den Fluß zu, aber das Weidendickicht drang näher an den Weg heran, und wäre es nicht heller Tag gewesen, Mabelle hätte sich auf der einsamen Landstraße gefürchtet.

Endlich tauchte jene kleine Häusergruppe auf, die aus windschiefen, schnellgebauten Hütten und zwei oder drei höheren, aber ebenfalls verwahrlosten Wohnhäusern bestand, eine Art winziger Vorstadt, die sogar einen Namen hatte – sie hieß La Metairie, der Maierhof.

Obwohl Mabelle sich absichtlich einfach gekleidet hatte und mit ihrem dunklen Schultertuch etwa so aussah wie die spanischen Arbeiterinnen aus Pensacola, die man gelegentlich in Mobile oder in La Nouvelle Orléans antraf, zog sie viele Blicke auf sich, als sie die ersten Hütten erreichte. Hier schien nämlich niemand etwas anderes zu tun zu haben, als in die Luft zu starren; selbst die Kinder vor den Häusern spielten nicht, sondern saßen im Schatten, hatten die Hände in den Schoß gelegt und warteten offensichtlich darauf, daß ein Wagen aus Nouvelle Orléans oder aus Bâton Rouge den Staub aufwirble.

Nur einen Augenblick brauchte Mabelle, um sich zu orientieren, und das war gut so, denn sie hätte es kaum gewagt, diese herumlungernden Halbwüchsigen nach Matilda zu fragen. Das Haus, das Matilda stets nur La Masure nannte, verdiente diese Bezeichnung: Es schien tatsächlich nur noch von den Nachbargebäuden gehalten zu werden, und das Dach war im letzten Wirbelsturm so tief nach vorne gerutscht, daß die obere Fensterreihe halb verdeckt war.

Mabelle beschleunigte ihre Schritte. Ihr war, als würde das ganze windschiefe Gemäuer in dem Augenblick einstürzen, da sie davor stand. Aber die Tür ließ sich problemlos öffnen, und Mabelle stand in einem feuchten, dunklen Raum, in dem sie, geblendet von der hellen Straße, zunächst überhaupt nichts sah. Sie schloß die Augen, lehnte sich an eine Wand und wartete, bis die Kühle ihre Wirkung tat, und als sie die Augen wieder aufschlug, sah sie auf einer Strohschütte eine schlanke Frau liegen, die zur Wand gedreht schlief. Sie trug nur ein kurzes Hemd, so daß Mabelle annahm, diese junge Person könne nur eine Schwester von Matilda sein. Aber sie wußte, daß Mutter und Tochter hier allein lebten – bis auf die Nachbarskinder und die Besucher eben, die sich abends hier einfanden, und darum machte sie sich auf die Suche nach ihrer braunen Freundin.

In einem Verschlag hinter dem ersten Raum führte eine steile Stiege, eher eine Hühnerleiter, in das Obergeschoß. Die Stufen oder Sprossen knarrten so laut, daß Mabelle sicher war, sie würde die Schlafende wecken. Dann aber tauchte sie mit dem Kopf doch über den Estrich eines weiteren Zimmers, so groß wie das im Erdgeschoß, aber heller und freundlicher. Hier standen leichte Möbel wie in einem Gartenhaus, Vögel lärmten in einer Volière, und vor dem großen Fenster waren die seltsamsten Blumen in großen irdenen Töpfen aufgestellt, so daß wohl Licht ins Zimmer fiel, vermutlich aber niemand einen Blick in den Raum werfen konnte.

Mabelle blieb auf der obersten Treppenstufe stehen und sah sich um; sie wußte, daß so steile Speichertreppen schwieriger hinunterzugehen waren als hinauf, und sie wollte schnell den Rückzug antreten können, wenn sie etwas erschrecken würde. Es war der Augenblick, in dem sie ganz und gar nicht begriff, wie Mama diesem einsamen Gang hatte zustimmen können. Vermutlich wußten ihre Eltern beide nicht, wo La Metairie eigentlich lag, wie weit es sei und in welche Welt Mabelle sich hier begab, sonst hätten sie trotz allem den alten Ulysse geschickt.

Hinter ihr, dort, wo auch dieses Zimmer eine dunkle Ecke hatte, knackste es, und Mabelle wandte sich so plötzlich um, daß sie beinahe das Gleichgewicht verloren hätte. In einem der tiefen Bambusstühle, auf denen bunte Kissen lagen, regte sich eine Katze und sprang fauchend zu Boden, und dann sah sie Matilda, die sich tief in den großen Sessel verkrochen hatte.

»Ich habe keinen Wagen gehört«, sagte Matilda, »du bist also wirklich allein gekommen. Alle Achtung!«

»Papa zieht es vor, von dir nichts zu wissen . . .«, antwortete Mabelle geheimnisvoll, »es sind Herren im Haus. Es wird alles untersucht. Wir sind in Sorge um dich!«

»Ich habe ihn nicht umgebracht, wenn du das meinst«, sagte Matilda rauh.

»Aber komm doch endlich von der Treppe dort weg, du wirst

meine Mutter noch aufwecken, und die braucht ihren Schlaf wirklich!«

Mabelle nahm die letzte Stufe und trat zögernd näher. Es war eine kuriose Ecke, die Matilda sich zurechtgemacht hatte, eine Art Stübchen in der Stube. Neben dem großen Sessel dehnte sich ein großes, sehr flaches aber offensichtlich weiches Lager, auf dem in buntem Durcheinander die absurdesten Puppen saßen, eine ganze kleine Schar und so lebendig, als würden sie sich miteinander unterhalten. An den Wänden über dem Lager hingen Bilder von Landschaften, die Mabelle nicht kannte, die aber europäisch aussahen, und eine Buntstiftzeichnung von einem Segelschiff.

»Die Puppen!« sagte Mabelle völlig verstört, »das ist ja ein Schatz. Sie sehen aus wie Kobolde. Wer hat die gemacht?«

»Die Mengakonkias-Indianer.«

»Menga . . .?«

»Ja, es ist ein schwieriger Name. Sie gehören zu einem Volk von sechs Stämmen, das Miami heißt. Die Mengakonkias sind nicht sehr zahlreich und haben zu wandern aufgehört, als die Franzosen hierher kamen. Sie leben jetzt in Dörfern am Lac Pontchartrain, ganz friedlich!«

»Und bringen dir Puppen?«

Matilda lachte widerwillig.

»Natürlich nicht mir, sondern meiner Mutter! Mit der sitzen sie abends beisammen und sie sagt ihnen französische Worte vor. Und sie gibt ihnen Feuerwasser.«

»Aber das ist doch streng verboten!« rief Mabelle entsetzt aus.

Matilda hob die Schultern.

»Was glaubst du, womit so mancher große Mann in der Kolonie sein Vermögen gemacht hat? Monsieur de Lamothe-Cadillac zum Beispiel, der hat den Feinden, den mächtigen Irokesen, nicht nur Feuerwasser geliefert, sondern auch Gewehre, bis es dem Gouverneur in Quebec zu dumm wurde. Und jetzt macht er hier im Süden genau dasselbe!«

»Weiß das mein Vater?« erkundigte sich Mabelle betroffen.

»Dein Vater?« Matilda lachte höhnisch. Es klang so böse, ja frech, daß Mabelle erschrak. Matilda war hier zu Hause ganz offensichtlich ein völlig anderer Mensch. »Dein Vater ist ein Edelmann. Der denkt an Gott und an den König und wir anderen hier unten, wir sind für ihn ein ganz klein wenig besser als gepflegtes Rindvieh oder gut in der Wolle stehende Schafe. Nein, Liebste, dein Vater weiß nichts, er kann sich in die Herren, die hier Geschäfte machen, nicht einmal hineindenken. Er sollte schnell wieder heimsegeln, mit dem nächsten Schiff, ehe ihm der Verdacht kommt, daß es noch etwas anderes gibt als den Sonnenkönig und das Lilienbanner und die feine Gesellschaft von Versailles.«

»Ich bin überrascht«, gab Mabelle zu, »so hast du bei uns nie gesprochen. Woher weißt du denn das alles?«

Matilda wurde unwillig.

»Da hast du's. Du redest schon wie dein Vater. Meine Mutter ist Französin wie deine. Sie stammt aus Rochefort-sur-Mer, das ist eine hübsche Stadt in der Charente. Da hat man sie auf der Straße aufgegriffen und weggeschleppt, hierher in die Kolonien, ohne Warnung und ohne jeden Grund: Auch ein anständiges Mädchen kommt schließlich einmal in die Lage, allein auf einer Straße zu sein, einkaufen zu gehen oder Verwandte zu besuchen.«

»Das ist furchtbar«, sagte Mabelle leise, »zu Hause habe ich nie davon gehört, erst hier wurde so etwas erzählt, aber nur von Paris.«

»In den Hafenstädten war es noch schlimmer: Immer, wenn ihnen noch ein paar Frauen fehlten oder wenn ihnen welche entlaufen waren, fingen sie diese in La Rochelle oder in Nantes oder in Rochefort zusammen. Mutter hatte keine Zeit, irgend jemanden zu verständigen, aber ihre Eltern mögen sich wohl gedacht haben, was passiert war.«

»Und ihr habt seither keine Verbindung mehr in die alte Heimat?«

»Als die Entführung passierte, waren das die ersten Jahre der Kolonie. Es sah hier noch wüst aus, in Mobile war es etwas besser. Mutter lebte damals eben mit dem Mulatten, der mich an euch vermittelt hat und sich auch sonst noch immer ein wenig um uns kümmert, aber wir hatten keinen festen Wohnsitz, wußte doch niemand, welche von den Niederlassungen eine Chance haben würde. Biloxi, Bâton Rouge, Mobile oder eben Nouvelle Orléans. Und dann kam Señor Supercastro.«

»Hat er deine Mutter geheiratet?«

Matilda lächelte trübe.

»Das mit dem Heiraten, das war hier nie so wie zu Hause, und es ist auch noch heute anders. Ich glaube, er hatte Frau und Kind in San Luis Potosi. Er wollte hier sein Glück versuchen mit dem Prospektieren und dann als gemachter Mann wieder zu den Seinen zurückkehren. In den spanischen Kolonien ist die Zeit der glückhaften Abenteuer ja längst vorbei. Er reiste den Fluß hinauf, kam nach Detroit und lernte Lamothe-Cadillac kennen. Ich entsinne mich seiner begeisterten Erzählungen: Das sei ein Mann von wirklichem Format, kein Krämer, kein Verwaltungsdümmling, kein Adelsprotz, sondern eine echte Pioniernatur. Ich war vielleicht zehn Jahre alt, als Supercastro wie verwandelt aus dem Norden zurückkehrte und dies alles erzählte. Ja, und seither hat er für Lamothe-Cadillac gearbeitet, nur daß dieser nicht mehr so sehr lange der große Mann blieb.

Der Gouverneur Vaudreuil in Quebec hält ihn bis heute für einen Schurken, und Lamothe-Cadillac mußte sich hierher absetzen. Damit wurde alles anders. Nun brauchte er, der große Mann aus Detroit, schnelles Geld. Der arme Supercastro wurde den Illinois hinaufgehetzt, mit viel zu dürftig ausgestatteten Expeditionen. Die Mengakonkias waren zwar bescheiden, sie verlangten nicht viel für die Ruderer, die sie stellten, aber es konnte natürlich nicht im großen Stil prospektiert werden.«

Matilda verstummte und sann offensichtlich diesen Zeiten nach, in denen sie wenigstens einen Ersatz-Vater gehabt hatte und ihn verehren durfte.

»Wir haben so mit ihm gefühlt!« erzählte sie weiter. »Und ich habe mich meiner Mutter nie näher gefühlt als an den Abenden, an denen er von einer dieser hastigen und aufreibenden Expeditionen zurückkehrte, mutlos, erschöpft, verärgert und verzweifelt. Wir haben ihn gemeinsam wieder aufgerichtet, und ich weiß heute, daß meine Zärtlichkeit für ihn sehr wichtig war, eben, weil er sich wohl nach seinen eigenen Kindern in San Luis Potosi sehnte.«

»Und Lamothe-Cadillac?«

Matilda senkte den Kopf und sprach so leise weiter, daß Mabelle Mühe hatte, sie zu verstehen.

»Lamothe-Cadillac tauchte eines Abends unangemeldet bei uns auf, das ist hier so, in der Metairie wohnt ja nur das kleine Volk. Wir hatten Supercastro eben mühsam wieder zu einem Menschen gemacht. Er hatte zwar keine Hoffnung mehr, aber seine Kräfte waren im Begriff, zurückzukehren – da kam dieser arrogante Graukopf und machte dem Spanier eine furchtbare Szene Wir hier unten verstanden nicht alles, obwohl beide aufeinander einbrüllten. Dann kam Lamothe die Treppe herunter und schrie an der Tür, Supercastro werde es bitter bereuen: ihm, einem

Mann wie ihm, kündige man nicht einfach die Dienste auf. Dann ging er und stieg in seinen Wagen. Wir liefen in den Oberstock, wir fanden Supercastro in diesem Sessel, in dem ich jetzt sitze, und er war wieder völlig am Ende, schlimmer als bei seiner Ankuft. Er zitterte am ganzen Körper und sagte nur immer wieder, dieser Mann sei ein Dämon und werde ihn eines Tages wohl vernichten.«

»Und du glaubst, das hat er dann auch getan?« fragte Mabelle behutsam.

»Mutter und ich sind davon überzeugt, aber natürlich wagen wir nicht, es laut zu sagen. Zwei Tage später kam Supercastro eines Abends nicht mehr heim. Ich nahm die Katze auf den Arm, die ihn sehr liebte, und suchte am Flußufer, Mutter lief die Straßen ab und suchte in den Kneipen. Ja, und dann gab unsere Mieze plötzlich einen Klagelaut von sich, und ich sah ihn, das Gesicht nach unten, im Flußsand liegen, hart an der Wassergrenze; der Rückstau der Flut hätte ihn am Morgen weggeschwemmt. Der Sand ringsum war zerwühlt von Fußtritten, aber außer den Schuhen des Spaniers waren es nur bloße Füße. Ich möchte schwören, daß es die Huronen von Lamothe waren, aber wie soll man so etwas beweisen, hier, wo es von räuberischen Natschez-Indianern wimmelt!«

»Und . . . und wer«, fragte Mabelle stockend, »wer hat ihn begraben?«

»Mutter und ich natürlich, wer sonst! Wir dachten zuerst an den Friedhof der Namenlosen, wo die Menschen ruhen, die man aus dem Mississippi gefischt hat oder die in den Sümpfen am Lac Pontchartrain oder am Katuatsche-See umgekommen sind. Aber das war zu weit für uns, und man hätte uns auch beobachtet. Hinter dem Haus des Spaniers dagegen schien es uns sicherer, sein Gesinde liebte ihn und half uns, nur hatten sie alle

Angst vor Lamothe-Cadillac und gingen darum am nächsten Tag schon aus Nouvelle Orléans weg.

Seither steht das Haus leer. Seine Köchin und sein Gärtner, die müssen geplaudert haben, denn das Gerücht von der Leiche des Spaniers auf dem Grundstück geht nun seit einem Jahr um. Ich bin nach jedem Regen heimlich in den Garten gelaufen, seit ich bei euch arbeite. Ich habe gesehen, daß wir Supercastro zu dicht unter der Oberfläche eingegraben hatten, aber dann war mir alles gleichgültig. Auch Mutter dachte so wie ich. »Sollen sie ihn finden!« sagte sie mir erst vor vierzehn Tagen. Einmal muß es an den Tag kommen, besser jetzt als später, wenn Lamothe-Cadillac sich mit seinem Geld eine Baronie in Frankreich gekauft hat und unerreichbar geworden ist!«

»Und was wird jetzt?« wollte Mabelle wissen. »Darf ich dies alles meinem Vater erzählen?«

Es knarrte auf der Treppe, und die schlanke Frau, die Mabelle vorhin auf ihrem Lager gesehen hatte, stand plötzlich vor ihr, strich sich eine Strähne aus der Stirn und umarmte sie.

»Daß du gekommen bist, Mabelle, ist wunderbar«, sagte sie leise und glücklich. »Wir hatten uns beide so gefürchtet. Vor allen, vor dem Pater, vor dem Marquis, sogar vor deinem Vater, Mabelle. Ja, du darfst alles erzählen, und glaub mir, es ist die lautere Wahrheit. Wir werden sie so oft wiederholen, wie es sein muß, aber ich weiß, daß hier niemand über Lamothe-Cadillac zu Gericht sitzen wird. Man wird ihm zu verstehen geben, daß er sich nach Frankreich zurückziehen möge, vielleicht reichen die Verbindungen des Marquis auch, einen Befehl aus Versailles zu bewirken, wir kleinen Leute wissen das ja nicht. Wir sind auch in diesem Fall nur die Opfer.«

Matilda und ihre Mutter sahen einander an, und zum erstenmal seit einer Stunde trat ein kleines Lächeln auf das Gesicht des

Mädchens. »Das ist Kaffee!« erklärte sie und hob den Deckel von der Kanne, damit der merkwürdige Duft sich noch deutlicher bemerkbar mache. »Eine Bohne von einem arabischen Strauch, die man röstet und dann in einer Mühle mahlt.«

»Oh, jetzt weiß ich's«, rief Mabelle und klatschte in die Hände. »Papa hat erzählt, daß es in Paris solche Häuser gibt, aber noch nicht sehr lange, seit zwanzig, dreißig Jahren. Bei uns auf dem Land gab es natürlich nichts dergleichen, wir hatten sogar einen Arzt in Bayeux, der schwor, wenn man dieses schwarze Teufelszeug trinke, könne man keine Kinder bekommen.«

Matildas Mutter lachte leise.

»Das wäre«, sagte sie, »für so manche ein Grund, ihn täglich zu trinken.«

Aber sie schlug sich gleich nachher auf den Mund und tauschte mit ihrer Tochter einen Blick, in dem sie um Verzeihung bat.

»Nimm Platz, Mabelle, koste den Kaffee, wir haben ihn aus Santo Domingo. Supercastro hat davon eine Menge mitgebracht und wir rösten ihn uns nach und nach auf. Manche nehmen Milch dazu, aber das ist Ziegenmilch, die mag nicht jeder. Und hier ist Rohrzucker, der wächst ja inzwischen auch schon rund um Nouvelle Orléans. Laß dir's schmecken, es sind nur Maiskuchen, aber wir haben uns an sie gewöhnt.«

Der Geschmack des Kaffees war noch fremdartiger als der Geruch und nicht ganz so köstlich wie erwartet.

Mit den kleinen Kuchen zusammen schmeckte er jedoch recht angenehm, eine echte Sensation am Gaumen und wärmend im Magen.

»Wie darf ich Sie nennen, Madame?« sagte Mabelle schließlich, als die Kanne leer und der Kuchen aufgegessen war. »Matilda hat uns nie einen Familiennamen genannt!«

»Mich hat nie einer geheiratet von meinen vielen Freunden!«

antwortete Matildas Mutter gut gelaunt, als habe der Kaffee sie erst völlig ermuntert. »Ich heiße Ghislaine Chouard, meine Eltern waren Handschuhmacher oder sind es noch, ich weiß es nicht und werde es nie erfahren, denn kaum daß ich entführt worden war, mußten sie mit den letzten Hugenotten Rochefort-sur-Mer verlassen und sind in eines der protestantischen Länder gegangen. Da die Stadt am Meer liegt, war es wohl England, es kann aber ebensogut Preußen gewesen sein oder die Schweiz. Und wenn der Familiensitz einmal aufgegeben worden ist, findet man einander auch nicht wieder.«

Matilda schob ihre kleine braune Hand über das Tischtuch und legte sie auf die der Mutter.

»Aber wir sind beisammen, Mama!« sagte sie leise, »und wir sind doch glücklich. Du siehst, wir haben auch liebe Freunde. Eines Tages wirst du den Herrn Grafen kennenlernen und Madame. Sie mögen mich, sonst hätten sie mir nicht Mabelle ins Haus geschickt, sondern den Hausdiener!«

»Aber irgend etwas muß ich Papa doch jetzt sagen!« meinte Mabelle, auf diese Weise an den Ernst der Stunde gemahnt.

»Matilda wird es selbst sagen«, entschied Madame Chouard. »Du kannst ohnedies den weiten Weg nicht allein zurückgehen. Es ist zwar noch hell, aber ich möchte nicht schuld sein, wenn dir etwas zustößt. Matilda wird dich begleiten.«

»Vielleicht, Mama«, schlug das Mädchen vor, »sollte ich ein paar Tage im Haus des Grafen bleiben? Jedenfalls lohnt es sich heute nicht mehr, noch einmal hierher zurückzukommen.«

Madame Chouard überlegte nur kurz.

»Vermutlich ist es besser, natürlich nur, soferne niemand etwas dagegen hat. Bleibst du hier, kommt Lamothe-Cadillac vielleicht doch auf den Gedanken, eine unbequeme Zeugin verschwinden zu lassen. Geh mit Mabelle und gib morgen deine Zeugenaussage zu Protokoll, der Graf wird dir beistehen. Ist das geschehen, droht uns keine Gefahr mehr, dann sind die Würfel gefallen!«

Mabelle staunte, wie diese Tochter eines Handschuhmachers sich ausdrückte, dann aber fiel ihr ein, was ihre Mutter aus Bayeux erzählt hatte: Wie fleißig die Hugenotten seien und wie eifrig sie auch den Unterricht besuchten. An diese Frau wollte sie sich erinnern, und darum bat sie um eine der Indianerpuppen.

»Du sollst eine haben, Mabelle«, antwortete Madame Chouard ernst, »aber du mußt sie selbst aussuchen. Und gib gut acht: Es sind nämlich auch böse darunter!«

»Böse Puppen?« fragte Mabelle amüsiert, aber das Lächeln erstarb ihr auf den Lippen, als sie sah, wie ernst Mutter und Tochter blieben. Und auf einmal waren all die kleinen, aus verschiedenen hellen und dunklen Hölzern geschnitzten Puppengesichter nicht mehr so putzig, sondern lachende oder drohende Fratzen, oder sogar Tiergesichter. Vor denen fürchtete Mabelle sich aber schließlich weniger als vor den anderen und wählte einen dicken hölzernen Frosch, dem Matilda ein grünes Kleidchen angezogen hatte. Sogleich schwand die Spannung aus den Gesichtern von Mutter und Tochter.

»Das war eine gute Wahl«, sagte Madame Chouard aufatmend und erhob sich, »es ist Caniba, der Ochsenfrosch, der tut keinem etwas zuleide. Geht jetzt, ihr zwei, und gebt mir morgen Nachricht, wie sich die Dinge entwickeln.«

Die stummen Reisenden vom Mississippi

So vieles hat sich ereignet, *mein liebes Tagebuch,* und nichts, aber auch gar nichts habe ich berichtet. Beinahe scheint es mir, als gebe es Dinge oder Ereignisse, von denen man weder sprechen noch schreiben sollte. Das gesprochene Wort macht sich selbständig und fliegt dahin durch unsere winzige Stadt, in der die Gerüchte eine ganz seltsame Lebenskraft haben. Und gar erst die Tinte auf dem Papier! Ich bin sicher, daß manches erst dadurch wirklich wird, daß wir es schriftlich festzuhalten versuchen.

Darum werde ich hier, auf diesen Blättern, die ich liebe und die ich bewahren möchte, von den Geschehnissen der letzten Tage nicht mehr sprechen, vor allem auch, weil sie in die Vergangenheit eines Ortes gebettet sind, der uns noch fremd ist und wohl nie wirklich vertraut werden wird. Unbegreifliches aber lasse ich nur ungern an mich heran, selbst von Matilda weht es mich fremd an, wenn sie sich inmitten von düsteren Rätseln so selbstverständlich bewegt wie Mama in ihrem Küchenkräutergarten. Niemand scheint hier zu wissen, wie undurchdringlich diese Fremde für uns ist, nur Papa ahnt es bisweilen.

Heute Vormittag haben wir nun also den armen Señor Supercastro begraben. Seltsamerweise nennt ihn weder Madame Chouard mit seinem wohlklingenden Vornamen Antonio, noch Matilda. Er blieb der Spanier, der Señor, der Prospektor aus San Luis Potosi. Da La Nouvelle Orléans noch keinen abgesteckten und geweihten Friedhof hat, weil die Herren Spekulanten alles bebauen und dann verkaufen wollen, begab sich der Zug mit dem Sarg hinunter zum Strom, an das Mississippi-Knie oberhalb von Tschupitulas. Dort treibt der Fluß, in seiner stärksten Krümmung, so allerlei gegen die Ufer und auf den Sand, und nicht selten sind es auch Tote, die hier herangeschwommen kommen, meistens Indianer. Es scheint mindestens einen Stamm am Mittellauf zu geben, der seine Toten nicht bestattet, sondern auf die Reise schickt. Und hin und wieder ist es natürlich auch ein Weißer oder ein Schwarzer, der im Vorfeld unserer Stadt an den Strand treibt und bestattet werden muß, weil beim Rückstau der Flut an der Mündung sonst ein bejammernswertes Hin und Her der toten Reisenden die Folge wäre.

Hier entstand darum der Friedhof der Namenlosen, *Le cimétière des Inconnus,* wie Pater Lemoyne ihn benannt hat. Er ist es auch, der die kleinen Täfelchen schreibt, die an hölzernen Kreuzen in das Grab gesteckt werden, denn Grabsteine und Steinmetze gibt es in der Stadt noch nicht. Mama, Alphonse und ich waren mit dem Wagen vorausgefahren, während Papa, die Chouards, Laloire des Ursins und andere dem Sarg durch die Stadt das Geleit gaben. Darum hatte ich Muße, mit Alphonse zwischen den Gräbern umherzugehen, die in unsicheren Reihen angelegt sind. Wir versuchten, die zum Teil vom Regen arg verwaschenen Inschriften zu lesen (nur bei den wenigen Weißen hat man sich die Mühe gemacht, ein Blättchen Glas über das Papier zu legen). Bei den Rothäuten steht nur: *Indien,* und das Datum der Beisetzung. Ganz selten, wenn es sich erkennen ließ, wird der Stamm genannt: Tribu Kaskasia zum Beispiel, oder: Tribu Tamarois. Manche Indianergräber tragen Kreuze, und Mama erklärte mir, daß es sich da um getaufte Indianer aus den Missionen handle, wobei es freilich verwunderlich sei, daß sie kein christliches Begräbnis gefunden hätten. »Aber man kann doch auch ertrinken, Mama, wenn man ein Christ ist«, sagte Alphonse und zog uns zum nächsten Grab, wo ein Weißer lag, freilich nur mit seinem Vornamen gekennzeichnet: Mathieu, stand da zu lesen, *Coureur du Bois,* ein Waldläufer, den man zwar erkannt hatte, aber von dem wohl niemand wußte, wie er wirklich hieß. Gewiß hatte auch er in Frankreich eine Familie, die seit Jahren auf Nachricht wartete wie im Fall von Madame Chouard, nur daß dieser Mann hier schon längst seine letzte Reise angetreten hatte.

Der kleine Zug mit dem Sarg kam langsam heran, ja im ersten Augenblick, als ich seiner ansichtig wurde, hatte ich den Eindruck, alle verharrten auf der Stelle. Der schwarze, mit Teer gegen die Termiten bestrichene Sarg stak als dunkler Punkt in dem graubraunen Dunst, der aus den Korkeichen und Weiden aufstieg, der beinahe tägliche Nebel, der sich oft erst mittags auflöste. Sechs Indianer vom Stamm der Mengakonkias trugen den Sarg auf den bloßen Schultern, und man sah ihnen an, daß ihnen dies sauer wurde. Aber sie waren neben den Chouards wohl die einzigen Freunde, die Supercastro in La Nouvelle Orléans gehabt hatte, und es war eigentlich erstaunlich, daß ihm nun doch etwa drei Dutzend Menschen, Herren und Damen und schwarze Dienerschaft, das letzte Geleit gaben.

Als die Sargträger schon beinahe die offene Grube erreicht hatten, neben der die Friedhofswärter mit den Schaufeln standen, in beschmutzter Arbeitskleidung und die Strohhüte auf dem Kopf, da vernahm man Räderrollen. Ein Kutschwagen kam von der Stadt her und hielt erst zwischen den äußersten Reihen der Gräber; ja er wäre vielleicht zwischen diese hineingefahren, da die Grabhügel keine Einfassungen hatten und nur mäßig erhöht waren, wäre nicht Mijnheer van Hertogenbosch einfach hinzugetreten und hätte die Pferde mit Hilfe der Deichsel beiseitegeführt, ohne einen Blick auf die Insassen des Wagens zu werfen. Mein Herz freilich begann sogleich höher zu schlagen, als ich Monsieur de Lamothe-Cadillac aussteigen sah, dazu Madame und Ludivine, die ich seit mindestens zehn Tagen nicht mehr ge-

sehen hatte. Sie trug ein dunkelblaues mattschimmerndes Satin-
kleid mit weißer Halskrause, war sorgfältig frisiert und zog die
Blicke in stärkerem Maß auf sich als ihre Mutter, die ich bei mir
(und ganz heimlich) stets nur die Piratenschwester nenne.
Die drei traten heran, Lamothe-Cadillac zog den Hut und Ludivine suchte mich mit den Blicken. Als sie mich entdeckt hatte,
glitt ein kleines Lächeln über ihre schönen Züge, und sogleich
gab es mir einen Stich ins Herz. Ich weiß, daß ich sie als Freundin nicht verlieren möchte, was immer sich ereignet haben mag.
Sie, damals beinahe noch ein Kind, konnte an diesen düsteren
Geheimnissen doch nicht teilgehabt haben.
An einer einfachen Winde wurde der Sarg in das Grab hinabge-
lassen. Sie quietschte so laut, daß einer der Umstehenden schnell
zum nahen Fluß lief und in einem Eimer Wasser brachte, das er
dann auf die Achsen goß. Ein seltsamer Anblick, so als erwarte
man, aus dem Grab noch irgend etwas sprießen zu sehen. Endlich ruhte der Sarg, die zwei Taue wurden unter ihm weggezo-
gen, und die Friedhofsgärtner begannen, Schollen und Sand in
das Grab hinabzuwerfen. Dazwischen schwebten die Blumen
hinab, die wir mitgebracht hatten, und als alles vorüber war, Pater Lemoyne seine kurzen Worte gesprochen und den Mut dieses Fremden und seine Expeditionen gewürdigt hatte, trat auch
noch Laloire des Ursins vor und sprach im Namen von Antoine
Crozat, Marquis du Châtel, über die Bedeutung des Prospektie-
rens für die Zukunft der Kolonie Louisiana. Zwar habe man
noch keine Gewißheit über Wert und Ausmaß der Funde, die
Señor Supercastro gelungen seien, doch müßte es sich um wich-
tige und ertragreiche Fundstätten handeln, sonst hätte nicht ein
gieriger Rivale Mörder beauftragt und Supercastro beseitigen
lassen.
Da war es nun also gesagt, da war die Untat am offenen Grab

erwähnt, was Pater Lemoyne zu unser aller Überraschung ja vermieden hatte. Und Antoine Laumet, der sich den wohlklingenden Namen de Lamothe-Cadillac beigelegt hatte, stand unbewegten Gesichts dabei und hörte sich alles an. Ich habe in einer deutschen Sage einmal gelesen, daß die Wunden der Ermordeten wieder zu bluten anfingen, wenn der Mörder an dem Leichnam vorbeigeht. Nun, auf dem Sarg lag schon soviel Erdreich, lag schon in dichter Schicht der Flußsand. Es war nicht wie in unserem Garten, wo der Tote die Hand aus dem Lehmboden recken und auf sich aufmerksam machen konnte.

»Er verzieht keine Miene!« flüsterte Matilda erbost neben mir, aber ihre Mutter tastete nur nach ihrer Hand und flüsterte: »Laß nur, jeder weiß es, das siehst du ihnen allen doch an. Die Tage des Herrn de Lamothe-Cadillac sind gezählt, zumindest hier in Louisiana!«

In mir kämpfte die Versuchung, mich Ludivine zu nähern und später, ehe sie wieder in den Wagen stieg, ein paar Worte mit ihr zu wechseln, gegen die Scheu, mich in den Bannkreis eines Mörders zu begeben. Aber ehe ich noch in mir selbst eine Entscheidung gefällt hatte, war Laloire des Ursins mit seiner Ansprache ans Ende gelangt, die letzten Blumen wurden ins Grab geworfen, und die kleine Versammlung begann sich aufzulösen. In diesem Augenblick – mir stockte der Atem – kam de Lamothe-Cadillac auf unsere Gruppe zu und verneigte sich leicht vor Madame Chouard. Diese machte zwar eine instinktive Bewegung, um sich abzuwenden, aber sie war zusehr in die Menschenmenge eingekeilt und mußte es dulden, daß Lamothe-Cadillac ihr die Hand küßte und sein Beileid aussprach.

»Ich weiß, daß Supercastro in Ihnen eine liebe und selbstlose Freundin hatte, Madame«, sagte er, »und ich bitte Sie, mir zu glauben, daß ich seinen rätselhaften Tod sehr, sehr bedaure. Er war mein wertvollster Mitarbeiter und meine größte Hoffnung in geschäftlicher Hinsicht.«

»Wenn das so ist, Monsieur«, antwortete Madame Chouard kühl, »dann wäre es doch wohl besser gewesen, ihn am Leben zu lassen.«

Und nun gelang es ihr auch, sich abzuwenden. Papa und Mama schoben sich dazwischen und ich vernahm noch, wie Lamothe-Cadillac sich entrüstet an Mijnheer Hertogenbosch wandte:

»Haben Sie das gehört?« sagte er halblaut mit gut gespielter Entrüstung. »Ich möchte wissen, was diese Person sich einbildet. Sitzt in der Metairie und bricht den Stab über unsereinen!«

Jan van Hertogenbosch blieb, so angesprochen, tatsächlich stehen (und ich auch, um alles zu hören), er ergriff den Jackettknopf Lamothes und antwortete leise:

»In Michilimakina haben Sie noch gefoltert, Lamothe! Man sagt, Sie hätten es von den Irokesen gelernt. Es hätte doch genügt, dem armen Supercastro ein wenig zuzusetzen, um seine Lagerstätten zu erfahren. Aber gleich Mord! Ihre Methoden waren früher feiner. Sie werden alt, *mon ami!**«

Ich sah, wie Monsieur de Lamothe-Cadillac blaß wurde vor Wut und die Zähne zusammenbiß. Wenn zwei Männer einander so gegenüberstehen, das habe ich auf dem Theater schon gesehen, dann kommt nur noch ein Duell in Frage. Aber da hätte de Lamothe-Cadillac wohl kaum Chancen gehabt, gegen den großen, schlanken und zweifellos kampferprobten Holländer.

Als die beiden voneinander abließen, war es für mich höchste Zeit, mich zu Mama zu gesellen, denn es sollte doch niemand bemerken, daß ich so harte Worte, ja Beschuldigungen mit angehört hatte. In diesem Bestreben lief ich wohl schneller, als es

---

* Mein Freund!

sich auf einem Friedhof schickte und hob vielleicht auch mein Sonntagskleid allzu sorglos an; jedenfalls bemerkte ich einen mißbilligenden Blick von Madame de Lamothe-Cadillac, während Ludivine mir zulächelte und mir zum Abschied eine Kußhand zuwarf. Ob sie ahnte, in welch dunkle Dinge ihr Vater verwickelt war?

Wir kehrten in unser Haus zurück, was ich so leichthin sage, wußten wir doch alle, daß es dem Toten gehört hatte, und um diese Frage bewegte sich zuerst auch das Gespräch an einer improvisierten Tafel. Papa hatte Laloire des Ursins, den Pater und Jan van Hertogenbosch zu einem Déjeuner eingeladen. Ich wußte, daß solche Totenmähler Sitte seien und hatte mit Matilda darüber gesprochen, die mit ihrer Mutter ja eigentlich dieses Mahl hätte ausrichten sollen. Aber Madame Chouard hatte uns bitten lassen, dies an ihrer Stelle zu tun, erstens, weil sie mit dem Toten ja doch nur befreundet gewesen sei und im bürgerlichen Sinn somit seine Geliebte war – eine Position, die vor allem die Damen von La Nouvelle Orléans gewiß nicht billigten. Zum andern aber habe sie in der Metairie keine Gelegenheit, die Gäste standesgemäß zu empfangen.

Laloire des Ursins, der Bevollmächtigte des Marquis, hatte ebenfalls befürwortet, daß Papa einlud, mußte doch auch über das Haus selbst gesprochen werden. Man konnte ja nun nicht mehr so tun, als sei Supercastro abwesend und der Marquis verwalte eben sein Eigentum.

»Mir wäre wohler«, sagte Papa, als man Platz genommen hatte und Marie-Sophie die kalten Platten reichte, »wenn ich zunächst eine gewisse Miete bezahlen könnte – aber an wen?«

Jan van Hertogenbosch war mit seinen Blicken Marie-Sophie gefolgt, die er wohl nicht mehr gesehen hatte, seit sie durch ihn ins Haus gekommen war. Somit war er einen Augenblick abgelenkt und mußte dem Gespräch erst eine Weile lauschen, ehe er sich wieder daran beteiligen konnte. Es ging um Dinge, die ich nicht alle verstand, weswegen ich hier vielleicht Unsinn schreibe. Aber ich glaube, Mijnheer van Hertogenbosch riet meinem Vater, das Haus zu erwerben: Es gebe keine gesetzlichen Erben, es gebe keinen bestellten Nachlaßverwalter, also könne er sehr billig zu dem Haus kommen, wenn er nur irgendeine Summe bei einer einwandfreien Persönlichkeit, etwa bei Pater Lemoyne, für den Fall deponiere, daß sich ein Anspruchsberechtigter noch melden würde.

»Es wird Ansprüche von seiten des Herrn von Lamothe-Cadillac geben«, wandte Laloire des Ursins ein. »Soviel ich weiß, hat Supercastro seinerzeit das Haus mit einem Darlehen Lamothes gebaut und dieses Darlehen dann durch seine Expeditionen abgearbeitet. Ob es damit vollständig abbezahlt ist, das weiß vermutlich nur Lamothe selbst, und der wird es uns nicht sagen.«

»Mit dem Mann möchte ich nun wirklich nichts zu tun haben«, sagte Papa entschieden, und ich bewunderte ihn im Stillen für diesen mutigen Ausspruch. Zugleich war ich Matilda dankbar, die nun, da wir alle zuhause waren, über ihr schönes Kleid flink eine Schürze gebunden hatte, damit sie Marie-Sophie helfen könne, deren Aufgabe die Bewirtung der Gäste ja eigentlich nicht war. Aber sie hatte die Brötchen so gut vorbereitet, ihre bescheidene und doch schöne Erscheinung erweckte soviel Wohlgefallen, daß sie diese Handreichungen nicht zu bedauern brauchte. Ich wußte, morgen würde man in La Nouvelle Orléans davon sprechen, daß das hübscheste Mädchen, das mit der *Aphrodite* angekommen war, bei uns eine neue Heimat gefunden habe.

»Ich glaube, das kann ich Ihnen abnehmen, Graf«, antwortete Laloire des Ursins. »Der Marquis wird diese neue Affäre dazu benützen, Lamothe-Cadillac nach Frankreich rufen zu lassen. Das ist natürlich keine Strafe, die des Verbrechens würdig wäre. Andererseits haben wir keine schlüssigen Beweise, und die Indianer können auch aus eigenem Antrieb gehandelt haben. Aber wir haben alte Briefschaften des früheren Gouverneurs Des Frisches de Meneval gefunden, und in einem dieser Briefe an den Marquis heißt es wörtlich: »Dieser Cadillac ist ein böser Geist, für mich steht fest, daß er Frankreich wegen verschiedener Untaten verlassen mußte.« Das ist zwar auch nur eine Vermutung, aber Meneval war ein besonnener Mann, dem man ein gutes Urteil nachsagte. Wir können also, wir, damit meine ich den Marquis und mich, können also Lamothe-Cadillac ein wenig unter Druck setzen, und da er wohl fühlt, daß seine Tage in der Kolonie gezählt sind, wird er sich mit einer vernünftigen Abfindung für die Restschuld des Spaniers gewiß einverstanden erklären.«

»Ist er nämlich erst einmal in Europa«, ergänzte Jan van Hertogenbosch, »dann sieht er keinen roten Heller mehr aus Lousiana, das weiß er so gut wie wir!«

Nun hatte ich einigermaßen begriffen, und mir wurde ganz heiß vor Freude. Ich blickte zu Mama hinüber, und auch ihr Gesicht begann still zu leuchten, das kannte ich: Es war Vorfreude, sie sah etwas Schönes auf uns zukommen.

»Wäre euch denn das recht, euch beiden?« erkundigte sich Papa bei Mama und bei mir, und die Herren, die unsere Gäste waren, sahen uns erwartungsvoll an.

»Es ist zwar ein Haus mit einer düsteren Geschichte«, antwortete Mama, »aber immerhin wissen wir jetzt, daß die Untat nicht hier geschah, sondern am Fluß, und daß dieser Spanier ein anständiger, ja ein gutherziger und mutiger Mann war. Wir dürfen, das glaube ich fest, die Gunst des Augenblicks nutzen, vor allem, da sonst ein Unwürdiger zum Zuge käme. Aber wir sollten uns bereithalten, auch für mögliche Erben des Spaniers etwas zu tun, sobald wir selbst dazu in der Lage sein werden.« Es war selten, daß Mama ihre Meinung so deutlich äußerte. Ich bemerkte einen etwas verwunderten Gesichtsausdruck bei meinem Vater, und es entging mir auch nicht, daß Jan van Hertogenbosch ihr lautlos applaudierte, unterhalb der Tischplatte, so daß es die anderen nicht sehen konnten. Ich aber hätte Mama umarmen können. Sie war ja manchmal sehr Gräfin, wie Alphonse dies ausdrückte, aber wenn sie einmal aus sich herausging, dann war es um so prächtiger, und wir Kinder waren dann immer sehr stolz auf sie.

Damit war nun hinsichtlich des Hauses alles klar, und das Gespräch wandte sich der Zukunft zu, den vor uns liegenden Monaten, in denen Papa sich bemühen sollte, für die Fundstätten, die der Spanier gekannt hatte, Konzessionen zu erlangen. Laloire des Ursins sicherte ihm die wirtschaftliche Hilfe des Marquis zu und riet, sich mit den Indianern gut zu stellen, die offenbar ein besonderes Vertrauensverhältnis zu Supercastro gehabt hatten. Andernfalls hätten sie ihm die Lage der Erzvorkommen, deren Wert inzwischen alle Stämme kannten, gewiß nicht preisgegeben.

Ich war von dem, was ich erfahren hatte, ziemlich aufgewühlt. Als wir ankamen, hatte ich mir über das Haus keine Gedanken gemacht. Seit der ersten Stunde meines Lebens hatte ich auf Cressonat gelebt, einem Familienbesitz. Ich wußte daher gar nicht, was es heißt, eine Wohnung mieten oder ein Haus, gegen Geld zu Gast zu sein bei jemandem, der einen vor die Türe setzen konnte. In den Minuten der Ungewißheit und ehe Papa und Mama sich entschieden, war ich voll Angst gewesen, meine sieben Sachen zusammenpacken und mein liebes Dachstübchen verlassen zu müssen. Ich dachte an die vielen Menschen, die ich täglich auf der Straße nach Bâton Rouge aus der Stadt ziehen sah oder die anderen, die mit Sack und Pack von den Schiffen kamen und in La Nouvelle Orléans auf der staubigen Ortsstraße standen, ohne zu wissen, wohin. Nun aber war alles anders. Ich verstand, daß Papa gute und verläßliche Freunde besaß, ja daß er sie eigentlich vom ersten Augenblick an gehabt hatte, weil ihm der Ruf seiner Rechtschaffenheit vorausgeeilt war und weil er den Namen Cressonat trägt. Die Familie bedeutet also etwas, auch jenseits des Ozeans. Sie strahlt von der Sicherheit, mit der sie uns in der Normandie umgeben hatte, auch heute noch ab, da wir in der Neuen Welt weilen.

Glücklich und beruhigt verabschiedete ich mich, sagte wahrheitsgemäß, daß ich vor dem Nachmittagsunterricht noch ein wenig ruhen wollte, und ging dann nachdenklich in mein Zimmer. Ich lag kaum auf meinem Bambusbett, als es klopfte und Marie-Sophie ins Zimmer huschte.

»In einer Stunde, ist es recht?« fragte ich, um ihr zuvorzukommen und um nicht nein sagen zu müssen, denn ihre großen Augen blickten dann immer so enttäuscht. »Der Tag hat mich doch ein wenig angegriffen, der Friedhof, die vielen Menschen.« Marie-Sophie setzte sich auf die Bettkante, was nur ging, weil sie so zart war, daß das Bambusgestell sie trug. Sie nahm meine Rechte zwischen ihre kühlen Hände und blickte mich eine kleine Weile zärtlich an, ehe sie antwortete:

»Sie haben Ludivine wiedergesehen, Mabelle, auf dem Friedhof?«

»Ja, das habe ich.«

»Und sie wird in naher Zukunft mit ihrem Vater La Nouvelle Orléans verlassen, wie ich gehört habe?«

»Es scheint so, die Herren haben zumindest davon gesprochen, und ich kann mir nicht vorstellen, daß ihr Vater noch lange hierbleibt.«

»So etwa hat mich auch Matilda informiert, darum sitze ich jetzt hier, Mabelle: Ich werde Ihre Frau Mutter bitten, daß wir einander du sagen dürfen, damit Sie eine neue Freundin haben, wenn Ludivine nicht mehr hier ist... Und ich möchte Ihnen versichern« – dabei lächelte sie richtig spitzbübisch, was ihr allerliebst stand – »ich möchte Ihnen versichern, daß Sie keinen schlechten Tausch machen. Ich will mich aufrichtig bemühen, Ihre Freundschaft zu verdienen!«

Ich will hier gleich anfügen, was daraus geworden ist, auch wenn es sich erst ein paar Tage darauf ereignet hat, und ich schreibe diese Zeilen schweren Herzens, denn es war das erstemal, daß meine liebe Mutter mich enttäuscht hat. Ganz entgegen meinen Erwartungen wollte sie nicht zustimmen, als ich bat, mit Marie-Sophie das Du tauschen zu dürfen. Sie habe nichts gegen dieses Mädchen aus der *Salpêtrière*, aber man wisse doch viel zu wenig von ihr. Sie sei ein Stadtkind von einem gewissen Liebreiz, aber niemand kenne ihren Vater und das würde man in Paris, vor allem in der Umgebung des Königs und der Madame de Maintenon, der Familie Cressonat übel ankreiden.

Ich war wie vor den Kopf geschlagen und beging den Fehler, Marie-Sophie alles zu erzählen. Wem sonst hätte ich mich anvertrauen sollen? Sie war jedoch keineswegs überrascht, nur eben traurig, und als ich sie am selben Abend auf ihrem Zimmer besuchen wollte, schien sie darüber nicht sonderlich erfreut zu sein.

»Bitte lassen Sie mich, Comtesse«, bat sie, es klang ganz förmlich, »ich bin mit sehr ernsten Dingen beschäftigt!«

Erst als ich beharrte, gab Marie-Sophie mir die Tür frei. Auf dem Tisch, der an der senkrechten Wand des Mansardenzimmers stand, waren Schriftstücke und einige kleine Gegenstände ausgebreitet. Daneben stand mit aufgeklapptem Deckel das Sandelholzkästchen, das die Nonne beim Abschied Marie-Sophie übergeben hatte – eine jener Kassetten, von denen die aus den Klöstern nach Louisiana gehenden Mädchen den Namen »Kassettenmädchen« hatten.

Überrascht trat ich näher und setzte mich neben Marie-Sophie. »Ihre Mutter«, sagte sie, während sie weiter in den Papieren kramte, »ist eine kluge Frau. Vielleicht aber hat man ihr auch eine Andeutung gemacht, als ich in dieses Haus kam. Jedenfalls hat sie recht: Ich muß mich meiner Herkunft schämen, denn aus diesen Schriftstücken sehe ich, daß meine Eltern nicht verheiratet waren. Ich weiß nicht einmal, ob man ein Menschenpaar, das nur ein paar Wochen zusammenlebte, überhaupt Eltern nennen darf.«

Dabei schob sie mir zwei beschriebene und an den Rändern eingerissene Blätter über die Tischplatte und erhob sich, um an dem kleinen Waschtisch ihre rotgeweinten Augen zu kühlen. Als ich zuerst das gesiegelte Blatt lesen wollte, unterbrach mich Marie-Sophie und sagte:

»Fangen Sie mit dem anderen an, dann werden Sie die Lust verlieren, mich zu duzen oder gar von mir geduzt zu werden!«

Es war ein Brief an die Schwestern der *Salpêtrière*, eines jener Klöster, die Findelkinder aufnehmen, und er schien Marie-Sophie beigegeben worden zu sein, als ihre Mutter seinerzeit das Kind ausgesetzt hatte. Sie bezeichnete sich als Schauspielerin und bat die frommen Schwestern, sich des Neugeborenen anzunehmen, da ihr Prinzipal ihr sofort den Laufpaß geben würde, sollte er von der Niederkunft etwas erfahren. Der gesiegelte und geöffnete Brief, das andere Blatt, war das Bekenntnis des Kindesvaters, in fehlerhaftem Französisch, aber im Ton vollster Aufrichtigkeit abgefaßt, und wo ihm ein französisches Wort gefehlt hatte, war es durch ein Lateinisches ersetzt, der Mann konnte also nicht ganz ungebildet gewesen sein. Er behauptete, seinen vollen Namen nicht nennen zu können, denn es handle sich um ein altadeliges Geschlecht, ja sogar eine gräfliche Familie, in deutschen Landschaften begütert, von denen ich nur Westfalen kannte, die andere trug den seltsamen Namen Harz. Dem Brief war der Siegelring mit dem Wappen dieser Familie beigelegt und der Vermerk beigegeben, daß die Schwestern von der *Salpêtrière* die ebenfalls beigefügten zehn Goldstücke für die Ernährung und die Pflege des Findelkindes verwendet hätten.

Ich war von diesen Mitteilungen so erregt, daß ich am liebsten gleich wieder nach unten gelaufen wäre und meiner Mutter gesagt hätte, wie sehr sie sich geirrt habe: Mochte Marie-Sophie auch eine Hugenottin sein, so war sie doch eine deutsche Gräfin und so weiter. Aber Marie-Sophie wurde beinahe böse und beschwor mich, zu schweigen. Erstens sei eine uneheliche Grafentochter keine Gräfin; wäre dem so, es würde in der Welt von Comtessen nur so wimmeln. Und dann sei die ganze Geschichte zwischen einer jungen Schauspielerin und einem deutschen Reisenden zwar romantisch, aber doch eben ihre Geschichte und ihr Geheimnis.

Es brauchte eine Weile, ehe ich dies einsah, und um mich abzulenken, vielleicht auch, um mich zu beruhigen, verwickelte Marie-Sophie mich in ein langes Gespräch über das Wappen, das auf dem Ring zu erkennen war: von Wappen müsse ich doch einiges wissen. Es war ein Schild mit einem schrägen Balken und drei Kugeln, aber ich wußte nichts damit anzufangen, und so schieden wir wenig getröstet, wenn wir nun auch ein gemeinsames Geheimnis zu hüten hatten.

Abschiede

Das große Nachtgewitter hatte also mehr bewirkt, als von einem solchen Unwetter für gewöhnlich erwartet wird. Zwar hatte es die Luft gereinigt, vor allem aber waren mit der Freilegung von Supercastros Leichnam durch den Regen eine Menge Fragen aufgeworfen worden. Doch schließlich hatte sich die traurige Geschichte für Mabelles Familie zum Guten geklärt. Nach einigen Wegen und einigem Rechnen konnten Balthazar de Cressonat und seine Frau, mit Kreditbriefen bewaffnet, den Weg zum Notar antreten, der in einer wenig eindrucksvollen Laube neben dem Gouverneurshaus seine Kanzlei aufgeschlagen hatte. Mit den Vollmachten des Marquis du Châtel erschien sein Geschäftsführer Laloire des Ursins, und nach einer Stunde, in der viel geschrieben, vorgelesen und endlich unterzeichnet wurde, waren der Graf und die Gräfin de Cressonat zu gleichen Teilen Eigentümer des Hauses, das in der vorläufigen Planaufteilung von La Nouvelle Orléans nur das *Maison Espagnole* geheißen hatte. Das Ganze hatte sich ein wenig hingezogen, weil bei dieser Gelegenheit das Grundstück überhaupt zum erstenmal vermessen wurde; aber nun hatte alles seine Richtigkeit, und die Familie Cressonat war auch in der Neuen Welt Herr auf eigenem Grund und Boden.

»Unser verehrter Monarch, der große Ludwig der Vierzehnte«, sagte Laloire des Ursins feierlich gestimmt nach den letzten Unterschriften, »hat das ganze neue Frankreich auf amerikanischem Boden bisher in seinem Wert noch nicht erkannt, leider. Er sprach in Zusammenhang mit dem französischen Kanada von *quelques arpents de neige,* von einigen schneebedeckten Äckern. Nun, hier in Louisiana werden wir auf den Schnee vergeblich warten, was uns nichts ausmacht, und die Äcker tragen hier reiche Frucht an Tabakpflanzen, Zuckerrohr und Getreide. Sie, lieber Graf, haben sich aber für etwas entschieden, das vermutlich noch wertvoller ist als Pflanzungen und Äcker, nämlich für die Schätze unter der Erde. Der Marquis du Châtel, den zu vertreten ich die Ehre habe, und ich selbst, wir wünschen Ihnen und Ihrer Familie Glück in Ihrem neuen Heim und Erfolg auf Ihrer ersten großen Expedition.«

Damit war nun auch klar, daß Cressonat nicht allein wegen seines neuen Besitzes als Nachfolger Supercastros angesehen wurde, sondern die Kolonie auch dieselben Hoffnungen auf ihn setzte.

Der Sommer war da, der Mississippi hatte seine niedrigsten Wasserstände und die schwächste Strömung, die Indianer hatten genug zu essen und waren friedlich. Also höchste Zeit, den Geheimnissen des Antonio Supercastro nachzuspüren.

Der Weg zu ihnen führte, da der Spanier selbst tot war, über seine Gefährten, die Mengakonkias, eine kleine Splittergruppe des Stammes, die am Pontchartrain-See seßhaft geworden war und dort eine merkwürdige Zwischenexistenz führte. Die einen fischten noch, andere verdingten sich als Ruderer auf dem See und auf dem Strom, und das Oberhaupt der kleinen Gruppe, ein Mann namens Atekuando, hatte sich im Gouverneurspalast sogar eine schriftliche Konzession als Frächter geholt, betrieb einige Gespanne und einen großen Lastensegler und galt als ein ausgezeichneter Kenner der Flußstrecke bis hinauf zur Ohio-Einmündung. Madame Chouard wiederum bezeichnete ihn als ihren besten Schüler im Französischen, von dem auch sie schon eine ganze Reihe Worte der Miami-Sprache gelernt habe, der *lingua franca* der ganzen Stammesgruppe.

Es war auch bei Ghislaine Chouard, daß Balthazar de Cressonat sich zum erstenmal mit Häuptling Atekuando traf. Mabelle hatte durch Matilda von dieser Besprechung erfahren und so inständig gebeten, mitgenommen zu werden, daß Cressonat ihr den Wunsch nicht abschlagen konnte.

»Vielleicht ist es auch weniger auffällig, wenn ich mit meiner Tochter in die Metairie fahre«, sagte er, denn Lamothe-Cadillac war noch in La Nouvelle Orléans, wenn auch jene Leute, die stets das Gras wachsen hörten, überall herumerzählten, er werde schon bald in sein Haus in Mobile übersiedeln und dort dann seine endgültige Abreise nach Europa vorbereiten.

Damit der Graf keinesfalls auf den Indianer warten müsse, hatte Ghislaine Chouard ihrem rothäutigen Freund eine frühere Zeit genannt, und so kam es, daß Cressonat und Mabelle die beiden bereits im Gespräch fanden. Mabelle war nicht ganz wohl, als sie dem großgewachsenen und sichtlich sehr kräftigen Indianer ihre kleine Hand hinstreckte, aber der nahm sie lächelnd zwischen seine zwei Hände, schüttelte sie herzlich, ohne sie zu drücken, und lachte dann ein wenig verständnislos, als Mabelle – da es sich ja schließlich um einen Indianerfürsten handelte – einen tiefen Hofknicks vollführte, als sei der Bretterboden in der Metairie das Parkett von Versailles.

Cressonat sprach langsam und deutlich, und da Atekuando offenbar an das gewöhnt war, was die Waldläufer und Fallensteller zwischen ihren Bärten hervorbrachten und für Französisch hielten, ging das Gespräch zwar bedächtig, aber ohne Schwierigkeiten vonstatten. Madame Chouard mußte nur ganz selten helfend eingreifen, wenn Atekuando ein Wort fehlte, das er nicht umschreiben wollte.

Entscheidend aber wurde, daß Atekuando ›Madame Gillen‹, wie er sie nannte, offensichtlich unbegrenztes Vertrauen entgegenbrachte. Er ließ erkennen, daß sein Mißtrauen gegenüber den

Weißen berechtigt und wohlbegründet sei. Er erzählte von den Begegnungen mit den Engländern, die vom Osten her an den Ohio kamen, während die Franzosen von der Seenplatte nach Süden vorgestoßen waren, und er deutete an, daß er die Bleichgesichter, die einander bekriegten und um die Indianer mit Feuerwasser warben, nicht sonderlich achten könne.

»Gibt es eine französische Niederlassung am Ohio?« wollte Cressonat wissen. Ihm war zwar bekannt, daß es sich bei dem Ohio um den ersten großen Zufluß in den Mississippi handle, vom Süden her betrachtet, aber den Fluß mit dem Indianernamen Wabash, der vom Norden her in den Ohio mündete, kannte er nicht einmal vom Kartenbild.

»Am Ohio keine Franzosen. Ohiofluß kurzes Stück bis Wabash, dann Ohio englisch und Wabash französisch.«

Cressonat machte sich Notizen und versuchte, einen Flußlauf zu skizzieren, zuerst den Ohio, wie er in den Mississippi einmündete und dann den Wabash, der beinahe genau nordsüdlich floß und den Ohio verhältnismäßig kurz vor der Einmündung in den Mississippi erreichte. Diese Skizze zeigte er Atekuando, der sie mit einem Stück Rinde verglich, das er aus seinem Leinenwams zog. Er streckte die Hand aus und bat um den Kohlestift, dann korrigierte er die Skizze und reichte das Blatt zurück.

»Am Wabash also gibt es französische Niederlassungen?« fragte Cressonat weiter.

»Eine fertig und die zweite im Bau. Fertig ist Fort Viatenon am oberen Wabash. Holz fällen und bauen für Fort Vincennes am unteren Wabash!«

»Und Pater Mermet?« fragte Cressonat.

Sogleich erhellte sich das Gesicht des Indianers, ja es sah aus, als müsse er sich ein Lachen verbeissen.

»Monsieur kennen Pater Mermet von Chippecoke? Alle Indianer ihn lieben, Gouverneur aber nicht lieben Pater Mermet.« Cressonat kannte Mermet nicht, wie sollte er auch, aber Lamothe-Cadillac hatte bei jener Abendgesellschaft im Haus des Marquis von ihm gesprochen, und zwar ziemlich abfällig. Er hielt den aus Grenoble stammenden, nicht mehr jungen Jesuiten für einen Intriganten, der an der Wabash-Linie emsig tätig sei, um die von Lamothe begründete Pelzhandelsstation Detroit in ihrer Bedeutung zu mindern. Atekuando aber kannte den wahren Grund für die Abneigung des Gouverneurs und berichtete ihm, immer von Lachen unterbrochen, in seiner eigenen Sprache, so daß Ghislaine Chouard hurtig dolmetschen mußte, um Schritt zu halten.

»Atekuando sagt, Lamothe-Cadillac sei bei den Indianern sehr unbeliebt. Er sei zweimal durch die Gebiete der Natchez und der Chicachas gereist, ohne mit ihnen die Friedenspfeife zu rauchen. Pater Mermet hingegen habe bei den großen Seuchen zu Beginn des Jahrhunderts die Indianer aufopfernd gepflegt und sich dabei selbst die Gesundheit ruiniert. Mermet hatte auch eine große Diskussion mit einem berühmten Medizinmann, der an den Büffelgott glaubte und überzeugt war, Manitou sei ein Bison. Mermet hatte ihm nachgewiesen, daß ein Büffel kein Gott sein könne, nur der Geist Gottes könne in Tier und Mensch fahren, weil der Geist eben überall sei, allmächtig und in jedem Wesen der Schöpfung wirksam.«

»Von dieser Diskussion habe ich gehört«, unterbrach Cressonat, »ich möchte auf jeden Fall den Mississippi soweit hinauffahren, daß ich Jean Mermet kennenlerne, er muß ein sehr bemerkenswerter Mann sein!«

»Pater Mermet nicht immer am Mississippi«, sagte der Indianer, der offenbar alles verstanden hatte, »finden Pater manchmal am Wabash, in Mission von Chippecoke, vor vier Jahren gegründet.

Kleine Mission ohne Palisaden. Pater Mermet nennen Wabash immer Fluß von Sankt Hieronymus und Ohio den schönen Fluß. Aber ich noch nicht fertig mit Geschichte von Gouverneur...«

Nach Atekuandos Bericht wußten die Indianer von Lamothe-Cadillacs Geldgier, die ja schließlich seinen Abgang nach Louisiana zur Folge hatte – er hatte sich in Quebec unmöglich gemacht. Da in Louisiana aber nur die Plantagen gediehen und Bodenschätze nicht zu finden waren, dachte Lamothe-Cadillac daran, den Strom, den er heruntergefahren war, nun wieder hinaufzufahren, so weit, bis er Gold und Silber fände. Bei dieser Gelegenheit sagte er eine Menge böse Dinge über Louisiana, die nicht nur die dort lebenden Weißen aufbrachten, sondern auch die Indianer, und so kamen eines Tages ein paar indianische Waldläufer vom unteren Illinois zu Pater Mermet, als dieser gerade wieder in der Mississippi-Station Kaskaskias lebte, und wiesen ihm einige große und kleine Goldkörner vor, von denen sie behaupteten, die hätten sie in Bächen, in kleinen Zuflüssen des Illinois, aus dem Sand gewaschen. Im guten Glauben verfaßte der Jesuit einen begeisterten Bericht an Lamothe-Cadillac, überzeugt, daß nun für die Umgebung seiner Missions-Station das goldene Zeitalter anbrechen werde, hatte es bisher hier doch nichts anderes gegeben als die große Gerberei von Charles Jucherau an der Einmündung des Ohio. Lamothe-Cadillac ging den Indianern auf den Leim und verbrachte vergeblich ein volles Jahr auf Goldsuche am Illinois, ehe er nach Nouvelle Orléans zurückkehrte. Dort hatte es niemand den Indianern übelgenommen, im Gegenteil, man war froh, den arroganten Gouverneur ein Jahr lang nicht zu sehen. Lamothe-Cadillac aber war seither noch schlechter auf Pater Mermet und die Jesuiten zu sprechen als bisher.

Er war überzeugt, daß dieser kindlich-fromme Mann von der Finte gewußt habe.

»Glauben Sie, Atekuando, daß Pater Mermet den Gouverneur absichtlich täuschte?«

Der Indianer schüttelte eifrig den Kopf.

»Pater Mermet nicht lügen, niemals. Aber viel große Hoffnung für Land an Wabash und Illinois. Darum vielleicht Indianer nicht genug ausgefragt und gleich alles geglaubt und schönen langen Brief geschrieben.«

Dem langen Gespräch in der Metairie folgte eine kurze, intensive Phase der Vorbereitungen. Das Vertrauen Atekuandos erwies sich als entscheidend, ja es war in gewissem Sinn wichtiger als die wirtschaftliche Unterstützung durch Antoine Crozat, den Marquis du Châtel. Die Mengakonkias, von ihrem Hauptstamm im Norden abgeschnitten, hatten sich im Lauf der letzten Jahre stark auf die Unternehmungen Supercastros eingestellt und waren seit seinem Tod mit ihrer Lage in Nouvelle Orléans nicht sonderlich glücklich. Es bereitete keine Schwierigkeiten, die Ruderer und Träger für die Expedition zusammenzubringen, wobei unter den Trägern Maron-Neger waren, Mischlinge aus Negern und Kariben, die sich als besonders zäh und kräftig erwiesen hatten. Sie waren ihren spanischen Herren auf Kuba und Santo Domingo entlaufen und galten in Louisiana, wo sie praktisch als freie Arbeiter lebten, als außerordentlich zuverlässig.

Die bewaffnete Begleitung mußte Jan van Hertogenbosch stellen, das war seine Aufgabe.

»Ich würde am liebsten mitkommen!« sagte er in einem abendlichen Gespräch zu Cressonat, »aber ich bin Kapitän, ich darf mein Schiff nicht so lange allein lassen, und für den Mississippi ist es vollkommen ungeeignet. Ich stelle Ihnen aber einen tüchtigen holländischen Maat und drei französische Scharfschützen, die werden Ihnen auch bei der Nahrungsbeschaffung beste Dienste leisten.«

Das alles schien jedoch einfach zu sein im Gegensatz zu einer durchaus unerwarteten Komplikation, für die Mabelle sorgte: Das Mädchen bestand mit einem an ihr bis dahin unbekannten Eigensinn darauf, die Expedition mitzumachen und ließ sich auch durch den freundlichsten Zuspruch nicht mehr davon abbringen. Ja, sie vertraute ihrer Mutter unter Tränen an, sie habe einen furchtbaren Traum gehabt, in dem ihrem Vater Todesgefahr drohte – eine Gefahr, die sie trotz ihrer Jugend habe abwenden können. Dabei blieb sie mit einer beinahe verzweifelten Festigkeit, so daß schließlich die ganze Familie den Grafen bat, Mabelle die Mitreise zu gestatten, so ungewöhnlich dies auch sei. Gute Stimmung kehrte erst wieder ein, als alle gemeinsam Mabelles Ausrüstung kauften.

Beim Einschiffen am Landungssteg nahmen sich die Bewaffneten höchst malerisch aus. Da es an Bord des Korsarenschiffs an nichts fehlte – Hertogenbosch hatte oft britische Schiffe gekapert – waren der Maat und die Scharfschützen prächtig herausstaffiert und sahen aus wie die britischen Kundschafter, die Laloire des Ursins kürzlich eigenhändig am Alabama-Oberlauf gefangengenommen hatte: bestes Leder, blinkende englische Gewehre und Hüte aus feinstem Filz schottischer Machart.

Atekuando und Cressonat waren ebenfalls gut ausgerüstet, aber als sie die vier Leibwächter erblickten, blinzelten sie einander zu wie alte Hasen.

»Nun kann ja nichts mehr schiefgehen!« stellte Cressonat lachend fest und begann in froher und zuversichtlicher Stimmung, sich von den Seinen zu verabschieden, erst von Ulysse und Matilda, dann von Marie-Sophie und schließlich von Alphonse. Die Gräfin umarmte er ungeniert und gleichsam auf offener Szene, und Mabelle sah, was sie seit langem nicht mehr gesehen hatte: Ihre Mutter weinte!

Als Odile sich die Tränen getrocknet hatte, sagte sie leise: »Von diesen Expeditionen war doch eigentlich nie die Rede ... ich meine drüben, in Frankreich!«

»Was wußten wir in Frankreich von Louisiana!« antwortete Cressonat, »ich habe mir erst vor ein paar Tagen wieder das Wort unseres Königs ins Gedächtnis gerufen, das von den paar Ackerstücken im Schnee. Du siehst, hier ist alles anders. Ich gebe zu, ich bin ein wenig alt für diese Art, eine Chance wahrzunehmen. Aber soll ich sie darum vorübergehen lassen?«

Über Odiles Schultern hinweg hielt er Ausschau nach Hilfe und sein Blick fiel auf Hertogenbosch.

»Mijnheer van Hertogenbosch«, sagte er und schob Odile ein wenig von sich weg, »Sie unterhalten doch so eine Art Flußpolizei. Kann die auch Briefe befördern?«

Der Holländer verstand sofort.

»Und ob. Vor allem Briefe flußabwärts, die reisen schnell. Denn jeder, der sie überbringt, weiß, daß er ein gutes Botengeld erhält. Nein, Gräfin, fürchten Sie nichts. Die Zeiten, in denen die Toten in den Wäldern herumlagen, sind vorbei. Wir kennen unsere Indianer und die Indianer kennen uns. Mit England stehen wir Gewehr bei Fuß, aber von Krieg kann keine Rede sein. Graf Cressonat wird Strapazen zu bestehen haben, er wird mit den zahlreichen Insekten des Mississippitales Bekanntschaft machen, aber einem richtigen Mann kann derlei nichts anhaben. Ich verspreche Ihnen, jede Nachricht, die mir zukommt, persönlich bei Ihnen vorbeizubringen, persönlich und ohne Verzug!«

Der Blick, den Odile ihm daraufhin zuwarf, war nicht nur

dankbar: in ihren tränenfeuchten Augen stand auch die Hoffnung, nicht ganz allein zu bleiben in einer Stadt, in der es keine Gesellschaft gab und erst ganz wenige, viel zu wenige Freunde.

»Ich hoffe dennoch«, sagte die Gräfin, »daß diese Expeditionen sich nicht häufen werden – oder ich reise auch mit. Auf dem Strom selbst kann mir ja eigentlich nichts passieren ... Das ist überhaupt eine Idee: Wenn ihr mir zulange wegbleibt, fahre ich euch entgegen; ich habe mir sagen lassen, daß es den Fluß entlang schon eine ganze Reihe französischer Niederlassungen gebe.«

Cressonat lächelte und zog sie an sich.

»Ich werde den Fluß jedenfalls auch mit deinen Augen ansehen«, versprach er, »ich werde ein Tagebuch führen und dir getreulich berichten. Und wenn eines Tages die Niederlassungen wenigstens soweit gediehen sind wie unser Nouvelle Orléans, dann reisen wir alle, *en famille,* damit auch Alphonse das Land kennenlernt, das unsere Zukunft ist!«

Odile de Cressonat schien getröstet.

Alphonse war so aufgeregt und zappelig, daß bei ihm ein richtiger Abschiedsschmerz wohl gar nicht aufkam. Erst als er sah, daß seine Mutter Mabelle an sich zog und auf die Stirn küßte, ja ihr das Kreuzzeichen als mütterlichen Segen auf der Stirn beschrieb, wurde er ernst und machte große, staunende Augen.

»Du kommst doch wieder?« fragte er leise, so daß andere es nicht hören konnten, als Mabelle sich zu ihm niederbeugte, um ihn zum Abschied zu küssen.

»Wir kommen beide wieder«, antwortete Mabelle, »sonst hätte Papa mich doch gar nicht erst mitgenommen. Es wird nur ein Weilchen dauern. Jetzt bist du der Mann im Haus und mußt Mama trösten, bis unsere ersten Briefe kommen!«

Das Grüppchen um Odile herum winkte eifrig, als die großen

Boote ablegten und langsam in der Strömung trieben. Die Indianer legten sich in die Riemen, kleine rostrote Segel fingen den Wind vom Meer auf und halfen vielleicht tatsächlich ein wenig, die Boote gegen die Strömung nach Norden zu treiben. Erst als sie um die nächste Krümmung des Flusses verschwanden, verliefen sich die Neugierigen, und die kleine Gruppe der nächsten Angehörigen und Freunde blieb bei den Wagen zurück.

»Ich finde«, stellte Odile de Cressonat fest, »es geht sehr langsam. Es wird Monate brauchen, ehe sie auch nur am Ohio sein werden.«

»Bis zum Ohio sind es gut zweihundert französische Meilen, Gräfin«, gab Jan van Hertogenbosch zu. »Wenn sie Tag und Nacht rudern, und das ist hier im Unterlauf noch durchaus möglich, sind sie sechs Wochen unterwegs, ehe die ersten Fundstätten erreicht werden.«

»Aber zurück, Mama«, rief Alphonse und stellte sich auf die Zehen, damit die Erwachsenen ihn besser verstünden, »zurück geht's dafür dann um so schneller!«

DRITTES BUCH
Erz in der Wildnis

Die Reise zu Pater Jean

Cressonat und Atekuando hatten sich bemüht, alle drei Langboote etwa gleichmäßig zu beladen, aber es gab in ganz Nouvelle Orléans keine größere Waage als jene, die der Marktkommissar verwendete, um den Anlieferern auf die Finger zu schauen, und die ließ sich nicht ans Wasser schaffen. Aber Atekuandos geübter Blick schloß aus dem Tiefgang und dem Verhalten der Boote, ob eines überladen war und verteilte auch die Ruderer so, daß alle drei Fahrzeuge gleich schnell vorwärtskommen mußten. Dennoch war Vorsorge für den Fall getroffen worden, daß man den Anschluß verliere. Im ersten Boot kommandierte der Indianer, im zweiten Cressonat, in dritten der Bootsmann, den Hertogenbosch abgestellt hatte. Jeder der drei hatte eine Skizze des Flußverlaufs bei sich, auf der Atekuando die Treff- und Wartepunkte notiert hatte.

»Der erste«, hatte er am Abend vor dem Aufbruch erläutert, »ist natürlich Fort Natchez, aber bis dahin können wir bestimmt auf Sicht fahren. Der zweite liegt an der Einmündung des Albatcha-Bayuk, ein Zufluß von Osten her. Der Treffpunkt sind die Brandruinen des zerstörten Forts. Der dritte Treffpunkt schließlich – und mehr anzugeben ist im Augenblick wohl nicht nötig – liegt im Gebiet der Acansa, das sind Pueblo-Indianer, deren Häuser man am Westufer des Stromes erblickt. Ihnen gegenüber am östlichen Mississippi-Ufer liegt eine kleine französische Niederlassung ... Richtig, Atekuando? Oder habe ich etwas vergessen?« Der Indianer lachte zufrieden.

»Graf gut aufgepaßt, nichts vergessen. Aber bis zu den Acansa viele Tage, viele Nächte!«

Früher als befürchtet befiel Cressonat die große Ungeduld. Er wußte, daß zum Beispiel Laloire des Ursins stets selbst am Ufer seinen Schiffen voranritt, und eine kleine, schnelle Begleittruppe für seine Patrouillen ausgebildet hatte. Das gab gelegentlich Probleme, im Frühjahr, bei tiefem Boden oder im Schmelzwasser, aber er war nicht nur schneller unterwegs als ein stromaufwärts gerudertes Boot, er konnte auch die unendlich vielen und oft weit ausgreifenden Windungen der Flüsse abkürzen; der Mobile und der Rote Fluß beschrieben noch häufiger solche Kehren als der mächtige Mississippi selbst.

Nach eingehenden Beratungen und Berechnungen hatte man sich dann aber doch entschlossen, den Wasserweg zu wählen, vor allem, weil auf dem Landweg die Wohngebiete von einem Dutzend verschiedener Indianerstämme zu passieren gewesen wären und insbesondere der Ohio fest in der Hand der Irokesen war. Der große Mississippi hingegen war eine Art neutraler Wasserstraße, die von den an ihr ansässigen Stämmen zwar sehr genau beobachtet, aber nicht gesperrt wurde. Und da man hoffte, auf der Rückreise Gesteinsproben und Erzbrocken mitführen zu können, waren die Boote ohnedies unerläßlich.

Die Maron-Neger bildeten jeweils zwei Rudermannschaften, die einander alle zwei Stunden ablösten. Cressonat hatte Muße, die Männer zu studieren, denen man nachsagte, zu Hause seien sie Menschenfresser. Ihre Gesichtszüge hatten, soweit Cressonat sie erkennen konnte, jedoch nichts Primitives, auch keinen Ausdruck besonderer Wildheit. Sie tauchten ruhig und gleichmäßig die Ruder ins Wasser und sangen dazu leise, so daß es sie nicht viel Atemluft kostete. Das Lied, eigentlich eher eine Art Sprechgesang, erleichterte es ihnen, im Takt zu bleiben. Sonst hörte man sie wenig miteinander reden, und wenn, dann in jener merkwürdigen spanisch-indianischen Mischsprache, die sich auf jenen drei Inseln herausgebildet hatte, wo diese seltsame Mischung zwischen Indianern und Negern entstanden war, auf Santo Domingo, Trinidad und Saint Vincent.

Den Fluß kannten sie alle, gab es doch in ganz Louisiana noch kaum Straßen. Nur von Spanisch-Amerika herüber, vom Rio Grande del Norte nach Osten, durch den Bleigrubendistrikt im Stammesgebiet der Senier, führte eine Handelsroute, die gut befahrbar war, zum Roten Fluß. An dieser Straße, dort, wo sie den Fleuve de la Trinité überquerte, war Cavelier de la Salle ermordet worden, ohne den es das ganze französische Louisiana nicht gegeben hätte. Und es war sehr bezeichnend für alles, was sich seither ereignet hatte, daß nicht Indianer an Caveliers Tod Schuld trugen, sondern daß ihn Franzosen erschossen hatten, aus Haß und Gier, am 19. März 1687.

Cressonat sann diesem seltsamen Mann nach, der ohne nennenswerte Unterstützung aus Versailles, oft in Gefahr zu verhungern, Frankreichs Herrschaft im ausgedehnten Mississippital begründet hatte. Von der großen Seenplatte im Norden bis an den Golf von Mexiko zog sich nun die Kette der Forts und Pelzhandelsniederlassungen, der Missionsstationen und der Zivilsiedlungen hin, während die Briten die Ostküste in Besitz genommen hatten. Als Cavelier erschossen wurde, war Albany die am weitesten landeinwärts liegende britische Niederlassung gewesen. Das freilich hatte sich in den inzwischen vergangenen fünfundzwanzig Jahren geändert: Im Schutz der Irokesenlinie am Ohio drangen die Engländer über die Küstengebirge nach Westen vor; manche der östlichen Mississippizuflüsse hatten inzwischen drei Namen: einen indianischen, einen französischen und einen englischen, und das britische Fort am Zusammenfluß von Polesipi und Cheraquier lag nur noch sechzig Meilen vom Mississippi-Ostufer entfernt.

Der Fluß wand sich den Booten entgegen, und Atekuando, der

das erste Boot befehligte, legte geschickt den Kurs durch die strömungsschwachen Partien dieses großen, sich machtvoll nach Süden wälzenden Wassers. In jeder Flußbiegung hatten sich kleine Halbinseln mit kuriosem Baumwuchs gebildet, weil es ja vom Zufall der Wasserstände abhing, welche Flugsamen sich hier in die Erde senken und aufgehen konnten. Cressonat bewunderte die gärtnerische Phantasie der Natur, die auf diese Weise die unterschiedlichsten Baumgruppen am Strom aufwachsen ließ, keinem noch so gescheiten Gärtner hätte eine originellere Belebung der im Großen und Ganzen ziemlich einförmigen Flußufer einfallen können.

Das Wasser, bei La Nouvelle Orléans noch brackig gelb, wurde von Stunde zu Stunde klarer und spielte nun deutlich in ein helles Grün. Immer häufiger kamen Stämme getrieben, die irgendein Unwetter im Mittellauf des Stromes geknickt oder die einer der schnellen westlichen Nebenflüsse aus den Gebirgen herabgetragen hatte. Jedes Nachtgewitter ließ am Morgen dann die oft tief eingeschnittenen Seitenarme hoch anschwellen, so daß sie in ihrer reißenden Kraft mitführten, was sich an den wilden Ufern an Bäumen, Gesträuch und Wurzelwerk fand.

Dieses gefährliche Treibgut war es, das schließlich die Nachtfahrten unmöglich machte. Nun mußten Nachtlager am Ufer bezogen werden, wofür Atekuando meist das westliche Flußufer aussuchte: Die alte Irokesenangst saß allen Verbündeten der Franzosen wohl seit den Tagen in den Knochen, da die Huronen in zahllosen Kriegen unbarmherzig vernichtet worden waren. Ein Nachtlager auf dem Festland, das bedeutete gleichzeitig Nachtwachen, also nach einem langen Reise- und Rudertag nur wenige Stunden Schlaf. Und es bedeutete Lagerfeuer, die eine ganze Nacht hindurch unterhalten werden mußten. Holz fand sich allerdings am Ufer genug. Der Wasserstand war verhältnismäßig niedrig, und der breite Schotterstreifen, den sonst das Wasser bedeckte, war voller Treibholz.

Cressonat spürte, daß die Indianer ihn selbst mehr beobachteten, als Mabelle. In dem Mädchen hatten sie ziemlich schnell das Kind erkannt. Man konnte sie ansehen, ihr zusehen bei ihren Versuchen, mit Bootsfahrt, Wildnis und Nachtquartier am Ufer fertig zu werden, aber ein Gegenstand der Überlegungen wurde sie nicht. Der Graf hingegen schien ihnen ein Rätsel aufzugeben, weil er sich in keine der zwei großen Gruppen einordnen ließ, mit welchen die Indianer immer wieder zu tun bekamen: Er war weder einer der Jesuitenmissionare, noch war er ein Händler oder gar Waldläufer.

Das erste, was man sah, war: er war ein guter Vater, er sorgte für jenes junge Mädchen, das wohl besser zu Hause geblieben wäre. Aber vielleicht hatte es gar kein Zuhause? Auch das gab es im großen Amerika, und nicht wenige reisten mit Kind und Kegel vom Sankt-Lorenz-Strom nach Süden. Dann aber, nach ein paar Tagen der Beobachtung, wurde es den Erfahreneren unter den Megakonkias doch klar, wohin der Graf gehörte: er war ein Militär, einer von den Offizieren, die im Süden noch selten waren, an den großen Seen aber bekannte Erscheinungen. An der Selbstverständlichkeit, mit der er sich abends zwischen den Indianern, und in ebenso leichte Decken gehüllt, unter dem freien Himmel zur Ruhe legte, konnte man leicht sehen, daß ihm dies nicht ungewohnt war. Um sicherzugehen, bot Atekuando an, ein Zelt für den Grafen zu errichten, aber Cressonat lehnte lachend ab: In Flandern, wohin ihn die Feldzüge seines Königs geführt hätten, seien die Nächte kühler und der Boden feuchter gewesen als am sommerlichen Mississippi, man möge nur gut für die Feuer sorgen, damit die Moskitos nicht allzu lästig würden.

Am achten oder zehnten Tag der Reise, als die drei Boote eine Landzunge sehr knapp umrunden mußten, weil die Strömung am Außenbogen des Flußes zu stark war, befahl Atekuando plötzlich, sich in den Booten flach hinzuwerfen. Das Zeichen dafür war vereinbart, darum wurde es auch blitzschnell befolgt, nur im Holländerboot nahmen die Ruderer nicht schnell genug Deckung und ein Mann wurde von einem Idianerpfeil aus dem Dickicht getroffen. Die Wunde war jedoch leicht, der Pfeil hatte an den Rippen entlanggeschrammt und der Mann konnte, nachdem er verbunden worden war, seinen Dienst wieder aufnehmen.

In dieser Nacht gab es keinen Zweifel: Man mußte den breiten Strom zwischen dem Nachtlager und den geheimnisvollen Angreifern haben, weswegen wieder das Westufer aufgesucht und dort auf einem kleinen Hügel kampiert wurde, der guten Überblick gestattete. Cressonat bot an, die erste Wache zu übernehmen, er sei am wenigsten müde von allen Beteiligten, und Atekuando setzte sich zu ihm.

»Woher wußtest du, daß man uns angreifen würde?« wollte der Graf wissen. Die Frage beschäftigte ihn seit Stunden, aber im Boot, vor den anderen, hatte er sich nicht als so unwissend bekennen wollen.

Atekuando jedoch fand es durchaus natürlich, daß ein Bleichgesicht derlei nicht wußte.

»Wenn Bogen gespannt wird, Monsieur Comte«, erklärte der Indianer, »gibt es kleines Geräusch. Fast gar kein Geräusch. Man muß stehen daneben, wenn man will hören. Wenn Bogensehne aber abrutscht, aus Fingern gleitet, leer schwingt, dann brumm-brumm ... Und das sehr deutlicher Ton, kommt sonst nicht vor in Wildnis, ist Vorzeichen von nahem Tod!«

»Einem unserer Angreifer ist also die Sehne aus den Fingern geglitten und hat den Überfall verraten. Wäre das nicht der Fall gewesen, hätte es Tote gegeben!«

»Verwundete!« berichtigte Atekuando. »Tamaroa kennen kein Pfeilgift und Entfernung war ziemlich groß!«

»Es waren also Tamaroa, die uns überfielen? Und warum?« fragte Mabelle.

Atekuando hob die Schultern.

»Tamaroa waren in Dorf mit Cahokia, dann aber viel Krankheit und viel Not. Seit einigen Jahren wandern langsam nach Süden. Atekuando sie kennen aus Kaskaskias, darum erstaunt, daß nun hier bei Weidenspitze. Gefahr nicht groß, ganz kleiner Stamm, vielleicht vierzig Krieger, nicht mehr!«

Danach verstummte Atekuando, er schien im Sitzen zu schlafen, aber Cressonat wußte, daß dies keine Unhöflichkeit war. Die innere Uhr dieses bemerkenswerten Mannes hatte ihm den Schlaf befohlen, und er hatte gehorcht, das war alles.

Im Licht des Lagerfeuers, das von den tagsüber nur wenig beschäftigten Jägern unterhalten wurde, studierte Cressonat gemeinsam mit Mabelle die Flußskizze auf dem Rindenstück, die Atekuando ihm und dem holländischen Maat vor Antritt der Fahrt ausgehändigt hatte, und fand auch die Uferpartie, die den Namen Weidenspitze trug.

Es gab noch sehr wenig Siedlungen am mittleren Mississippi, darum mußten Merkpunkte am Ufer die Orientierung erleichtern, in erster Linie die Einmündungen anderer Wasserläufe, danach aber auch die Windungen und Geraden des Flußlaufs: Bei Bayoux-aux-Pierres gab es zuerst eine kleine, und danach, weiter nördlich, eine große Schlinge, darauf folgte die stumpfe Biegung und dann die sogenannte Weidenspitze, alles Kennzeichen, an die man sich besser halten konnte als an die Gebäude, die von Kolonisten oder Pelzhändlern errichtet worden waren, denn diese mochten sich von einem Tag auf den anderen in rauchende Ruinen verwandeln ...

»Ich habe überlegt, ob ich es dir sagen soll«, gestand Cressonat seiner Tochter, »die Weidenspitze markiert erst die Hälfte unseres Weges nach Kaskaskias.«

Aber Mabelle lachte nur:

»Keine Sorge, Papa, von mir aus könnte die Reise Monate dauern. Ich genieße jede Stunde, mach' dir keine Gedanken um mich!«

»Immerhin«, fuhr Cressonat noch immer nachdenklich fort, »wir können am Mississippi bleiben. Wäre Pater Mermet noch am Wabash, wo er so lange gelebt hat, wäre es schwieriger für uns: Dort kämen wir den Briten und den Irokesen verdammt nahe!«

»Aber uns würden sie doch nichts tun?« fragte Mabelle, »Wir führen gegen sie doch nichts im Schilde!«

Cressonat lächelte und strich ihr beruhigend über das Haar.

»Wenn das so einfach wäre, *chérie**. Es ist jedenfalls gut, daß wir auf dem Strom bleiben, er ist die große Wasserstraße, er ist nicht Feindesland. Und nun bitte ich dich: geh' schlafen. Du wirst auch morgen deine Kräfte wieder brauchen.«

Während zu Hause, in der Normandie, die Nacht ihn schützend umgeben hatte wie ein weiter, weicher Mantel, fühlte Cressonat sich hier ausgesetzt. Es fehlten die Grenzen, es fehlten die Mauern; es war, als sei diese Welt erschaffen worden, um Natur und Wildnis zu bleiben, und es schien ein Unternehmen von grenzenloser Vermessenheit, durch dieses Land Wege zu bahnen.

Das gewaltige Rauschen des nahen Stromes machte müde. Immer wieder mußte sich Cressonat beinahe schmerzhaft aus dem

* Liebling.

Halbschlummer reißen, und die abschweifenden Gedanken, das Nachsinnen über Indianermythen und Missionarsschicksale begannen gefährlich zu werden. Und er dachte an Mabelle, die nun schlafend im einzigen Zelt des Lagers lag, eine Fünfzehnjährige unter lauter Männern, ein Kind in einer kriegerischen Welt. Cressonat gestand sich, daß er es sich gewünscht hatte, sie mitzunehmen, er hatte nur nicht gewußt, wie er es Odile beibringen sollte. Wäre Alphonse ein paar Jahre älter gewesen, so wäre es natürlich gewesen, ihn an der Seite zu haben. Mabelle hielt sich prächtig, sie war sichtlich entschlossen, keine Schwierigkeiten zu machen, und die Hauptgefahr bestand darin, daß sie sich in diesem Ehrgeiz selbst überforderte. Aber er kannte sie ja, er kannte jeden Blick, jeden Gesichtsausdruck – nur was er tun sollte, wenn es ihr plötzlich doch zuviel war, wenn die Anspannung zu groß wurde, das vermochte Cressonat auch in diesem nächtlichen Selbstgespräch nicht zu ergründen. Es durfte eben nicht soweit kommen, Mabelle mußte die erste Amerikanerin der Familie werden, hatte doch ihre Mutter bis zum Augenblick ihre europäische Hülle noch nicht zu sprengen vermocht. »Da bin ich, Monsieur le Comte«, sagte der Bootsmann. Die Gedanken an Mabelle zerstoben, und Cressonat gestand sich, daß ihm diese Ablösung nun doch zu früh und vor allem zu plötzlich gekommen war.

»Gut, Bootsmann, ich danke Ihnen, Sie sind sehr pünktlich, und mich lockt nun wirklich der Schlaf. Man hört nichts als den Strom und die Stimmen der Wildnis ... *Bonne nuit**!«

Der Morgen war feucht und kühl. Durch hohes Gras, an dem dicke Tauperlen saßen, gingen die Männer auf das Ufer zu und in die Boote.

* Gute Nacht!

176

Die dritte Woche war noch nicht völlig vergangen, als nach einer Lagune zur Rechten und zwei großen Inseln im Strombett die Ohiomündung in Sicht kam und damit die Gerberei von Charles Juchereau, der sich das reichlich strömende klare Wasser des *Schönen Flusses* zunutze machte. Aus Juchereaus Trögen und Becken stieg zum erstenmal seit Wochen Geruch auf, der nicht ganz natürlich genannt werden konnte, und sosehr man auch zu Hause über die Gerber lästerte, eben dieses Gestankes wegen, hier wehten die Wolken der Tannerie dem Grafen beinahe heimelig um die Nase.

»Wir besuchen Monsieur Juchereau«, schlug Atekuando vor, und Cressonat, der von dem eifrigen Mann und der großen Familie, der er angehörte, schon viel gehört hatte, stimmte gerne zu. Freilich stellte sich bald heraus, daß auch hier, am Schönen Fluß, wie die Indianer den Ohio nannten, der Tod eine furchtbare Ernte gehalten hatte: Die Pockenepidemie, die vor zehn Jahren beinahe den ganzen Stamm der Maskuten vernichtet hatte, war auch an den Weißen nicht spurlos vorübergegangen, obwohl sie widerstandsfähiger gegen die Pocken waren und sie auch oft überlebten. Charles Juchereau de Saint-Denys war ein Endvierziger, als ihn die Seuche heimgesucht, und er überlebte nicht. Sein großes Handelshaus aber überstand den Tod des Gründers, und Louis Juchereau, ein jüngerer Bruder, empfing erfreut die französische Expedition aus dem Süden: Er und Pater Mermet, der fünfzig Meilen weiter stromaufwärts lebte, hatten seit vielen Monaten keine Nachrichten aus Louisiana, und was die Waldläufer und Pelztierjäger aus dem Norden erzählten, das konnte stimmen oder auch nicht – diese rauhen Gesellen nämlich schneiderten sich die Wirklichkeit so zurecht, wie sie ihnen nach der dritten Flasche Feuerwasser am besten zu Gesicht stand.

Cressonat beglückwünschte Juchereau zu der eindrucksvollen Anlage der Gerberei und der Wirtschaftsgebäude.

»Mon Dieu, Comte«, antwortete der harte Mann ernst, »das, wovon Sie sprechen, ist das Werk einer ganzen Kumpanei energischer Männer, voran mein verstorbener Bruder, neben ihm vor allem Mandeville, den Sie kennen müßten, er stammt wie Ihre Familie aus der Umgebung von Bayeux. Wir sitzen hier an einem Knotenpunkt, denn hier kommen ja nicht nur zwei Flüsse zusammen, nicht nur Mississippi und Ohio, sondern zum Ohio kommt noch der Wabash, der in ihn mündet, und zum Mississippi der Illinois und der Missouri. Ich habe zwar das Verbot, Biberfelle anzukaufen und zu verarbeiten, unter der Drohung, daß ich sonst die Konzession verliere, aber es bleibt neben dem Handel und dem Gerben dieser heiklen Ware ja noch genug anderes Getier für den Pelzhandel übrig.«

Man sprach noch lang an diesem Abend, denn so groß das Neue Frankreich auch räumlich war, so unendlich sich die Prärien und die Flußtäler dehnten, die Männer und Frauen, die zwischen dem Sankt-Lorenz-Strom und dem Golf von Mexiko in französischen Siedlungen lebten, wußten beinahe alle voneinander. Nur die Schar der Pelztierjäger und der Waldläufer hielt sich von den namhaften Familien fern, deren Männer Offiziere oder Missionare waren und deren Frauen in den Klöstern und Hospitälern von Quebec oder Ville Marie arbeiteten, der Inselstadt, die man seit neuestem Montreal nannte.

Atekuando hatte wortlos zugehört. Er hatte zwar, ebenso wie der Bootsmann, am Tisch des Gerbers Platz genommen, er ließ auch erkennen, daß er verstand, was gesprochen wurde und so manchen kannte, von dem die Rede war. Aber sein Gesicht erhellte sich erst, als Juchereau den Grafen zu der Verbindung mit Atekuando beglückwünschte.

»Wir kommen hier gut mit den Indianern aus«, sagte er, »sonst wären wir ja längst tot. Die Irokesen brauchen uns genauso wie die Huronen, das ist unsere Chance. Und die Männer der Kompanie haben es natürlich mit den Indianerinnen, das zeigt den Stämmen, daß wir keinen Dünkel haben, daß wir uns nicht für etwas Besseres halten, wie es zum Beispiel die Engländer tun.«

»Die Holländer von Neu Amsterdam«, warf der Bootsmann ein, »haben auch ein ausgezeichnetes Verhältnis zu den Indianern. Schade, daß man diese schöne große Stadt an die Briten verkaufen mußte.«

»Sie rücken uns hier auch auf den Pelz«, gestand Juchereau, »unser König ist alt, er hält nichts von diesem herrlichen Land, er wird es nie mit eigenen Augen sehen, das ist unser Unglück. Dabei wären wir Franzosen das richtige Volk für diese Prärien und für dieses Stromtal. Sie hätten sehen sollen, wie Mandeville die kleine Tochter liebte, die ihm eine Maskutenfrau hier geboren hat, aber das sind alles alte Geschichten mit viel zuviel Herz. Die Zukunft wird hart sein, und unsere Söhne werden nichts zu lachen haben ... Womit ich Ihnen das Herz nicht schwer machen möchte, Graf, und schon gar nicht Ihrer Tochter. Für Louisiana kann alles anders aussehen als für Kanada!«

Die Einschiffung am nächsten Tag zeigte dem Grafen, daß alle seine Gefährten in guter Stimmung waren. Nach der langen und an vielen Stellen öden Flußstrecke zwischen dem zerstörten Fort François und den düsteren Ruinen des Fort Prud'homme war es für alle eine Erleichterung gewesen, eine blühende Niederlassung anzutreffen, in der die sonst sengenden und brennenden Indianer friedlich an den Becken und Bottichen Juchereaus arbeiteten. Das war gewiß keine schwere Arbeit, aber nicht eben die angenehmste, und sie ging dennoch gut vonstatten. Dazwischen standen die Blockhäuser, in denen die Familien wohnten und in denen die Felle gelagert wurden, wie auch die Bootshäuser und der Versorgungsladen als Treffpunkt für alle Fallensteller und Waldläufer zwischen der Hudson-Bay und dem mexikanischen Meerbusen.

Als die Boote ablegten, machte sich die starke seitliche Strömung aus dem Ohio störend bemerkbar. Die ganze Flotille wurde für etwa zwanzig Minuten in die Mitte und dann in die Westdrift des Mississippi gedrückt, und die Männer mußten hart rudern, ehe sie aus dem heiklen Bereich nach Norden entrinnen und in Richtung auf Kaskaskias Raum gewinnen konnten.

Als dies gelungen war, kam Atekuando, sicheren Schrittes über den Kiel gehend, ins Heck seines Bootes. Vor dort aus konnte er mit Cressonat, der im Bug des folgenden Schiffes saß, sprechen.

»Lassen sich nichts anmerken, Monsieur Comte«, sagte er halblaut, »und nicht umsehen, bitte. Folgen uns Boote aus Ohio.«

»Ist das bedenklich! Vielleicht sind auch Boote vor uns? Bis zur Gerberei geht doch der regelmäßige Verkehr aus der Seenplatte.«

»Zwei große Boote mit vielen Indianern«, beharrte Atekuando. »Ich heute nacht Rundgang gemacht, ein wenig umgesehen. Zwei Boote schon dagewesen, im Ohio vertäut, ganz versteckt, an Land nur ein Zelt. Indianer schlafen im Boot mit Waffen.«

»Das ist allerdings seltsam. Wir werden den Bootsmann warnen müssen!«

Aber das letzte Boot der Expedition, das mit den Scharfschützen, gab in diesem Augenblick schon Zeichen, daß es gleichauf kommen wolle. Atekuando ließ den Schlag vermindern, das Boot fiel etwas ab, und Cressonat erhob sich im Bug seines Bootes, damit Atekuando, der im Heck geblieben war, es bei der improvisierten Konferenz leichter habe.

»Es sind Irokesen, Monsieur le Comte«, sagte der Bootsmann, »sie waren ziemlich nahe dran, uns zu erreichen, aber als sie sahen, daß wir alle sie bemerkt hatten, fielen sie zurück. Immerhin konnte ich erkennen, daß auch Weiße im Boot sind, wenn ich mich nicht irre, sogar eine weiße Frau.«

»Eine Weiße unter Irokesen? Das kann nur eine Engländerin sein«, antwortete der Graf. »Wie sie den Französinnen mitgespielt haben, das wissen wir leider zur Genüge. Im Grunde sieht mir diese Zusammensetzung der Insassen aber nicht gerade nach kriegerischen Absichten aus, man nimmt doch keine Lady mit auf den Kriegspfad!«

Das sahen auch die anderen ein, aber man hielt es für ratsam, die zwei Boote aus dem Ohio vorbeiziehen zu lassen und sie vor sich zu haben. Atekuando steuerte die Flotille in das schnellere Fahrwasser am Ostufer und befahl den Kariben, mit großen Schlägen zu rudern, aber nur seicht einzutauchen. Für einen Außenstehenden mußte dies so wirken, als hätten sich die drei Boote aus Nouvelle Orléans in eine ungünstige Rinne drängen lassen und kämpften dort nun vergeblich gegen eine zu starke Strömung.

Tatsächlich zogen die Irokesenboote – zwei lange und kräftige Kanus schmalster Bauart – im Takt gerudert mit gutem Tempo an der Flotille vorbei, auf einer Distanz von etwa hundertfünfzig Ellen, die hinüber und herüber gute Beobachtung gestattete.

»Tatsächlich!« sagte Cressonat mehr zu sich selbst als zu Atekuando, der stehend und mit unbewehrtem Auge hinüberblickte, »mitten im ersten Boot, das ist eine Frau, willst du mein Glas, Atekuando?«

Aber der Indianer wies nur kopfschüttelnd auf das gurgelnde grüne Wasser zwischen dem Heck seines und dem Bug des Grafenbootes: Ein Fernglas, das da hineinfiel, blieb für alle Zeiten verschwunden.

»Bootsmann hat recht«, gab Atekuando zu, »Irokesen, aber sehr vorsichtige Männer. Keine Kriegsbemalung. Waffen liegen im Boot. Männer keine Ruderer, sondern ausgesuchte Krieger. Sind sehr kräftig und geschmeidig und haben gute Gesichter, aber Rudern wie in kleine Kanu, nicht wie in Lastschiffen.«

»Wenn die den Ohio herabgekommen sind, dann kommen sie vielleicht aus der Seenplatte oder aus Virginia?«

»Nicht mit diesen Booten, Monsieur Comte. Langboote, gut und schwer, aber viel zu schwer für Tragen über Land. Müssen auf Ohio eingesetzt sein, erst unterhalb Wasserfall!«

»Der große Wasserfall, in dessen Nähe man die Knochen von diesem Urzeitelefanten gefunden hat?«

»Dieser Wasserfall, ja, Herr. Kommen also aus Nebenfluß, von dem englischen Fort am Zusammenfluß von Polesipi und Cheraquier-Fluß. Lady ist also schon über Apalachengebirge gereist, sehr schwierig für junge Frau.«

Das Rätselraten begann Cressonat zu amüsieren. »Du meinst also, wir müssen uns in acht nehmen vor ihr?« Der Indianer nickte eifrig. »Weiße Frauen selten hier im Binnenland. Aber wenn kommen, dann schlimmer als alle *Five Nations together.*«

»Du sprichst ja auch englisch, Atekuando!« rief Mabelle verblüfft aus.

»Zeit, es zu lernen, Mademoiselle«, antwortete verschmitzt lächelnd der Indianer, »höchste Zeit!«

Dann gab er einen Befehl, die Ruderer tauchten die Blätter wieder tiefer ein, und der Abstand zwischen den drei Booten vergrößerte sich. In der Kiellinie der Irokesen, aber in einer Entfernung von etwa fünf- bis sechshundert Ellen, folgten die Boote nun dem Nordkurs nach Kaskaskias. War die Besatzung der

182

fremden Boote auch zahlenmäßig zu klein für einen Überfall auf das seit Jahren bestehende Pelzhändler- und Missionsdorf am Mississippi, so genügten zwanzig gut bewaffnete und flinke Irokesen andererseits doch, eine echte Panik hervorzurufen. Zuviel hatte man schon von den Stämmen der Fünf Nationen oder *Five Nations* erlebt, dem Irokesenbund, der sich angesichts der Spannungen zwischen Briten und Franzosen zu ungeahnter Bedeutung entwickelt hatte und der oft besser geführt worden war, als die Kolonialtruppen der beiden europäischen Mächte.

Die drei Boots-Kapitäne ließen darum in jenem kleinen französischen Flecken anlegen, der etwa zehn Meilen südlich von Kaskaskias am Ostufer des Mississippi begründet worden war. Es war eine Holzfäller- und Flößersiedlung, denn die Flößerstraße aus dem Missouri ging hier, vor den Stromschnellen des Mississippi nördlich der Ohiomündung, gezwungenermaßen zu Ende. Die Männer, die das Holz für die Bleigruben und Salzfundstätten westlich von Kaskaskias geschlagen hatten, rasteten hier, ehe sie sich auf den beschwerlichen Weg stromaufwärts machten. Es waren ziemlich rauhe Gesellen, die an diesem Platz vor allem darum Station machten, weil sich an diesem Umkehrpunkt ein paar Gaststätten zweifelhaften Rufes hielten. Man trank Feuerwasser und vergnügte sich mit Frauen aller Hautfarben.

Nach vergeblichen Versuchen, mit den am Landungssteg zusammengeströmten, schon bei hellichtem Tag deutlich unter Alkoholeinfluß stehenden Männern ein vernünftiges Gespräch zu führen, entdeckte der Bootsmann, der sich in solchen Kaschemmen sichtlich am besten zurechtfand, einen Herbergswirt, mit dem man reden konnte.

»Haben die Irokesen hier angelegt?« wollte Cressonat wissen. »Die werden sich hüten!« antwortete der Wirt, »Auf so etwas warten unsere Burschen doch nur. Und die frische Engländerin im Boot, die wäre ein gefundenes Fressen für alle gewesen!« Der Bootsmann wollte den Mann zurechtweisen, vor allem, weil Mabelle jedes Wort hören mußte, aber Cressonat legte ihm die Hand abmahnend auf den Arm: Er hatte ohnedies nicht vor, länger als unbedingt nötig in diesem Flecken zu bleiben, vor allem, da es am Ufer zwischen Atekuandos Indianern und den Holzfällern inzwischen zu den ersten Streitgesprächen gekommen war.

»Sie sind also auch sicher, daß es sich um Boote aus dem englischen Territorium handelt?«

Der Wirt richtete seinen wässerigen Blick ein wenig fassungslos auf Cressonat. Offenbar hatte man ihm seit Monaten keine andere Frage mehr gestellt als die, woraus sein schauerlicher Branntwein eigentlich bestehe.

»Wo sonst sollen sie herkommen? Am Wabash gibt es solche Boote nicht, und so schöne Frauen wie diese Engländerin, die würden die Jesuiten von Quebec doch gar nicht einreisen lassen, hahaha!«

Er lachte schallend über seinen eigenen Witz und machte Miene, ein paar Gläser von seinem billigen Schnaps auszugeben, aber Cressonat verabschiedete sich rasch. Das fehlte noch: den Indianern und ihren Pfeilen entrinnen und wegen eines scharfen Schlucks das Augenlicht verlieren. Den Branntwein, den hatten die Weißen nach Amerika gebracht, dazu die Religion mit der Anleitung, die Sünden zu bereuen, schließlich noch die Gewehre und am Ende die Pocken, die ganze Stämme dezimierten. Ein Glück, daß es nicht an ihm, dem Grafen aus der Normandie war, die Bilanz dieser gigantischen Begegnung zu ziehen, dieser Frontlinie quer durch einen ganzen Erdteil, an der die neue und die alte Welt einander gegenüberstanden.

Kaskaskias hatte geflaggt. Dort wußte man also Bescheid, und wenn man es nicht früher erfahren hatte, so war die Botschaft durch die Engländerin in die Missionsstation gelangt. Atekuando war mit seinem Führungsboot absichtlich zurückgeblieben, so daß Cressonat als erster anlegte. Es war eine breite, fest in den Ufergrund gerammte Plattform, die sowohl dem Fort Charles als auch der Missionsstation als Ladefläche diente. Ein junger Kaplan stand inmitten einer dunkelhäutigen Kinderschar dort, wo die Landungsbrücke in den Uferweg überging, und als der Graf und Mabelle festen Boden betraten, sangen die Indianerbuben und -mädchen ein normannisches Kirchenlied immerhin so, daß Cressonat es erkennen konnte.

Als sie geendet hatten, trat der Graf auf den jungen Pfarrhelfer zu und dankte ihm mit einem Händedruck.

»Wir freuen uns ja so, daß Sie den Weg zu uns gefunden haben, Monsieur le Comte«, sagte der Kaplan und gab den Kindern ein Zeichen, in die Missionsstation zurückzulaufen, »Sie müssen wissen: Unsere Herzen hier schlagen für Louisiana. Wir beten täglich für den Erfolg Ihres schweren Kampfes im Süden, denn erst dann wird der Mississippi wirklich französisch werden, und mit ihm das Herz Nordamerikas!«

»Das ist ja ein ganzes Manifest«, antwortete der Graf, »und der Empfang war rührend! Vielleicht können wir uns später noch ein wenig unterhalten. Für den Augenblick würde ich mich gerne frisch machen, um Pater Mermet nicht in diesem Zustand unter die Augen treten zu müssen!«

»Wir haben Platz«, erklärte der Kaplan eifrig, »selbst für die Comtesse, nur erwarten Sie von der Einrichtung nicht zuviel. Unsere indianischen Helfer bauen inzwischen ganz brav die Blockhäuser, aber verlangen Sie von ihnen nicht, einen Schrank zu zimmern. Pater Mermet erwartet Sie in einer Stunde. Ist es Ihnen so recht?«

»Gewiß, das wird reichen, wenn ich mich um die anderen nicht kümmern muß, sondern die Expedition Ihnen anvertrauen darf.«

»Und wer von Ihren Begleitern soll an den Tisch des Paters gebeten werden? Ich frage das nur wegen der Sitzordnung im Refektorium!«

»Der alte Indianer aus dem zweiten Boot heißt Atekuando. Und der Bootsmann, der das dritte Boot kommandiert, ist möglicherweise Calvinist, also haben Sie Nachsicht mit ihm bei den Gebeten!«

Der Kaplan lächelte ein wenig verlegen.

»Im Augenblick«, antwortete er, »geht es bei uns ohnedies drunter und drüber. Wir haben nämlich eine Puritanerin aus Massachussetts in der Station, die ist gestern eingetroffen. Nun, Sie werden sie ja kennenlernen!«

Nach diesen geheimnisvollen Andeutungen verließ der junge Priester die Cressonats. Der Graf hätte sich am liebsten auf einem der einfachen Betten ausgestreckt, die mit drei ungefügen Schemeln und einem Tisch das Mobiliar des ihnen angewiesenen Raumes bildeten. Aber kaum, daß er sich hingelegt hatte, begann ihn der ganze Rücken scheußlich zu schmerzen: so hart die Bettstelle war, nach drei Wochen Bootsfahrt war sie noch immer zu weich!

Cressonat zog das Hemd aus und ging zum Waschtisch in der Ecke der Kammer.

»Du kannst schon mal die Salben herauskramen, die Mama dir mitgegeben hat«, sagte Cressonat, während er sich über dem kleinen Steingutgefäß prustend wusch. Als er sich abgetrocknet hatte, machte Mabelle sich mit Feuereifer daran, den stark riechenden Opodeldokbalsam auf Schultern und Kreuz ihres Vaters zu verteilen.

186

»Wird ja eine etwas merkwürdige Duftwolke ergeben, wenn wir
an der Tafelrunde Einzug halten«, stellte Mabelle naserümpfend
fest, aber ihrem Vater schien das nichts auszumachen:
»Wir sind nicht in einem Pariser Salon, sondern in der Wildnis,
Töchterchen, darum würde ich auch dir raten, mit den Wohlge-
rüchen zurückhaltend zu sein. Hier parfümieren sich nur
Frauen, die Aufmerksamkeit erregen wollen!«
Die vereinbarte Stunde schlug gerade, als der Kaplan an die Tür
klopfte. Er bat, seine Pünktlichkeit zu entschuldigen, aber Pater
Mermet hätte den Grafen gerne allein gesprochen, ehe man sich
an die Abendtafel setze.
»Das paßt ja großartig!« flüsterte Mabelle, »geh nur, auf diese
Weise habe ich noch etwas mehr Zeit, mich ein wenig schönzu-
machen!«
Das vertraute Gespräch mit dem Pater entsprach ganz dem
Wunsch Cressonats, darum lief er mit einer gewissen Eile hinter
dem Kaplan her, der trotz seiner Soutane große Schritte machte.
Es ging über den an drei Seiten umschlossenen Hof zum Arbeitszimmer Mermets, dessen Fenster sich zum Strom hin öffneten.
Jean Mermet stand, als Cressonat eintrat, an einem Stehpult, das
ihm, auch wenn er schrieb, den Blick ins Freie gestattete. Ein guter Platz. Als er den Grafen sah, legte er sogleich die Feder aus
der Hand und kam mit ausgebreiteten Armen auf ihn zu,
umarmte ihn und zog ihn mit sich zu zwei Sesseln, auf denen in-
dianisch bestickte Lederkissen lagen.
»Meinen alten Gliedern«, sagte er entschuldigend, »ist das
blanke Holz schon zu hart und oft auch zu kalt. *Prenez place**,
Vicomte, und nehmen Sie bitte diese Briefschaften an

* Nehmen Sie Platz.

sich, sie liegen seit vier Tagen hier, ein berittener Kurier Ihres Gouverneurs hat sie hier abgegeben und ist nun unterwegs nach Detroit.«

»Lamothe-Cadillac sorgt für meine Post?« staunte der Graf und schob die versiegelten Umschläge in seine Weste, »das hätte ich nie vermutet.«

»Um mich würde er sich gewiß nicht so kümmern«, seufzte Mermet, »mir sagte er die bösesten Dinge nach, als er noch in Detroit tätig war. Ich würde einem Jesuitenstaat Vorschub leisten und darum seine Arbeit schlecht machen und so weiter ... Ich fordere Sie nicht auf, Ihre Briefe zu lesen, denn wir haben nicht sehr viel Zeit vor dem Essen.«

»Solche Briefe, Pater, liest man lieber allein im stillen Kämmerlein«, gestand der Graf, »die ruhen jetzt an meinem Herzen und wärmen es. Aber Sie scheinen mir etwas Wichtiges sagen zu wollen?«

Der kleine, etwa fünfzigjährige Mann sah wesentlich älter aus; die Zeit in der Wildnis zählte in Jahren schließlich doppelt, und am Wabash hatte Mermet harte Winter erlebt und buchstäblich wochenlang gehungert. Sein abgehärmtes Gesicht war von zwei dunklen Augen belebt, deren starker Blick nun beinahe hypnotisch den Grafen erfaßte.

»Sagen Sie mir, Graf Cressonat, wer vom Zweck Ihrer Reise wußte!«

»Nun, unseren Aufbruch sah ganz Nouvelle Orléans. Den eigentlichen Zweck, die Suche nach den Gruben und Erzen, den mögen etwa zehn Menschen gekannt haben, viel mehr gewiß nicht. Warum fragen Sie?«

»Weil es die Engländer erfahren haben, und zwar schon frühzeitig. Und sie haben wieder einmal alles höchst raffiniert eingefädelt. Mit der süßesten Unschuldsmiene präsentierte sich gestern eine Miss Congrave bei mir, Lynn Congrave aus Salem, also aus dem schwärzesten Herzen der Puritanersiedlungen, fiel mir zu Füßen, küßte meine Hände und berichtete, Tränen in den Augen, daß sie meinen geistlichen Beistand brauche. Nun ist mir dies schon öfter passiert, wie sie sich denken können. Neu hingegen ist, daß jemand, um sich mit einem Priester auszusprechen, die Apalachen übersteigt, wilde Flüsse herunterfährt und dann noch den Mississippi ein gutes Stück hinaufrudert. Hinzu kommt, daß mir der Name Congrave rein zufällig bekannt ist: Ihr Vater ist einer der gefürchtetsten Prediger in den Neuenglandstädten; wenn er von der Kanzel donnert, dann duckt sich die ganze Gemeinde und keiner wagt aufzublicken, stundenlang. Ein Mädchen aus solch einer Familie sollte zu unserem Glauben, zur heiligen katholischen Kirche übertreten wollen?«

»Merkwürdig, aber nicht unmöglich«, gestand Cressonat. »Für meine Person muß ich sagen: Ehe ich an den Rachegott der Puritaner glaube, bekenne ich mich eher zu Manitou.«

»Schämen Sie sich, Graf«, sagte Mermet, milde verweisend.

»Nun, ich will es kurz machen. Das schöne Kind, das mir die Briten ins Haus schickten, wurde also zutraulich, begann auf die harmloseste Weise Fragen zu stellen, erzählte von einem heimlich Verlobten, der sich aber nicht unterstehen dürfe, in allen Ehren um ihre Hand zu bitten, weil er bettelarm sei und sein Glück nur machen könne, wenn er auf Erzvorkommen in der Wildnis stieße und so weiter . . .«

»Man wußte, daß wir kommen, und man wollte sich die Fundstätten wenigstens zum Teil sichern, ehe sie uns bekannt würden? Verstehe ich das richtig?«

»Durchaus. Nur hat man den alten Mermet eben für einen weichherzigen Trottel gehalten, der dem tränenfeuchten Blick blauer Augen nicht zu widerstehen vermöchte.«

»Ich gestehe, Pater Mermet, daß Ihre handfesten Äußerungen ein wenig der Vorstellung widersprechen, die man im ganzen Neuen Frankreich von Ihrer Person hat!«

Mermet schenkte seinem Gast und sich selbst ein Gläschen Sherry ein, als Apéritif gleichsam, obwohl so aufwendige Sitten zu der Armut der Missionsstation im allgemeinen nicht paßten.

»Ein Geschenk der Britin, das mich weit mehr beeindruckt als die Schönheit der Spenderin«, sagte der Pater, »Sherry aus Xerex de la Frontera. Das ist einmal eine vernünftige Betätigung für die großmächtige britische Handelsflotte. Trinken wir darauf, daß die Legende vom sanften Pater Mermet sich weiterhin durch die Wälder und an den Flüssen verbreite, sie beschützt mein Leben!«

»Und ist es wirklich nur eine Legende?« fragte Cressonat, als er das Glas abgesetzt hatte.

»Ja und nein. Lamothe-Cadillac hat sie in Umlauf gesetzt, der mich von seinen blühenden Umschlagsplätzen Detroit und Chicago fernhalten wollte. Ich sei zu der Arbeit in belebten Zentren unfähig und gerade gut genug, nackten Wilden beizubringen, wie man die Hände faltet. Nun, ich lasse ihn in dem Glauben. Er hat mir bei den Indianern viel geholfen. Und es stimmt auch, daß ich diesen Naturkindern mit sehr viel Geduld und Nachsicht begegne. Ich bläue ihnen nicht den Katechismus ein, den sie nicht verstehen können, sondern bin glücklich, wenn sie die frommen Melodien einiger Kirchenlieder beherrschen. Ich glaube, daß ich durch die Musik unserer großen europäischen Meister, durch einen Palestrina oder Bach, unmittelbarer zu ihren Herzen sprechen kann als durch Worte und Vorstellungen. Aber das, Graf, ist ein weites Feld, und ich habe es erst an den Rändern umgepflügt!«

Man begab sich zu Tisch. Da in Kaskaskias die weltlichen Feste sehr selten waren und weibliche Gäste noch seltener, hatten die indianischen Helfer der Missionsstation ihr Möglichstes getan und mit Früchten und frischen Flußfischen tatsächlich eine reichgedeckte Tafel zustande gebracht. Der lange Tisch war mit sauberen Rohleinentüchern bedeckt und die Blumen in klobigen Tongefäßen waren so reichlich verteilt, daß Cressonat sein Gegenüber, den Pater, erst sehen konnte, als er eine indianische Dreikilo-Vase beiseiteschob. Dabei gerieten die ausladenden Farne so nahe an Mabelles Näschen, daß sie, von dem Reiz überrascht, laut herausnieste, und das wiederum entzückte die Kapläne und Laienhelfer sosehr, daß sie ihre Arbeit unterbrachen und auf eine Wiederholung zu warten schienen.

Neben dem Pater saß Lynn Congrave. Sie war eine außergewöhnliche Erscheinung. Trotz der abendlichen Diner-Stunde trug sie, wie schon im Indianer-Boot, einen Anzug aus Leder, der, vielleicht gerade wegen seiner eigentlichen Bestimmung als männliches Kleidungsstück, ihre Weiblichkeit zu unterstreichen schien. An Lynn Congraves anderer Seite saß ein Mestize, offensichtlich Leiter ihrer Expedition, ein gewandter Mann, der fließend Englisch sprach. Da Mabelle neben ihrem Vater saß, hatte sie also die junge Engländerin als Gegenüber, und beide schienen, obwohl aus verschiedenen Lagern kommend, von dieser Fügung ziemlich angetan zu sein.

Mit Rücksicht auf Pater Mermet wurde französisch gesprochen, nur hin und wieder dolmetschte Miß Congrave leise für ihren Begleiter.

Als Normanne sprach Graf Cressonat auch recht gut englisch, aber er hielt es für besser, wenn Miß Congrave dies nicht erfuhr, ja er hielt sich im Gespräch überhaupt zurück und lauschte mit wachsendem Vergnügen der Unterhaltung zwischen Lynn und

Mabelle, die schon beim Vorgericht ihre Rufnamen ausgetauscht hatten.

»Ein gottvoller Einfall, Graf«, sagte Miß Congrave schließlich und trank Cressonat zu, »ich meine, daß Sie Ihre Tochter mit nach Kaskaskias genommen haben. Sie würde in Pennsylvanien Furore machen! Zwischen Puritanern und Quäkern eine so entzückende Erscheinung, ein Mädchen, wie aus Licht gesponnen!«

Mabelle errötete vor Freude über das unerwartete Kompliment, ihr Vater aber räusperte sich mahnend.

»Verdrehen Sie ihr nicht den Kopf, Miß Congrave; sie ist zwar ein gutes Kind, aber ich möchte auch, daß sie es bleibt!«

»Ich würde sie nicht so laut als Kind bezeichnen, Graf«, antwortete die Engländerin mit gedämpfter Stimme, »ihr Franzosen seid bekannt dafür, den Charme eurer Frauen und Töchter auch in der Politik einzusetzen!«

»Und welche Politik könnte ich hier machen?«

Lynn Congrave schlug die Augen voll zu dem Grafen auf.

»Das wissen Sie so gut wie ich, *mon cher**, und ich bereue es nun nicht mehr, den Auftrag zu dieser Mission angenommen zu haben. Sie sind ein Mann, mit dem zu reden sich lohnt!«

»Sie setzen mich in Erstaunen, Miß«, schaltete sich Pater Mermet ein, »gestern noch haben Sie mir zwei Stunden gründlichen Gesprächs gewidmet!«

Mabelle lachte hell auf, was gewiß nicht sehr passend war, aber die peinliche Minute überspielte.

»Nehmen Sie Pater Mermet seine Offenheit nicht übel!« bat Cressonat, »Sie müssen wissen, daß hübsche junge Frauen hier am mittleren Mississippi so selten sind wie die legendären

* Mein Lieber.

Grizzlybären, von denen jeder spricht und die doch noch keiner gesehen hat.«

»Ihr gefallt mir!« sagte Lynn Congrave. »Einer galanter als der andere. Jetzt werden wir gar noch mit Grizzlybären verglichen. Sollen wir uns das gefallen lassen, Mabelle?«

Erst nach dem Wild, als einige der jungen Kapläne mit dem Rauchen begannen und die Runde sich eben darum auflöste, wurde das Gespräch ernster und Lynn Congrave ließ erkennen, daß die Briten von den französischen Prospektoren wußten, vor allem von dem erfolgreichsten, dem Spanier Supercastro, und natürlich auch von der Expedition des Grafen Cressonat.

Mabelle folgte mit großen Augen dem Gespräch und der plötzlichen Wendung zur Offenheit. Es war wie bei einem Ball, wenn um Mitternacht jeder die Maske abnimmt und die nackten Gesichter im Lampenlicht die erste Ernüchterung bringen.

»Bleib an meiner Seite!« flüsterte Cressonat, als er bemerkte,« daß einer der Kapläne Mabelle sehr höflich in ein Gespräch über Frankreich verwickeln wollte. »Ich brauche einen Zeugen, sonst kann man in drei Wochen in der Pennsylvania Gazette lesen, ich hätte Louisiana an die Briten verkauft.«

Mabelle stocherte verstört in dem Kompott, das als letzter Gang gereicht worden war; da kam man nun aus einer aufstrebenden Stadt wie Nouvelle Orléans in die vermeintliche Wildnis, und dann gab es in einer kleinen Missionsstation nicht nur eine lange Tafel, sondern auch hochpolitische Gespräche, von denen sie kein Wort versäumen durfte!

Es wurde dann aber doch nicht so ernst mit der großen Politik, schließlich befand man sich auf geweihtem und damit neutralem Boden, und die ehrfurchtgebietende Erscheinung des Paters tat ein übriges, die Gegensätze auszugleichen. Man saß in ruhigem Gespräch in der Abendkühle im Hof, also am Flußufer. Und der

Fluß, der hier, vor der Ohioeinmündung, noch nicht so breit und gewaltig war, strömte beinahe lautlos unter dem Mondhimmel hin. Nur an den Rändern glucksten kleine Wellen, wenn ein Biber aufsprang oder ein Fisch emporschnellte. Zwischen den Häusern und dem Fluß schwirrten dichte Wolken von Mücken, aber sie griffen nicht an, denn Pater Mermet und der Mestize hatten sich Pfeifen gestopft und pafften dicke Wolken angenehm duftenden Tabakrauchs in die Nachtluft.

»Sie wissen, Graf, daß die Würfel über Nordamerika eigentlich schon vor Generationen gefallen sind«, sagte Lynn Congrave so leise und so nachdenklich, als spräche sie zu sich selbst. »Das war damals, als Ihr großer Entdecker Samuel Champlain mit drei Gefährten den Huronen zu Hilfe kam und mit zehn oder zwölf Schüssen die Irokesen in die Flucht schlug, die vor den Gewehren Reißaus nahmen. Es war das erstemal, daß man Irokesen fliehen sah, und dieses kriegerische Volk mit seinen fünf großen Stämmen hat euch Franzosen das nie vergessen. Seither sind Frankreichs Verbündete teils durch Seuchen, teils durch die Irokesen aufgerieben, vernichtet, machtlos. England aber hat eine Indianerarmee, die unsere eigenen Truppen erheblich entlastet, und das wird sich früher oder später auswirken.«

»Eher später, wenn überhaupt«, antwortete Cressonat kühl. »England hat sechs Millionen Einwohner und Frankreich zwanzig Millionen. Wir haben eine Barriere französischer Forts und Niederlassungen aufgebaut, nicht an der Küste, wo dies keine Kunst ist, sondern im Innersten dieses unendlichen Kontinents. Aber das alles wissen Sie längst. Sagen Sie lieber, was Sie mit mir besprechen wollen, Miß, ich hatte einen langen Tag.«

»Ich biete Ihnen an, Graf, bei der Erschließung der Erzvorkommen, die Supercastro entdeckt hat und die auch Pater Mermets indianische Schützlinge kennen, mit Ihnen zusammenzuarbeiten. Frankreich hat den Wasserweg, England hat Geld, Schutztruppen und Ingenieure, und wenn wir zusammenhalten, sind auch die Transporte nach Europa nicht mehr gefährdet.«

»Wir können doch kein Privatbündnis schließen, hinter dem Rücken unseres großen Monarchen, der Ihr Land nicht sonderlich liebt, Miß!«

»König Ludwig ist zweifellos ein großer Mann. Aber er ist sehr alt und seine Gesundheit ist nicht die beste. Wir verfügen in Salem und Pennsylvania über ungleich schnellere Schiffsverbindungen nach Europa, als sie Louisiana derzeit besitzt, und daher weiß ich, Graf Cressonat, daß Ludwig XIV. den bevorstehenden Winter nicht überleben wird.«

»Das ist bitter«, antwortete Cressonat ernst, »aber es war leider zu erwarten. Nun, obwohl ihm Sohn und Enkel starben, hat der Sonnenkönig einen Erben, einen Thronfolger!«

»Der ein Kind ist, ein kleines Kind! Und der ausersehene Regent für dieses königliche Kind, Graf, ist Herzog Philipp von Orléans, ein Freund Englands! Für Briten und Franzosen brechen goldene Zeiten an. Eröffnen wir sie mit einem Abkommen über die gemeinsame Nutzung der Erzvorkommen in dieser Wildnis, werden wir Partner, Graf, und wenn ich es gleich hinzusetzen darf: Werden wir Freunde, wie schon bald unsere Länder!«

Briefe von daheim

Als Balthazar de Cressonat den winzigen, einer Zelle gleichenden Schlafraum aufsuchte, den Pater Mermet ihm zur Verfügung stellen konnte, war sein Kopf zwar nicht schwer, aber erfüllt von den wirrsten Gedanken. Nach vielen Jahren, die er im Dienst der Armee verbracht hatte, war sein Aufenthalt bei Hof nur von kurzer Dauer gewesen, ehe er sich nach der Regelung seiner Ansprüche aus den Feldzügen wieder in die Normandie begab. In diesen fünfzehn oder sechzehn Monaten im Bannkreis von Versailles war es ihm oft aufgefallen, mit welcher Selbstsicherheit kluge Frauen eine ganze Männerrunde ausstachen, sich Minister untertan machten und bedeutenden Geistern die Stirn boten. Es schien ihm damals, als bediene sich der weibliche Verstand der Gesamterscheinung der Sprecherin, der Ausstrahlung einer reizvollen Person, um seine Wirkungen zu steigern. Ganz ähnlich, und im höchsten Grade unerwartet, war es ihm an diesem Tag in Kaskaskias ergangen: Miß Lynn Congrave hatte ihre Trümpfe ausgespielt, jedoch ohne dazu eines Spiegelsaals und der dekolletierten Hofkleider zu bedürfen. Er wußte, daß an seiner augenblicklichen Verwirrung das helle Blau ihrer Augen, die sinnliche Sprache ihrer Lippen ebenso beteiligt waren wie die natürliche Betroffenheit, die ihn, einen alten Soldaten und braven Ehemann, in dem Augenblick übermannte, als diese lederbekleidete Waldnymphe seinen Weg gekreuzt hatte. Anders als die stumm-schönen Göttinnen der griechischen Wälder aber hatte Lynn auch noch die Kunst der Sprache eingesetzt und hatte scheinbar mühelos, wie nebenher, beim Sprechen Gedanken verfertigt, denen sich nichts entgegenhalten ließ. Denn der König, der die schneebedeckten Äcker des Neuen Frankreichs verachtete, war alt – sehr alt. Er versuchte an der harten Hand seiner frommen Maitresse den Himmel zu erringen, trotz aller Sünden seines langen Lebens. Und der Herzog von Orléans, der nach ihm bis zur Großjährigkeit das Urenkels und dereinst Ludwig des Fünfzehnten regieren würde, war einer der gewandtesten, intelligentesten und entschlossensten Männer, die das alte Frankreich überhaupt besaß, ausgestattet mit den soliden Geistesgaben seiner deutschen Mutter, Liselotte von der Pfalz.

Nun, am kommenden Morgen würde Lynn etwas hören wollen, eine Entscheidung verlangen. Sagte er zu, so hatte er sie noch für Wochen an seiner Seite, an den Flüssen und in den Wäldern, wo immer eben Pater Mermet und die kundigen Mengakonkias auf der Suche nach Erzen seine Expedition hinführen würden. Sagte er jedoch ab, so war sein Weg in die Wildnis von den lautlosen Pfeilen der Irokesen bedroht, die Lynn Congrave mit sich gebracht hatte.

Als Cressonat seine Weste aufknöpfte und ablegte, fiel die schmale Segeltuchhülle, in der die Briefe aus Nouvelle Orléans wohlbewahrt lagen, zu Boden. Briefe von Odile und Alphonse, just in diesem Augenblick, es war ein Fingerzeig...

»*Mon cher ami*« – das war Odile, und das war ihre Anrede – sie verlor die Haltung nie. Nicht lieber Balthazar, nicht Liebling, nicht mein Herz, sondern: Mein lieber Freund. Dann aber wurde ihr Ton vertraulicher:

»Es ist, glaube ich, zwei Jahre her, seit ich das letztemal in einem Brief zu Dir sprechen mußte. Das waren die Wintermonate in Paris, in denen es darum ging, unserem kleinen Alphonse eine Kompanie zu sichern, eine Leutnantsstelle, sobald er sechzehn sein würde. Ach, Alphonse, er vermißt Dich so sehr und er will es uns nicht zeigen, denn er fühlt sich doch schon als junger Mann. Er geht unablässig durch die Zimmer, fast scheint es mir, als hege er die absurde Hoffnung, Dich plötzlich hinter einer Tür oder in einer Nische zu entdecken wie in früheren Jahren zu Hause auf Cressonat, beim Versteckspiel. Und weil ihm so traurig zumute ist, will ich ihm natürlich nicht zeigen, daß es mir nicht besser geht.

Ist Dir klar, daß dies unsere erste lange Trennung seit den Feldzügen in Flandern ist? Damals aber waren die Kinder noch klein und beschäftigten mich so, daß ich kaum aus den Augen schauen konnte, und das war gut so. Und man konnte mit Tante Duchesse damals noch über andere Dinge sprechen als über Pferde und Wappen, sie half mir und interessierte sich für mich. Hier, in Nouvelle Orléans, habe ich inzwischen die Gewißheit, daß wir so ziemlich allen Menschen gleichgültig sind, abgesehen vielleicht von Madame Chouard, die ich ihres Standes wegen selbstverständlich nicht empfangen kann, und von Mijnheer van Hertogenbosch, der etwas zu häufig kommt, so daß man an einem Ort, an dem es eine Gesellschaft gibt, schon klatschen würde. Hier aber gibt es keine, und dieser Korsar nützt das in einer nicht gerade bedenklichen, aber doch etwas übertriebenen Weise aus.

Im übrigen, mein Lieber, geht es uns gut. Bei den Fahrten zum Markt lasse ich mich von Matilda begleiten, wie die Gutsherrinnen auf den französischen Antilleninseln, nur daß kein Neger im Fond des Wagens steht und den Sonnenschirm über meinen Kopf hält. Marie-Sophie ist derweil zu Hause und versteht sich mit Alphonse so gut, daß ich eifersüchtig werden müßte, hätte unser Herrgott nicht für die unerschütterliche Liebe zwischen Eltern und Kindern gesorgt.

Alphonse verriet mir, daß Mademoiselle Toussaint in ihrem Kassettchen Papiere gefunden hätte, die sie als die natürliche Tochter eines deutschen Grafen mit einer Pariser Soubrette ausweisen, aber da jener Graf nur seine heimatlichen Burgen in den teutonischen Wäldern benennt, jedoch keine weiteren Namen angibt, messe ich dem freundlichen Gerücht keine besondere Bedeutung bei. An die Schauspielerin-Mutter hingegen glaube ich: Marie-Sophie scheint mir die vollkommenste Darstellerin einer Naiven, die mir je unter die Augen kam. Sie schlägt den Blick mit überzeugender Unschuld nieder, und rufen ihr die Negerjungen auf der Straße nach, daß sie ein hübsches Mädchen sei, dann errötet sie bis hinab zum Hals. Ich kann mir vorstellen, daß all diese Gaben im Verein mit ihrer unbestreitbaren, wenn auch stillen Schönheit in der Truppe des Herrn Molière Furore gemacht hätten. Nur ist der Gute eben schon lange tot und Marie-Sophie lebt, ein Gebilde rührenden Gefühls aus einem hinabgegangenen Zeitalter. Alphonse beschützt sie wie eine ältere Schwester, und so ist sie, im Ganzen gesehen, doch wohl ein guter Griff gewesen.

Mit ihr zu sprechen, ich meine mich auszusprechen, scheue ich mich; ich warte auf Dich, mein Lieber, und verschließe in meinem Herzen, was ich sosehr zu sagen wünschte. Komme bald und gesund zurück! Ich umarme Dich.«

»*Mon cher Papa*«* – das war Alphonse, noch ein Kind, und doch eifrig bemüht, im Brief als würdevoller Vertreter Balthazars an der Seite seiner Mutter zu scheinen. Was machte es schon, daß das Papier keineswegs ganz sauber geblieben war, während Alphonse sich mit der Feder darauf abmühte!

»Wir sind jetzt nur noch zu zweit hier oben, weil ja Mabelle unbedingt mitreisen mußte. Dabei hätte ich als Mann zu den Indianern viel besser gepaßt und dich auch besser beschützen können. Aber darüber habe ich mit Mama schon genug gesprochen.

* Mein lieber Papa.

Ich bin jedenfalls froh, daß Marie-Sophie da ist, denn Mabelle fehlt mir und du fehlst mir natürlich auch.

Marie hat sich ein Spiel ausgedacht, es heißt *Papa und Mabelle sind zurückgekehrt.* Wir gehen dann gemeinsam zum Landungssteg, natürlich nur, wenn es nicht regnet, und warten auf ein Schiff, das den großen Strom herunterkommt. Kürzlich hat uns Pater Lemoyne dabei gesehen, als ihm aber Marie-Sophie unser Spiel erklärte, guckte er ganz komisch und lud uns ins Pfarrhaus ein, wo wir Tee und Plätzchen bekamen.

Es geht mir gut. Ulysse ist nett zu mir, ich glaube, er mag mich schon und ich werde noch viel von ihm lernen. Er weiß eine ganze Menge, und manchmal singt er Marie-Sophie und mir am Abend die Lieder vor, die seine Großeltern gesungen haben, als sie noch auf einer Insel lebten. Welche das war, habe ich leider vergessen.

Ich werde den Mijnheer fragen, der kommt bisweilen abends vorbei und trinkt mit Mama ein Gläschen Sherry. Er kennt bestimmt alle Inseln hier herum. Aber das Wichtigste bleibt natürlich, daß Ihr beide vorsichtig seid, Ihr dürft den Indianern nie den Rücken zukehren. Eine glückliche und eine sehr schnelle Heimkehr wünscht Dir Dein Sohn Alphonse.«

Ja, so war Alphonse; in seinem glücklichen Alter vereinfachte sich noch alles auf die verblüffendste Weise. Eine schnelle Heimkehr! Wieviel Zeit und Mühe lagen wohl noch dazwischen?

Balthazar de Cressonat faltete die beiden Schreiben zusammen: es hatte sich also nichts Beunruhigendes ereignet. Und wenn – hätte man es ihm mitgeteilt? Als die Briefblätter nur noch zwei kleine, weiße Rechtecke bildeten, fiel sein Blick auf die krakeligen Zeilen, in denen Alphonse von den Besuchen des Holländers berichtete. Der Mijnheer van Hertogenbosch wilderte offensichtlich gerne und häufig in fremden Revieren. Aber bei

Odile, dessen war sich Cressonat so sicher, wie der Tatsache daß er auf der Welt war, bei Odile hatten Abenteurer wie ernsthafte Bewerber gleichermaßen keine Chance.

Als er nach einem Stuhl suchte, um seine Sachen abzulegen, fiel sein Blick auf Mabelle, die in dem schmalen Mönchsbett so tief und entspannt schlief, als sei sie zu Hause in der Normandie. Ihre Wangen waren vom Schlaf gerötet, und ihre langen, schwarzen Wimpern zitterten nur unmerklich, wenn sie lange und tief atmete. Schon wegen der Kinder mußte alles gut werden in Louisiana, schon wegen Mabelle und Alphonse durften sie, Odile und er, sich nicht entmutigen lassen.

Dann streckte sich Cressonat auf dem für ihn vorgesehenen Bett aus, froh, nach drei Wochen Bootsfahrt ein solches Möbel wieder zur Verfügung zu haben. Man konnte nicht sagen, daß die Missionsstation es an Komfort mit den besten Herbergen von Rouen oder Nantes aufzunehmen imstande gewesen wäre. Aber die herrliche Müdigkeit, die sich in diesem Bett all seiner Glieder bemächtigte, die köstliche Schlaflust, die von den Knien aufwärts bis in den Kopf kroch, machte alle Überlegungen gegenstandslos. Im Frieden von Kaskaskias, unter dem Schutz des Paters Jean Mermet, schlief der Graf über die Stunde des Morgengebets hinweg und erwachte erst, als sich zwei unsäglich weiche Lippen an seine Wangen drückten, immer wieder.

»Papa!« kam es von ganz weit her, »Papa, ich bitte dich, wach doch auf!«

Mabelle, stand, in der Morgenkühle zitternd, vor seinem Bett. Über dem Unterkleid hatte sie eine Decke um die Schultern gelegt, und ihr sorgenvolles Mädchengesicht erhellte sich erst, als Cressonat mühsam die Augen aufschlug.

»Papa, dir fehlt doch nichts?«

»Aber nein.«

Es drehte sich nur alles ein wenig, die Balkendecke, das liebliche Bild Mabelles, die niedrige Stube ...

»Es war nämlich jemand an der Tür. Wir sollen zum Frühstück kommen und uns ein wenig eilen. Wir haben heute noch einen weiten Weg vor uns.«

»Nun, dann lauf«, sagte Cressonat, »wasch dich, zieh dich an und such dann Waschwasser für mich. Ich bin furchtbar verschlafen, aber sonst fehlt mir nichts.«

Eine halbe Stunde später stand dann alles bereit, eine kleine Schar von Missions-Indianern, dazu einige Helfer des Paters und eine Gruppe von Trägern. Das Glöckchen in dem offenen Turm über der Station läutete zum Abschied, und Pater Mermet kam heran, um Cressonat und Mabelle zu begrüßen.

»Wenn die Comtesse den Ausflug mitmacht«, sagte Mermet nachdenklich, »können wir der Engländerin kaum sagen, daß die Unternehmung für Damen zu beschwerlich sei.«

»Vor allem, da sie offensichtlich einen langen Anmarsch gut hinter sich gebracht hat.« pflichtete Cressonat dem Pater bei. »Wie ist es, Mabelle? Wäre nicht ein Tag hier in der Mission ganz angenehm?«

»Und Lynn, diesem falschen Stück, Gesellschaft leisten?« protestierte Mabelle. »Natürlich bleibe ich, wenn du es befiehlst, Papa, aber ich fühle, daß ich an deine Seite gehöre, ich glaube, ich würde auch alleine hinter euch herlaufen.«

Cressonat lächelte. Der Gedanke, seine große Tochter mit dieser intriganten Engländerin und ihren Irokesen allein unter ein paar Mönchen zurückzulassen, behagte ihm auch nicht.

»Wer weiß, wozu es gut ist, Pater«, sagte er darum, »nehmen wir beide mit, Sie sehen, die eine ist so schwierig wie die andere!«

Mermet seufzte ergeben.

»Sie müssen es wissen, Sie sind der Kommandeur, Graf Cressonat. Soll die Engländerin also mitkommen, aber keiner von ihren Halsabschneidern, wenn ich bitten darf!«

Als Lynn Congrave endlich erschien, mit jener Verspätung, die man in allen Teilen der Welt schönen Frauen nachzusehen bereit ist, stellte sich die Lage dann freilich ein wenig anders dar. Zwar lächelte sie Mabelle kameradschaftlich zu, wohl ahnend, daß sie es ihr verdankte, an der Expedition zu so geheimen Plätzen wie den alten Bergwerken teilnehmen zu dürfen. Danach aber weigerte sie sich strikt, ihre persönliche Habe einem Huronen anzuvertrauen. Sie behauptete, die Irokesen würden ihr das nie verzeihen – womit sie vielleicht sogar recht hatte – so daß denn auch noch der Mestize mitgenommen werden mußte. Das wiederum nahm Cressonat zum Anlaß, Atekuando zum Mitkommen einzuladen; er hatte schließlich Anspruch darauf, als treuer Gefährte des toten Supercastro, auf dessen Spuren man hier wandelte. Die beiden Krieger blieben übrigens, nach anfänglichem Mißtrauen, auf dem ganzen Weg beisammen. Vielleicht hielten sie das für das sicherste, und da sie nebeneinander gingen, waren sie nach einer Stunde bereits in einem für Indianer durchaus lebhaften Gespräch begriffen.

Hinter den beiden Rothäuten, die im Busch die Geschicktesten waren und die Zweige beiseite bogen, gingen die Damen und diesen folgten der Pater und Cressonat. Die Träger bildeten den Schluß. Sie hatten auf dem Hinweg nicht viel mehr zu tragen als die Ausrüstung und einige Gerätschaften, die man in den toten Stollen brauchen würde. Bei der Rückkehr, mit den Gesteins- und Erzproben, würden sie viel mehr zu schleppen haben.

Die Engländerin trug wieder ihren Jagdanzug aus Rindsnappa, dazu einen Lederhut, den sie zum Schutz vor den Moskitos tief ins Gesicht gezogen hatte, so daß der Graf ihre Augen nicht sehen konnte. Damit wäre es aber ohnedies nicht viel gewesen, denn der Pfad ins östliche Hügelgelände war schmal und von der Gruppe nur einzeln und hintereinander zu ersteigen. Lynn ging hier zwischen dem Pater und Cressonat, so daß der Graf sie stundenlang vor sich sah. Er bewunderte die Leichtigkeit ihres Schrittes und die Grazie, mit der sie auch auf schwierigem Grund die Füße setzte. Eine Unterhaltung jedoch war nur in den Rastpausen möglich.

Nach etwa drei Stunden Weges hatten sie die Höhlenzone erreicht, eine Gruppe von Hügeln unterschiedlicher Form, die den ganzen mehr als zehn Meilen tiefen Raum zwischen den Flüssen Kaskaskias im Norden und San Antonio im Süden ausfüllte.

»Den San Antonio hat Supercastro so getauft«, berichtete Pater Mermet. »Er war nicht nur sehr fromm, sondern hielt auch etwas auf seinen Namenspatron. Ich hatte nichts dagegen, obwohl wir die indianischen Namen praktischer finden, da wissen unsere Schäflein gleich, was gemeint ist.«

Man lagerte vor schrägen, nicht sehr hohen Felswänden, zwischen denen sich Spalten öffneten. Von den Höhlen, zu denen sie führten, waren wiederum Stollen in die Berge getrieben worden, einige ebene und einige, die abwärts, also unter den Hügelgrund führten.

»Ich habe die Kaskaskias-Indianer, aber auch die Tamaruaner und die Ilinesen befragt«, berichtete Pater Mermet, während man sich bei einem Picknick stärkte, »aber ich bin sicher, von den heute in dieser Gegend lebenden Stämmen hat sich keiner hier herein gewagt und dann gleichsam unter Tag diese Stollenbauten ausgeführt. Es müssen Pueblo-Indianer gewesen sein.«

»Also Stämme, die in Häusern wohnen?« fragte Lynn, die mit dem kanadischen Französisch des Paters einige Mühe hatte.

»Ja, die gibt es fast überall, sie haben sich zwischen dem Mississippi und dem großen Felsengebirge in viele Siedlungen aufgespalten, und nach meinen Aufzeichnungen haben sie mindestens vier verschiedene Sprachen.«

»Oh Gott!« rief Mabelle erschrocken. »Amerika wird ein neues Babel! Wer soll die Sprachen alle lernen?«

Pater Mermet lachte.

»Ihnen wird es niemand abverlangen, Comtesse. Und die meisten von diesen Sprachen haben auch nur ein paar hundert Wörter und eine ganz einfache Grammatik. Bei den indianischen Kulturvölkern im alten Mexiko war das anders, aber das wird Ihnen Ihr Herr Vater einmal erzählen, wenn Sie von La Nouvelle Orléans dorthin reisen.«

»Aber ganz so primitiv können sie doch nicht gewesen sein«, widersprach Mabelle, »wenn sie nach Erz gegraben haben. Was haben sie denn gefunden?«

Pater Mermet war die direkte Frage offensichtlich nicht sehr angenehm. Er warf Cressonat einen komisch-verzweifelten Blick zu und entschloß sich dann zu einer Antwort:

»Am Westufer unseres großen Flusses haben sie Blei gefunden, und in diesen Hügeln hier angeblich Silber!«

»Und es heißt: Wo es Blei gibt, da ist das Gold nicht weit!« warf Lynn Congrave ein. Und diesmal sah Cressonat ihre Augen sogar unter der Hutkrempe blitzen.

Mermet zuckte die Achseln:

»Man sagt es, man findet es aber nicht. An Goldadern im Gestein glaube ich hier nicht, allenfalls an Goldkörner im Flußsand. Wenn Sie danach suchen wollen, Miß, es gibt hier herum Bäche genug!«

Lynn warf Mabelle einen gekränkten Blick zu, als habe man beide Damen gemeinsam vor den Kopf gestoßen; dann suchten sie sich ein Schattenplätzchen auf weichem Moos. Wären sie nicht beide als Waldläufer gekleidet gewesen, Lynn in Leder und

Mabelle in Cord, man hätte an eine friedliche Landpartie in der Sologne glauben können.

Atekuando und Cressonat stiegen in den ersten Schacht ein, während der Pater und der Mestize, einander argwöhnisch beobachtend, vor dem Eingang des Stollens warteten, um die Träger zu beaufsichtigen. Als die Sonne ihren höchsten Stand überschritten hatte, war etwa ein Halbdutzend der alten und stellenweise eingebrochenen Bergwerksgänge erkundet. Bei seiner Rückkehr brachte der Vortrupp allerlei Erzbrocken mit, teils, weil Cressonat sie silberhaltig glaubte, teils, weil Atekuando, der das Erz riechen zu können schien, sie nach kurzer Prüfung der Stollenwand mit dem Messer herausgelöst oder auch einfach vom Boden aufgehoben hatte. Daß es hier Silber gegeben haben mußte, war Cressonat auch nach dem Schnellkursus schon klar, den Laloire des Ursins vor seinem Aufbruch mit ihm veranstaltet hatte; aber ob es sich lohnen würde, hier weiter abzubauen, das ließ sich erst entscheiden, wenn hinreichende Transportmöglichkeiten auf dem Mississippi zur Verfügung standen.

Auf dem Rückweg zum Eingangsstollen traf Cressonat auf Lynn Congrave und Mabelle. Die Damen hatten sich – aus Langeweile, oder weil es ihnen zu heiß geworden war – in die kühle Finsternis der Bergwerksgänge gewagt.

»Das hätte schlecht ausgehen können, *Mesdames*«, sagte der Graf, sanft verweisend, »hier unten kann man sich verirren, das ist das eine, und aus der Decke können sich Erdbrocken oder gar Gestein lösen.«

»Ach Papa!« protestierte Mabelle, »wir sind beide so vorsichtig aufgetreten und wir sind so leicht!«

Lynn mußte lachen.

»Sie haben schon recht, Graf«, sagte sie, »aber ich war eben neugierig, und Ihre charmante Tochter hat offenbar den Auftrag, mich nicht aus den Augen zu lassen.«

»Pfui!« rief Mabelle, und es klang nach ganz echter Entrüstung, »gerade wollte ich anfangen, Sie wirklich nett zu finden!«

Cressonat inspizierte Wände und Decken des letzten Stollenstücks, durch das sie nun dem Ausgang zustrebten, und gestand sich, daß ihm ihre Beschaffenheit ziemlich gleichgültig gewesen war, ehe Mabelle sich hier hereingewagt hatte. Die Bergleute, die diese Gänge gegraben hatten, waren – woher immer sie gekommen sein mochten – zwar keine Anfänger gewesen, aber ordentliche Zimmermannsarbeit zur Verschalung einer Grube hatten sie nicht geleistet.

Aus einem der kleinen Schmelzöfen vor dem Höhleneingang nahm Atekuando ein Stückchen Silberschlacke auf und überreichte es mit einer freundlichen Verbeugung der Comtesse. Mabelle blickte überrascht auf: der alte Indianer war ihr bisher eher mürrisch erschienen. Sie wog den kantigen, überraschend leichten Gegenstand in der Hand, dankte Atekuando und steckte es in ihr Täschchen.

»Sehen Sie, Mabelle«, sagte Lynn, »das ist der Unterschied: Wenn Sie so etwas tun, ist es ein Souvenir; hätte ich es gemacht, wäre es Spionage!«

Mabelle blickte von einem zum anderen, aber niemand lachte und Lynn Congrave warf sich übelgelaunt ins Gras.

»Ich bitte um eine halbe Stunde Pause«, seufzte die Britin, als alle an die Oberfläche zurückgekehrt waren und die Körbe zusammengestellt wurden, damit man einen Überblick hatte. »Ich bin völlig außerstande, jetzt gleich den Dreistundenmarsch zur Mission anzutreten.«

»Ist es Ihnen recht, wenn wir die Träger vorausschicken und hier vor den Höhlen lagern?« erkundigte sich der Pater höflich.

»Lagern Sie bitte, Gentlemen«, antwortete Lynn artig, »ich habe einen reizenden Bach entdeckt, in dem ich mich ein wenig erfrischen kann.«

Mermet und Cressonat tauschten einen schnellen Blick.

»Es muß Sie jemand begleiten, Miß«, entschied der Pater, »aber ich selbst bin offengestanden zu müde dazu, ich habe schließlich fünfzig Jahre auf dem Buckel.«

»Dann darf ich vielleicht Sie um diesen Kavaliersdienst bitten, Graf?« fragte Lynn, und Cressonat gestand sich wütend, daß ihm auf einmal das Herz bis zum Hals hinauf schlug. Aber es war unmöglich, abzulehnen, man konnte eine Lady nicht mit einem Indianer oder einem Mestizen allein in den Wald gehen lassen.

Cressonat erhob sich also aus dem Gras und ging hinter Lynn her; als er den Pater passiert hatte, rief dieser Mabelle zu sich.

»Geh ihnen nach, mein Kind«, sagte er, auf einmal ins vertrauliche Du fallend, »und nimm Atekuando mit. Das Ganze sieht mir nicht recht geheuer aus. Ich kann aber nicht einen Indianer aussenden, eine Dame beim Flußbad zu beobachten. Du wirst ihm sagen, was die Engländerin treibt, und bei der ersten verdächtigen Bewegung oder wenn sie jemandem ein Zeichen gibt, alarmierst du deinen Vater, *d'accord**?«

Mabelle nickte eifrig, wenn sie auch noch nicht sogleich begriff. Erst als Atekuando sie an der Hand nahm und mahnend den Finger an die Lippen legte, wurde ihr klar, daß es ernst war, daß sie plötzlich eine Mission zu erfüllen hatte.

Cressonat ärgerte sich über den ganzen Vorgang. Was würde Mabelle denken? Lange überlegen konnte er nicht, sonst wäre die Engländerin vor ihm im grünen Dickicht verschwunden, das sie so sicher durchmaß, als kenne sie die Gegend. Schon nach

---

* Einverstanden.

208

einer Viertelstunde gelangten sie an das sandige Ufer eines schmalen Nebenflusses des San Antonio, wo flach abfallende Böschungen den Zugang zu dem klar plätschernden Wasser erleichterten. Während Cressonat die Umgebung – vereinzelt stehende Bäume und ein wenig Unterholz – mit den Augen absuchte, damit nicht etwa Skunks, Coyoten oder gar Schlangen die Badende erschreckten, begann Lynn, am Bachufer kniend, mit ihrer Toilette.

»Wenn Sie sich jetzt abwenden würden, Graf!« bat sie schließlich, »ich muß die Lederkleidung ablegen, ich bin leider völlig verschwitzt.«

Der Graf wandte sich ab und hatte sogleich ein vages Gefühl von Gefahr. Mit einem schnellen Schritt erreichte er das Unterholz, aber im nächsten Augenblick schon war er von vier Irokesen umringt. Zwei von ihnen hatten die Buschmesser gezückt, die beiden andern hielten sich ein wenig abseits und hatten ihre Wurfäxte in der Hand.

»Lassen Sie den Degen stecken, Graf«, rief Lynn in dem Augenblick, da er ziehen wollte, »sonst ist Ihr Leben nichts mehr wert. Es sind ausgesuchte Krieger, und gegen die Tomahawks hat auch der beste Fechter keine Chance. Folgen Sie uns mit Mabelle nach Salem, dort wird man Ihnen ein großzügiges Angebot für Ihren Übertritt unterbreiten, und zweifellos wird sich ein Weg finden lassen, den Rest Ihrer Familie nachzuholen.«

»Sie handeln unüberlegt, Miß Congrave«, antwortete Cressonat, wobei er sich bemühte, möglichst ruhig zu erscheinen. »Wir befinden uns mitten im französischen Gebiet, der Pater ist hier eine Autorität, Hunderte von Huronen werden Ihnen den Rückweg verstellen.«

Lynn Congrave lachte nur verächtlich.

»Zerbrechen Sie sich nicht meinen Kopf, Graf; den Irokesen,

der die Huronen fürchtet, werden Sie nicht finden, auch am Mississippi nicht!«

Sie schloß die Knöpfe an ihrem Lederkostüm, die sie vorhin geöffnet hatte, um Cressonat glauben zu machen, sie wollte tatsächlich ein Bad nehmen.

»Außerdem«, fuhr der Graf fort, »was haben Sie eigentlich von mir? Ich bin erst seit drei Monaten in Amerika, und Mabelle ist beim Bergwerk zurückgeblieben, in der Obhut von Pater Mermet. Sie wird Himmel und Hölle in Bewegung setzen, um mich zu finden.«

Lynn Congrave ging nun auf den Grafen zu.

»Ich weiß, Sie sind ein Held, Graf«, sagte sie kalt, »aber wir sind allein und niemand sieht uns zu. Also sparen Sie sich die großen Gebärden. Wir kennen den Waldpfad zum Ohio, niemand wird uns sehen, und Ihre Kenntnis dieses Hoffnungsgebietes ist für uns ebenso wertvoll wie Ihr guter Name. Wir wollten zunächst Pater Mermet entführen, aber aus einem Mann, den die Irokesen schon zweimal gefoltert haben, würden auch wir Engländer nichts herausbekommen. Sie hingegen haben eine Familie, die auf Sie angewiesen ist. Ich hoffe, ich habe mich klar ausgedrückt. Also gehen wir – zum Schönen Fluß!«

Diese letzten Worte mit dem Indianernamen des Ohio hatte sie in der Sprache der Irokesen gesprochen. Die zwei Männer mit den Buschmessern traten auf Cressonat zu, wohl um ihm zumindest Handfesseln anzulegen. In diesem Augenblick aber tauchte aus dem Wasser hinter der Engländerin Atekuando auf, griff blitzschnell nach ihren Knöcheln und riß sie zu sich in den Gebirgsbach. Als die beiden wieder auftauchten, war Atekuandos kurzes Dolchmesser so an den Hals der Britin gesetzt, daß ein leichter Druck genügt hätte, ihr die Kehle zu durchschneiden. Durch diesen Vorgang für Sekunden abgelenkt, achteten die

Irokesen nicht auf Cressonat, der den Degen ziehen und den ihm zunächst Stehenden lautlos niederstechen konnte. Dann deckte er sich hinter einigen nahestehenden Bäumen gegen die Tomahawks und versuchte, zum Ufer hin Raum zu gewinnen.

»Hierher, Papa!« rief plötzlich dicht neben ihm Mabelles helle Stimme, »hier bin ich!«

Sie hatte die Momente der allgemeinen Verwirrung genutzt, sich vom Fluß aus an die Szene heranzuschleichen, und stand nun, von Sträuchern geschützt, auf halber Entfernung zwischen Atekuando und Cressonat.

Ohne sich umzuwenden, mehr aus den Augenwinkeln, sah Cressonat einen dunklen Gegenstand durch die Luft fliegen: Atekuando hatte Mabelle eine Pistole zugeworfen.

»Nimm sie, Papa! Das ist besser als die Tomahawks!« flüsterte Mabelle und trat zu ihrem Vater.

»Bleib hinter dem Strauch, Mabelle! Sieh dich um, ob jemand durch den Bach kommt!«

Aber dort schien die Luft rein. Im Brausen des Gießbachs wurde unhörbar, welche Worte Lynn Congrave Atekuando vielleicht an den Kopf warf, der sie fest unklammert hielt.

»Wenn ihr die Waffen wegwerft«, rief er nun in der Irokesensprache den Kriegern zu, »lassen wir euch entkommen. Gegen das kleine Feuergewehr des Grafen habt ihr keine Chance. Miß Lynn geschieht nichts, dafür bürgt euch der Pater. Wir nehmen sie nur als Geisel!«

Sichtlich überfordert von der ihnen zugemuteten Entscheidung verharrten die Irokesen, wie vom Schrecken versteinert, bis Lynn Congrave ihnen aus dem Wasser zurief, sie sollten tun, was Atekuando verlange: Das Wasser sei eiskalt und sie habe keine Lust, sich den Tod zu holen.

Die gespannte Pistole im Anschlag, entwaffnete der Graf den

zweiten Buschmesser-Kämpfer; die beiden anderen Indianer warfen mit unbewegten Mienen ihre Messer und Tomahawks auf den Grasboden der kleinen Lichtung am Wasser. Dann hoben sie ihren toten Gefährten auf, warfen einen letzten, verblüfften Blick auf Mabelle, und verschwanden, ohne Cressonat den Rücken zuzukehren, im Wald.

Mabelle warf sich schluchzend ihrem Vater in die Arme, der Graf küßte sie auf die Wangen, schob sie dann aber von sich fort:

»Ich kann dir nicht helfen«, sagte er, »du mußt Miß Congrave auf Waffen untersuchen ... ich lasse mir nichts nachsagen!«

»Aber bitte auf dem Trockenen!« rief die Engländerin und bewegte sich auf das Ufer des Flusses zu, so daß Atekuando ihr folgen mußte.

»Sie können sich die Mühe sparen, Comtesse«, sagte sie dann, »ich weiß, wann ich verloren habe, und Ihnen gebe ich mich nicht ungern gefangen!«

Danach händigte sie Mabelle einen kleinen Dolch aus, der in einer Lederscheide mit Metallbeschlägen stak, und dazu ein niedliches, blankgeputztes Terzerol, das sie in ihrem blusigen Lederjackett verborgen gehabt hatte.

»Alles naß!« sagte sie dann, »damit kann man in den nächsten Tagen ohnedies nicht schießen.«

»Ausgezeichnet!« stellte Cressonat fest, »und in einer Woche sind wir in La Nouvelle Orléans!«

Atekuando, mit allen Schlichen vertraut, legte der Engländerin eine lockere Fußfessel an, mit der sie kleine Schritte machen, aber nicht entspringen konnte. Ihre Hände und Arme ließ er frei, damit sie sich gegen die schnellenden Äste schützen könne. Mit dem blanken Dolch ging er hinter Lynn, während der Graf die Spitze des Zuges übernahm.

212

Vor dem Höhleneingang warteten nur noch Pater Mermet und zwei der Träger; der Mestize habe sich plötzlich aus dem Staub gemacht, berichtete der Pater. »Ich vernahm so etwas wie einen Pfiff aus dem Wald. Der kam mir gleich nicht ganz geheuer vor. Inzwischen ist mir klar geworden, daß es sich um ein Signal handelte, ein Signal für den allgemeinen Rückzug. Zwischen dem Bergwerk und dem Flüßchen muß es von Irokesen gewimmelt haben.«

»Wie ich sehe«, sagte Cressonat, »ist dabei das Gepäck von Miß Congrave zurückgeblieben, ein Glück für die Dame!«

Er hatte noch immer eine mächtige Wut im Leibe, vor allem auf sich selbst: Aus lauter Galanterie und mit den besten Manieren in eine Falle zu gehen, das hätte ihn in Frankreich für die ganze Ballsaison zum Gespött der Hofgesellschaft gemacht.

»Wenn die Taschen von Lynn ... ich meine von Miß Congrave hier sind«, sagte Mabelle leise zu ihrem Vater, »dann könnte sie sich doch eigentlich umziehen. Sie schlottert nämlich vor Kälte in der Abendkühle und in dem nassen Lederzeug!«

Cressonat wandte sich ab, es interessierte ihn nicht, was die Frauensleute miteinander anfingen, aber Atekuando kam ihm nach und sagte ernst:

»Wenn Miß Lynn sterben am großen Husten, Monsieur Comte, wir nicht lebend heimkehren nach Nouvelle Orléans. Miß Lynn lebendig in unserem Boot, das ist die einzige Chance. Graf haben Irokesen getötet, verstehe ich, aber war großer Fehler!«

Ein großer Fehler! Und wenn er nicht zugestoßen hätte? Der Augenblick war für Gewissensbisse nicht günstig, also rief Cressonat Mabelle zu sich.

»Atekuando meint, sie könnte sich den Tod holen«, sagte er mürrisch, »also reib sie trocken, aber nimm ihr nicht die Fesseln ab, und gib ihr irgend etwas Trockenes aus ihrem Gepäck. Es scheint, daß wir auf dem Strom nur sicher sind, wenn wir diese wertvolle Geisel haben, und wenn sie gesund ist!«

Der König ist tot

Der Oktober des Jahres 1715 hatte im ganzen Mississippi-Tal ergiebige Regenfälle gebracht. Die letzten Reste der sommerlichen Hitzen wichen in heftigen Gewittern frischer, vorherbstlicher Luft, und Mensch wie Tier atmeten auf: Die schönste Zeit des Jahres war angebrochen, milde Tage und erfrischende Nächte, Ernten, Feste, Gottesdienste und die tröstliche Gewißheit, daß eine Kolonie, die nun zwanzig Jahre alt war, wohl auch die nächsten Jahrzehnte überstehen würde.

Aus den vertrauten französischen Seestädten, aus Nantes, aus Hâvre de Grâce, aus La Rochelle und Rochefort-sur-Mer, trafen die letzten Schiffe ein, denn die winterliche Seefahrt über den Atlantik war auch für erprobte Kapitäne und Besatzungen kein Kinderspiel. Und eines der letzten Schiffe, die ankamen, der Viermastschoner *Bellefleur* aus Bordeaux, brachte die Nachricht, die das Jahr 1715 aus der langen Reihe der vorangegangenen für alle Zeiten herausheben sollte: Seine Majestät Ludwig XIV., wegen des Glanzes, den sein Hof in ganz Europa verbreitete, auch der Sonnenkönig genannt, dieser Monarch, der Frankreich so lange und mit so starker Hand regiert hatte, war am 1. September des Jahres in Versailles gestorben.

Als die drei Langboote der Flotille des Grafen de Cressonat von

Norden kommend wieder Nouvelle Orléans erreichten, war diese Nachricht erst wenige Tage alt und beschäftigte die ganze Kolonie und seltsamerweise auch die Schwarzen, die Indianer, die Mestizen und die Kariben. Denn wenn es für Franzosen und Spanier immerhin ein vertrauter Vorgang war, daß ein König das Zeitliche segnete und ein neuer an seine Stelle trat, so hatten sich die schlichteren Gemüter der Farbigen in der jungen Kolonie an das Bildnis des großen Mannes, der im fernen Paris regierte, in ungleich höherem Maß gewöhnt als selbst seine Beamten und Offiziere. Manche, obwohl sie allesamt den Sonnenkönig nie gesehen hatten, liefen herum wie Lämmer, die nach ihrer Mutter suchen; alte Negerinnen saßen vor ihren Hütten und schluchzten vor sich hin, und die Kinder, die im Flußsand des großen Stromes spielten, hatten sogleich einen neuen Kehrreim erdacht, der zwar nicht sehr gefühlvoll war, aber die Bedeutung dieses Ereignisses für die Kolonie im Kern erfaßte. Matilda hatte die Worte übersetzt und in französische Reime gebracht. So empfing den Grafen Balthazar de Cressonat, als er nach monatelanger Abwesenheit nach Hause zurückkehrte, zunächst ein Reigen der ihn nicht bemerkenden Jugend. Marie-Sophie, Matilda und Alphonse hatten einander die Hände gereicht, schritten im Kreis und sangen zu einer einfachen Melodie:

Der König ist bei Manitu
Die Maintenon schaut traurig zu
Das hat's noch nicht gegeben
Wovon soll sie jetzt leben?

Der Graf traute seinen Ohren nicht, hatte zunächst einen Verweis auf den Lippen, erkannte aber dann, daß der Scherz nur vordergründig blieb und das Lied die Reaktion der farbigen Bevölkerung auf ein unbegreifliches und gewaltiges Ereignis war, dem man eine menschliche Seite abgewinnen mußte, um es ein wenig besser verstehen zu können.

»Ihr glaubt doch nicht wirklich, daß die Marquise de Maintenon nun wird hungern müssen?« fragte er Alphonse, als er und Mabelle ihn an sich gedrückt und abgeküßt und die beiden anderen herzlich begrüßt hatten.

»Gewiß nicht, Monsieur le Comte«, antwortete Matilda schnell, stolz darauf, etwas zu wissen. »Mutter sagt immer, die hat all die Güter und Häuser aufgekauft, die von den Hugenotten zurückgelassen werden mußten.«

»So, sagt sie das, deine Mutter?« brummte Cressonat ernüchtert. »Wenn sie dieser Meinung ist, mag sie von mir aus dabei bleiben, aber sie soll es nicht herumtragen. Unser verstorbener König hat die Marquise heimlich geheiratet, das habe ich aus sicherer Quelle, und damit ist sie nun eine königliche Witwe und verdient Achtung.«

Matilda schwieg betroffen, aber Alphonse ließ sich nicht entmutigen. Er hängte sich an einen Arm des Vaters und ließ sich von ihm ins Haus schleppen, während Marie-Sophie und Matilda im Vorgarten zurückblieben, um die Familie mit ihrer Wiedersehensfreude allein zu lassen.

Noch auf der Veranda eilte Odile ihrem Mann entgegen; sie war aus dem Haus gestürzt, wie sie war, die Küchenschürze ganz ungräflich über dem Kleid, das Kochhäubchen in den Haaren. Sie schlang ihrem Mann die bloßen Arme um den Hals und warf den Kindern einen bittenden Blick zu. Alphonse begriff nicht so schnell, warum er den eben zurückerhaltenen Papa schon wieder abtreten sollte, Mabelle aber zog den Bruder schnell mit sich.

»Aber warum?« protestierte der kleine Vicomte, »küssen können sie sich doch auch, wenn wir dabei sind. Ich habe das schon oft

216

gesehen, und ich sehe es gern. Nur wenn sie streiten, dann gehe ich lieber.«

»Du mußt das verstehen«, bat Mabelle, »sie waren so lange getrennt. Sie werden sich eine Menge zu erzählen haben.«

»Und das dürfen wir nicht hören?«

Hinter den beiden lachte jemand leise: Es war Marie-Sophie. »Kommt«, sagte sie, »solange eure Eltern im Haus sind, kann Mabelle mit dem Erzählen beginnen. Ich hoffe, daß sie uns haarklein von allem berichten wird, was sie erlebt hat! So ungeheuer aufregend sind die Tage in La Nouvelle Orléans schließlich nicht. Gehen wir zum Fluß und sehen wir uns an, woher Papa und Mabelle gekommen sind!«

»Dein Papa ist er doch gar nicht!« maulte Alphonse, noch immer unzufrieden.

»Aber ihr Papa ist auch ein Graf«, antwortete Mabelle anstelle der Freundin, »das habe ich dir doch schon erzählt. Und das mit dem Fluß ist eine gute Idee. Ich werde euch von der Fahrt auf dem Mississippi erzählen und ihr werdet euch so alles ganz genau vorstellen können. Wenn wir dann ins Haus zurückgehen, dann werden wir mit Papa und Mama unsere Ankunft feiern!«

Ihr Fest zu zweit feierten Balthazar de Cressonat und Odile, noch ehe Matilda zum Abendessen rief, mit einer langen Umarmung in der verschwiegensten Ecke des Salons. Die Vorhänge waren, der tiefstehenden Sonne wegen, zugezogen, der vertraute Raum lag in einem milden Dämmerlicht. Ein Gefühl von Frieden und Glück bemächtigte sich des Grafen, als er die Atmosphäre des Zimmers in sich aufnahm, das ihm vom ganzen Herzen am deutlichsten zu einer neuen Heimat geworden war, vielleicht, weil Supercastro es französisch möbliert hatte, so daß man sich in einem Salon zu Falaise oder Bayeux wähnen konnte.

»Laß mich doch wenigstens die Schürze abnehmen«, bat Odile, »wir haben Fisch heute Abend, und sie riecht ein wenig danach.« Während sie den Schürzenbund öffnete, mit hastigen Fingern einen Knoten im Rücken löste, schloß Balthazar sie in seine Arme. Das tränennasse Gesicht, das sie seinen Küssen bot, die zuckenden Lippen, das alles waren Zeichen von Glück und Erlösung, und er fühlte, daß sich zwischen ihnen nichts geändert hatte in dieser längsten Trennung seit Jahren.

Schließlich, nach einer Viertelstunde, in der kaum gesprochen wurde, schob sie ihn ein wenig von sich weg, so daß jeder in einer anderen Sofaecke saß und betrachtete ihn mit gutgespielter Strenge.

»Du weißt, daß man mir seit gestern den Kopf ganz wirr macht mit Geschichten von deiner schönen Gefangenen!«

Cressonat lachte.

»Erst seit gestern? Ich hätte angenommen, das Gerücht würde uns schneller überholen. Nun ja, gestern hatten wir den Aufenthalt in Fort Natchez, weil einige der Ruderer dort bleiben wollten und ausgetauscht werden mußten. Ja, was soll ich dir sagen? Es stimmt, daß sie schön ist, es stimmt, daß sie jung ist, aber es stimmt nicht, daß sie eine Gefangene ist: Seit dem Frieden von Utrecht herrscht kein Kriegszustand mehr zwischen Briten und Franzosen. Sie haben uns Akadien abverlangt, ein schönes Stück Kanada, in dem viele gute französische Familien leben, und sie wollen noch mehr vom neuen Frankreich hier in Amerika. Und da wir einen Frieden haben, kämpfen sie eben nicht mehr mit den Waffen, sondern mit Intrigen, mit geheimen Missionen, und solch ein Emissär kann eben auch eine junge Frau sein wie Lynn – ich meine wie Miß Congrave.«

»Und warum mußte sie mit dir hierher reisen? Hätte man sie nicht nach Quebec eskortieren lassen können?«

»In diesem Fall, liebe Odile, hättet ihr Mabelle und mich vermutlich nicht wiedergesehen. Die Engländerin, auf die man in Salem offenbar große Stücke hält, war unsere Geisel und unser bester Schutz in einem!«

»In einem Boot mit dir!«

Cressonat wurde ernst:

»Bist du wirklich beunruhigt? Dann will ich dir gern erklären, daß abgesehen von der beherrschenden Tatsache, daß ich dich liebe und daß wir verheiratet sind, eine Geisel unantastbar ist. Wir leben im Frieden, sie hat den Status eines Offiziers, und ich bin Hauptmann der französischen Armee. Alles, was man dir vielleicht zugetragen hat, wäre völlig undenkbar. Auch Atekuando mit seiner Häuptlingswürde und seinen ausgeprägten Ehrbegriffen hätte ihr nicht das geringste angetan.«

Odile neigte sich zu ihrem Mann hinüber und küßte ihn.

»Es ist so schön«, sagte sie, »wenn man einen Menschen sehr, sehr gut kennt. Ich wußte vorher, daß du dies alles sagen würdest. Ich hatte keinen Augenblick angenommen, du würdest dich für diese dumme Gerüchtemacherei etwa dadurch revanchieren, daß du nach Hertogenbosch fragst.«

Cressonat erhob sich.

»Unsinn! Mir ist es nicht unlieb gewesen zu hören, daß er auch in meiner Abwesenheit kommt. Ihn ein und aus gehen zu sehen, bedeutete doch einen gewissen Schutz.« Er unterbrach sich, zog Odile vom Sofa hoch und flüsterte an ihrem Ohr: »Und es hat der Gräfin de Cressonat doch gewiß ganz gut getan, daß ihr wieder einmal jemand den Hof gemacht hat!«

»Warum sollte ich das leugnen? So sind wir aufgewachsen auf unseren Schlössern. Und Hertogenbosch ist eben einer jener Männer, die mit keiner Frau allein sein können, ohne ihr den Hof zu machen. Das gehört in unserem galanten Jahrhundert zu dem, was man *le bon ton** nennt. Aber es bleibt eben nur so lange guter Ton, als sich keine Untertöne einmischen.«

»Prachtvoll!« schloß Cressonat die Unterhaltung und ließ Odile vor sich durch die Tür ins Eßzimmer treten, wo Matilda und Mabelle gerade den Tisch deckten, »eine rundum unangreifbare Definition. Wartet noch ein Minütchen mit der Potage, ich will mich schnell umkleiden!«

Bei Tisch hingen sie alle mit glänzenden Augen an der einerseits vertrauten, andererseits so lange entbehrten Erscheinung des Hausherrn auf seinem angestammten Platz. Matilda, die mit der Suppenterrine hereinkam, verharrte geradezu andächtig einen Augenblick, ehe sie diesen traditionellen ersten Gang des Abendessens vor den Grafen hinstellte.

»Ich glaube, meine Lieben«, sagte Cressonat und faltete die Hände, »heute wäre ein kleines Dankgebet angebracht.«

Als sich rund um den Tisch alle Köpfe gehorsam senkten, als Matilda, wo sie eben gestanden hatte, auf dem blanken Boden niederkniete, sprach Cressonat einen kurzen Dank für die Errettung aus den bestandenen Gefahren und die sichere Heimkehr, aber auch dafür, daß den Daheimgebliebenen in dieser Zeit nichts zugestoßen sei und schloß mit dem Amen. Danach konnte man feststellen, daß er ebenso wie die Suppe und die Speisen auch die Tatsache genoß, daß er an einem Tisch saß, unter dem er die Beine von sich strecken konnte; daß zudem Schüsseln und Teller auf dem Tisch standen und er sich den großen Lachs, den Odile mit Kräutern gedämpft und mit Maiskroketten auf den Tisch gebracht hatte, geruhsam zerlegen und filetieren konnte; von dem Vouvray, der dazu in den Weingläsern perlte, ganz zu schweigen.

* Den guten Ton.

220

Bevor jedoch der letzte Gang des Diners, der Käse, aufgetragen wurde, mußte der Graf zu erzählen beginnen. Das familiär-bescheidene Plateau de Fromage, Ergebnis einer eben erst beginnenden Viehzucht und Milchwirtschaft zwischen dem Golf und Fort Natchez, duftete geruhsam vor sich hin, während Cressonat die Neugier der Seinen befriedigte und, ohne zu dramatisieren, in großen Zügen berichtete, was sich begeben hatte. Das Täuschungsmanöver der britischen Agentin wurde vor allem von den Damen am Tisch mit entsetztem und tief mißbilligendem »Oh« quittiert, nur Matilda, die auf einem Hocker in der Ecke auf Anweisungen wartete, stieß zu ihrer eigenen Bestürzung ein glucksendes Lachen aus, für das sie sogleich um Entschuldigung bat.

Einzig der kleine Vicomte zeigte ritterliches Gefühl für die mutige junge Frau aus Salem:

»Und wo ist die Engländerin jetzt?« wollte er wissen. »Warum hast du sie nicht mitgebracht, Papa?«

»Die haben Atekuando und der Bootsmann beim Gouverneur abgeliefert, er ist nun einmal für solche Dinge zuständig, Alphonse!«

»Bei Monsieur de Lamothe-Cadillac?« fragte Mabelle betroffen.

»Sicher. Wir wissen alle, daß der Marquis du Châtel reich ist und daß die Kolonie von ihm abhängt, aber der Gouverneur ist Lamothe, ich nehme an, daß er jetzt vor Miß Lynn Congrave sein Pfauenrad schlägt.«

»Aber im Ernst, mein Lieber: Was wird nun wirklich aus ihr?« fragte die Gräfin.

Cressonat zuckte die Achseln.

»Ich jedenfalls bin sie los. Da jetzt im Oktober bestimmt kein Schiff in die Neuengland-Kolonie fährt, wird man sie zum nächstgelegenen britischen Territorium bringen, also wohl nach

Jamaika. Wie sie von dort nach Hause kommt, braucht uns nicht zu kümmern. Vermutlich hat sie jedoch auf diese Weise einen angenehmeren Winter als in Salem.«

Der Bericht des Grafen hatte seine Zuhörer so in Bann geschlagen, daß der Käse beinahe in Vergessenheit geraten war. Cressonat war der erste, der sich seiner wieder erinnerte:

»Dazu holt uns Matilda einen Roten aus dem Keller!« schlug Cressonat vor. Aber da es inzwischen dunkel geworden war, weigerte sich das Mädchen: sie fürchte sich, und Marie-Sophie erbot sich sofort, mitzugehen. Zu dieser zweiten Flasche des Abends wurde, zur Feier des Tages, auch Matilda an den Tisch geholt. Wein war in der Kolonie so kostbar, daß ihn sich nur ein paar Dutzend Haushalte leisten konnten, und er nur zu bestimmten Anlässen gereicht wurde.

»Auch das wird sich ändern!« sagte Cressonat, dem an diesem Abend nichts die Laune trüben konnte, »wir sehen ja, daß wir Sonne genug haben, vielleicht ein bißchen zuviel Feuchtigkeit. Drüben in Kalifornien soll's besser sein. Ein paar Jahre lang werden wir eben noch unseren Loirewein trinken und die teuren Flaschen aus Nantes um so mehr schätzen. Es ist ein Chinon, Kinder, gewachsen rund um das Schloß der Jungfrau von Orléans, wo sie hoch über dem Fluß dem Dauphin vorgestellt wurde. Also genießt den guten Tropfen und entschuldigt mich, ich habe dem Marquis versprochen, auf eine Stunde zu kommen, sobald ihr zu Bett gegangen seid.«

»Sind wir ja noch gar nicht«, maulte Alphonse. Mabelle machte ihre traurigsten Augen, und die Gräfin, die ihren Mann zur Tür begleitete, bat ihn leise, nicht zu lange zu bleiben: An diesem Abend habe sie wohl die ersten Ansprüche zu stellen.

Cressonat hatte schon früh lernen müssen, daß man nicht immer das tun könne, wonach einem der Sinn stand. Und als er das geräumige Haus von Antoine Crozat, Marquis du Châtel, betrat, wurde ihm auch schnell klar, daß die Herren, die hier zusammengekommen waren, ihn nicht ohne ernsthafte Gründe in ihre Runde gebeten hatten. Was da um den Tisch versammelt war, hatte Lamothe-Cadillac wiederholt spöttisch die Geheimregierung der Kolonie genannt, und es stimmte auch, denn die offizielle Verwaltung hatte für Louisiana weit weniger zu besagen als die wirtschaftliche Führung, die in den Händen Crozats lag. Nur ein paar Jahre älter als Balthazar de Cressonat, war Crozat früh zu einem Begriff für ganz Frankreich geworden und nach den Prinzen von Geblüt – den Bourbon, Orléans und Conti – zweifellos der reichste Mann des Landes. Daß er sich für Louisiana engagierte, hatte der Kolonie eine Chance gegeben, die ihr der Sonnenkönig verweigert hatte. Und nun sollten die Erzproben, die zwischen den Herren auf der Tischplatte lagen, darüber entscheiden, ob Crozat seine Millionen aus Louisiana abziehen oder weitere investieren würde.

Cressonat verneigte sich vor dem untersetzten Südfranzosen und hatte dann zum erstenmal die Ehre, an seiner Seite Platz zu nehmen.

Nach ein paar höflichen Worten über die Leistung des Grafen und den üblichen Fragen nach seinem Befinden nach dieser beschwerlichen Reise, kam der Marquis schließlich zur Sache.

»Ich hatte heute Abend eine einzige Entscheidung zu fällen, meine Herren«, sagte er, »und es gab zwei Umstände, die mich dabei beeinflußt haben. Das eine war ein Schreiben des Königs, eines der letzten, die er unterzeichnete. Darin stimmte er auf meinen Vorschlag hin der Abberufung des Gouverneurs zu. Ich werde es Monsieur de Lamothe-Cadillac jedoch erst morgen bekanntgeben. Ihnen, liebe Freunde, möchte ich dazu nur soviel sagen, daß Seine Majestät auf den nicht vollständig geklärten

Tod von Supercastro in seinem Brief nicht eingeht, sondern seine Zustimmung in Anerkennung der Opfer gab, die ich für die Kolonie gebracht habe.

Die zweite Tatsache, die mich bestimmte, verdanke ich dem mutigen und schnellen Einsatz des Grafen de Cressonat. Ich habe die Gesteinsproben aus dem Gebiet der Ohio- und der Illinoismündung inzwischen untersuchen lassen, flüchtig, aber doch wohl hinreichend genau, und stimme mit meinen Mitarbeitern darin überein, daß sich die Bodenschätze des Mississippibeckens als der Hauptreichtum des französischen Nordamerika erweisen werden. Von ihrer Auswertung, und nur von ihr, kann ich eine gewisse Abdeckung meiner gewaltigen Investitionen erwarten. Die Landwirtschaft hier im Süden könnte mir die inzwischen ausgegebenen mehr als zwei Millionen Livres niemals zurückbringen.

Allerdings ist im Augenblick noch ungeklärt, wie wir die Bergwerke wieder in Gang bringen und die Transporte gegen die Irokesen schützen sollen. Dafür wird es entscheidend sein, wie sich das Verhältnis zwischen Frankreich und England in den nächsten Jahren entwickelt. Frankreichs Regent, der Mann, der das Land bis zur Großjährigkeit des fünfzehnten Louis führen wird, ist mir eng befreundet.«

Crozat unterbrach sich, setzte ein verschmitztes Lächeln auf und erklärte, zu Cressonat gewendet:

»Ich hatte nämlich wiederholt die Ehre, ihm erhebliche Summen vorzustrecken, und sein engster Berater, der Abbé Dubois, bezieht ein regelmäßiges Geheimgehalt aus meinen Kassen. Gelingt es diesen beiden, ihre britischen Sympathien in Politik umzusetzen, dann sind die Mississippi-Bergwerke ein wertvolles Unterpfand der Zusammenarbeit.«

»Wenn das so ist, Marquis«, gab Cressonat zu bedenken, »dann sollte man Miß Congrave so schnell wie möglich aus den Händen des Gouverneurs befreien. Lamothe-Cadillac hat alte Rechnungen mit den Briten zu begleichen. Sie haben seine Absichten im östlichen Kanada wiederholt durchkreuzt und mit der Abtrennung von Akadien an die Briten vor fünf Jahren hat er seinen einzigen großen Landbesitz verloren.«

»Ein Gut, um das er sich freilich nie gekümmert hat«, warf Laloire des Ursins ein, »aber hinsichtlich Miß Congrave haben Sie recht. Auf lange Sicht wäre es gewiß schädlich, sie in unwürdiger Haft zu halten oder sie sonst schlecht zu behandeln. Derlei bringt nie Vorteile.«

»Ich werde die Angelegenheit morgen bei Lamothe-Cadillac zur Sprache bringen«, versicherte Crozat, »aber ich will Ihnen nicht verhehlen, daß ich mich für Miß Congrave nicht exponieren werde. Lamothe-Cadillac muß in seiner Lage, im Augenblick der Entmachtung, um jeden Trumpf kämpfen, den er noch in Händen hält, und für mich gibt es, ganz offen gesagt, Wichtigeres als diese junge Engländerin!«

Cressonat ging nachdenklich nach Hause, und es kostete ihn einige Mühe, sich nichts anmerken zu lassen, als Odile, die noch wach war und auf Balthazar gewartet hatte, ihn nochmals in ein Gespräch, diesmal über die in der Zeit vorgefallenen häuslichen Alltäglichkeiten verwickelte. Erst, als die Gräfin tief und fest schlief, erhob sich Cressonat leise und ging in den Oberstock hinauf. Alle Türen standen hier offen, des Durchzugs wegen, denn es war unter dem Dach doch ungleich stickiger als in den unteren Räumen. So konnte er lautlos eintreten und sich auf Mabelles Bett setzen.

»Erschrick nicht«, flüsterte er und strich ihr über die Wange, »ich muß mit dir reden.«

»Macht nichts«, antwortete sie schnell. »Ich habe noch nicht geschlafen. Ich bin viel zu aufgeregt. Aber Alphonse ist bei mir. Er wollte partout diese erste Nacht bei mir bleiben.«

»Ich mach's kurz, und wie ich ihn kenne, können ihn ein paar leise Worte nicht aufwecken. Es geht um Lynn.«

»Um Miß Congrave!« verbesserte Mabelle ernsthaft.

»Es wird Schwierigkeiten bei der Freilassung geben, ja es ist möglich, daß Lamothe-Cadillac sie zu einer Art persönlicher Gefangenen macht, jetzt, wo er den Gouverneursposten verliert.«

»Kann er denn das?«

Cressonat zuckte die Achseln.

»Bei der ungeklärten Rechtsprechung, die derzeit noch in Louisiana herrscht, ist manches möglich, was in Frankreich unmöglich wäre. Du besuchst morgen doch Ludivine?«

»Aber ganz sicher!« rief Mabelle unvorsichtig laut. »Endlich habe ich Dinge erlebt, von denen sie nicht einmal zu träumen wagt!«

»Du mußt versuchen, mit Lynn zu sprechen, unter irgendeinem Vorwand. Bringe ihr etwas, das sie angeblich im Boot vergessen hat, und versichere ihr, daß ich für die Fortdauer der Gefangenschaft nicht verantwortlich bin. Das ist wichtig. Ich bin Offizier, ich darf mir nichts Ehrenrühriges nachsagen lassen!«

Mabelle nickte, aber Cressonat erkannte, daß sie zu müde war, um alles zu begreifen.

»Wir sprechen morgen weiter«, sagte er und gab Mabelle einen Gutenachtkuß. »Vielleicht fällt mir noch etwas Besseres ein. Und jetzt schlaf gut, mein tapferer Liebling: Du hast dich auf der ganzen langen Reise prächtig gehalten. Mir war manchmal, als seiest du schon ein Kind dieses neuen Kontinents und nicht aus unserer alten Welt.«

Als Mabelle am nächsten Morgen erwachte, wußte sie zunächst

nicht, ob sie das nächtliche Gespräch mit ihrem Vater geträumt oder wirklich erlebt hatte, und erst beim Frühstück, als er sie mit einem bedeutungsvollen Blick daran erinnerte, daß es nun wohl Zeit sei, ihren Besuch bei Ludivine zu machen, erkannte sie, was er von ihr erwartete.

Es fiel ihr schwer, sich für den Besuch im Gouverneurshaus fein zu machen; sie hatte sich an die Cordhosen, an die Wildlederjacke, an das freie Waldläuferdasein sosehr gewöhnt, daß sie nur mit einem kleinen Widerwillen in das weiße Spitzenkleid schlüpfte, das sie vor der Expedition doch so gerne getragen hatte. Der ganze Aufwand, wie er in der Kolonie bei den französischen Familien immer noch üblich war, erschien ihr lächerlich, nun, da sie einen Blick in das wirkliche, rauhe Amerika getan hatte.

Um nicht aufzufallen, dankte sie Ulysse, der den Wagen aus der Remise holen wollte: Sie gehe die paar Schritte lieber zu Fuß, so verschaffe sie sich auch gleichzeitig Bewegung nach der tagelangen Bootsreise. In Wahrheit brauchte sie aber ein paar Minuten, um einen Schlachtplan zu entwerfen. Die Lage im Hause Lamothe-Cadillac nahm ihr jedoch manche Überlegung ab, denn Ludivine war allein mit einem Teil des Gesindes.

»Du wirst ja schon gehört haben, daß mein Vater den ewigen Streit mit dem Marquis satt hat und nach Frankreich zurückkehren will«, sagte Ludivine, nachdem sie die Freundin umarmt hatte, »natürlich erst im Frühjahr, jetzt fahren ja keine Schiffe mehr.«

»Und was macht ihr bis dahin? Das Haus ist halb leer, überall stehen Kisten herum«, fragte Mabelle verblüfft.

»Vater hat ja noch ein zweites Haus in Mobile. Dort sind wir fern von allem Zwist und finden wohl auch früher eine Schiffsgelegenheit nach Europa. Aber jetzt frag nicht so viel, sondern erzähle lieber! Du bist ja an der Seite deines Vaters eine Berühmtheit geworden!«

Mabelle erzählte, das fiel ihr nicht schwer. Es war schließlich einprägsam genug gewesen, was sie erlebt hatte. Aber bei der Sache war sie nicht. Wo steckte die Engländerin? Man hatte sie doch wohl nicht in einem der Kellerräume eingesperrt?

Als sie mit ihrer Erzählung zu der Szene am Fluß kam und zu dem Anschlag, den Lynn Congrave versucht hatte, ergab sich die Gelegenheit, harmlos zu fragen, wo die Engländerin im Augenblick sei.

Ludivine wurde einen Augenblick verlegen.

»Eigentlich dürfte ich nicht darüber sprechen, aber du bist ja schließlich eine Beteiligte. Vater möchte sie gern in Mobile haben, er kennt dort den britischen Konsul. Es scheint um Geld zu gehen. Aber als er mit Mama heute früh den ersten Lastkahn bestieg, waren zu viele Leute am Quai, da wurde die Miß schnell wieder ins Gartenhaus gesperrt. Das ganze ist natürlich furchtbar dumm, Mama haßt das ganze Getue wegen ein paar tausend Livres. Sie glaubt, Papa nehme das Geld nur zum Vorwand und wolle sich von der hübschen jungen Frau nur nicht so schnell trennen, und es würde ihm schmeicheln, in Mobile mit einer so attraktiven Gefangenen aufzutauchen.«

Ein farbiger Diener kam und stellte eine Frage wegen der erst zum Teil gefüllten Schiffskisten. Ludivine mußte sich für ein paar Minuten entschuldigen, und Mabelle konnte sich umsehen. Der weißgestrichene kleine Gartenpavillon war hinter Hibiskus und Palmen vom Haus aus zu erkennen, aber kaum genauer zu überwachen.

In Mabelle keimte eine Idee: wie kam man in den Pavillon hinein? Gab es einen Schlüssel, und würde sie, Mabelle, ihn finden können?

228

»Kommst du mit?« fragte Ludivine, die ein wenig atemlos in den Salon zurückkehrte. »Ich muß den Leuten etwas zu essen richten, nur einen Imbiß, du kannst mir helfen.«

Zu zweit hatten sie schnell ein paar Schnitten Weißbrot gerichtet und mit kaltem Fleisch belegt. Als Ludivine alles in einen Korb packte und eine Serviette gegen die Fliegen drüberdeckte, erblickte Mabelle das Schlüsselbrett, ordentlich beschrieben: Das war ihre Chance und – die von Lynn Congrave!

»Danach war alles einfach, Lynn«, berichtete Mabelle, als sie die Engländerin aus dem Gartenhaus befreit und auf den Weg aus der Stadt gebracht hatte, »Ludivine ist mit den Broten am Hafen, wo die Leute des Gouverneurs verladen. Sie haben zwanzig Minuten Zeit . . .«

»Aber wo soll ich hin, um Gottes willen?« fragte Lynn, noch keineswegs von ihrem Glück überzeugt.

»Ans Ufer des Lac Pontchartrain. Das ist ein Weg von eineinhalb Stunden, aber ich werde Ludivine beschäftigen. Am See liegt das Haus des Mijnheer van Hertogenbosch. Dort sind Sie sicher, wenn Sie sich auf uns berufen.«

»Und wie komme ich nach Jamaika?«

»Der Mijnheer hat ein Schiff, und er macht sich auch nichts aus den Herbststürmen. Man hat Ihnen doch Ihr Geld gelassen?«

»Das will ich hoffen!« antwortete Lynn und sah schnell in ihrer Handtasche nach. »Ja, da ist es. Also immer nach Norden, das schaffe ich, und dann werde ich dem Holländer eben Geld anbieten für die Passage!«

Sie umarmte Mabelle, ja sie küßte sie auf beide Wangen.

»Sie sind ein prächtiges Mädchen, Comtesse! Kunststück, bei so einem Vater! Ich werde Sie alle nie vergessen. Drücken Sie mir die Daumen!«

Dann verschwand sie im Gesträuch. Mabelle versperrte die Tür

des Gartenhauses wieder und schaffte es gerade noch, vor Ludivine wieder in der Küche zu sein.

»Uff!« sagte diese, »es ist doch noch warm. Der Korb wurde mir
ganz schön schwer auf dem letzten Stück. Und du scheinst auch
ein wenig Ruhe nötig zu haben nach deiner großen Tour, du bist
ja ganz blaß.«

Und so wurde es, ganz anders als Mabelle es vor Wochen für
möglich gehalten hätte, ein beinahe zerstreuter Abschied. Die
Welt hatte sich verändert. Ludivine dachte wohl schon an Frankreich, Mabelle dachte an Lynn Congrave. Die Mittagssonne
stach vom Himmel, wie Mabelle es auf der großen, kühlen Wasserfläche des Mississippi niemals empfunden hatte. Die Freundinnen umarmten sich und schworen zu schreiben. Aber Mabelle wußte, daß sie keine Zeile mehr erreichen konnte, nachdem Lynns Flucht entdeckt sein würde. Dennoch war es wunderbar, daß sie etwas hatte tun dürfen, wovon nur sie und Vater
wußten, einen Wunsch erfüllen, den er niemals wirklich ausge-
sprochen hatte. So etwas konnte eben nur eine Tochter!

Der erste Herbst

Für mein *Tagebuch* habe ich nun mehr Zeit als bisher. Die Tage
sind kürzer geworden, und das ist hier ganz seltsam, denn die
Sonne geht so plötzlich unter, daß es von meinem Giebelzimmer
aus ganz so aussieht, als falle sie in den Mississippi. Wir haben
jetzt, sagt Matilda, die niedrigsten Wasserstände des ganzen

Jahres. Das Ufer des Flusses ist nun breiter als sonst, aber dieser Streifen, den wir hinzugewonnen haben, ist nicht sehr schön. Es ist gelber Schlamm, der an der immer noch starken Sonne trocknet und in dem abends die Frösche lärmen, allen voran Caniba, der Ochsenfrosch. Die Indianerpuppe, die diesen Namen trägt, sieht diesen dicken und dumpf quakenden Gesellen so täuschend ähnlich, daß ich den Mengakonkias-Indianer bewundere, der sie geschnitzt hat. In Europa würde man ihn als einen großen Künstler feiern. Ich weiß bisweilen nicht, ob die abendlichen Froschlaute von draußen kommen oder von meinem Bett, wo Caniba sich häuslich niedergelassen hat. Ich will ihn den ganzen Winter über auf dem Bett thronen lassen, denn Matilda hat mir versichert, daß er mich beschützen werde, wenn die langen Nächte kommen und die eisigen Winde von Kanada nach Süden fegen. Das Haus ist leicht gebaut, aber ich fürchte mich nicht vor dieser Zeit. Ich glaube, daß Papa dann mehr zu Hause sein wird, und daß ich bei Papa und Mama sitzen darf, weil sich mein kleines Giebelzimmer doch sicherlich nicht so gut heizen läßt.

Marie-Sophie wird mir dann sicherlich Ludivine ersetzen und auch in die Familie hineinwachsen, was bis jetzt seltsamerweise noch nicht so recht gelungen ist. Dabei weiß ich nicht, woran es liegt. Vielleicht ist sie sogar selbst schuld, denn sie kommt eigentlich nicht auf uns zu, sondern ist still und scheu und liebenswürdig, so wie Lafontaine einen Engel schildern würde, den der Herrgott auf die Erde heruntergeschickt hat. An ihr habe ich gelernt, daß die freundlichen Menschen viel schwerer zu ergründen sind als die unfreundlichen. Im Grunde weiß ich gar nichts vor ihr. Seit jenem Augenblick der Niedergeschlagenheit, da sie sich mir eröffnete und aus dem Kästchen ihre Papiere herauskramte, war von ihrem geheimnisvollen Vater nicht mehr die

Rede. Dafür verschlingt sie unsern Papa mit den Augen, seit wir vom Ohio zurück sind. Ich glaube, außer mir hat das noch niemand beobachtet, denn sie richtet es meist so ein, daß sie außerhalb des Lampenscheins sitzt. Und den Kopf hebt sie ohnedies nicht, schon aus Bescheidenheit. Ich aber sehe im Halbdunkel ihre schönen Augen glänzen, mit einem ganz stillen Glanz, der nur in ihre Augen tritt, wenn Papa im Raum ist.

Eigentlich sollte ich eifersüchtig sein, aber bei Marie-Sophie gelingt es mir nicht. Man kann ihr nichts anhaben, man kann nicht gegen sie sein. Ich bin sicher, daß schon diese Andeutung ihr Unrecht tut, ja daß sie furchtbar erschrecken würde, machte man ihr selbst bewußt, was sie für meinen Vater empfindet. Und doch bin ich sicher, daß er für sie eine besondere Rolle zu spielen beginnt. Es kann auch gar nicht anders sein bei einem Mädchen, das den eigenen Vater nie gekannt hat.

Ich finde, daß auch Papa sich verändert hat. Er ist schlank geworden, beinahe dünn. Dick war er ja nie, aber so, wie er jetzt ist, war er nur in meinen Kinderjahren, als er eben aus dem Feldlager zurückgekommen war, und er hatte damals ein ganz hageres Gesicht, vor dem ich mich zeitweise fürchtete. Dieses Gesicht ist nun wieder da; es ist braun und die Backenknochen treten ein wenig hervor, und das Lachen gelingt ihm nicht mehr so recht.

Als ich ihn einmal allein in der Oktobersonne auf der Terrasse fand, fragte ich ihn, was wohl daran schuld sei. Er tat zuerst, als irre ich mich oder als wisse er nicht, wovon ich spreche. Dann aber zog er mich zwischen seine Knie, nahm meine beiden Hände in die seinen und sagte ernst:

»Meine kleine Mabelle, das sind Dinge, die ich selbst nicht ganz verstehe. Es gibt die Heimat, da ist alles selbstverständlich und wir sind Tag und Nacht eingebettet in das Vertraute, Beschützende, das unsere Kindertage umgeben hat. Und es gibt die Fremde, in der lebt man so einigermaßen dahin, unbefangen und nicht unglücklich, bis zu der ersten Gelegenheit, ganz tief in sie einzutauchen. Du und ich, wir sind in Amerika eingetaucht. Ich habe in den vielen Nächten unter freiem Himmel und an der Erde diesem Kontinent gelauscht und seine vielen Stimmen zum erstenmal vernommen. Hier, in Nouvelle Orléans, da gehen sie unter im Gerede und Gelächter der Stadt. Ist es aber still um dich, was man so die große Stille nennt, in der nur noch der Mississippi vor sich hinmurmelt, dann ist es wunderbar, die Hände unter den Kopf zu legen und in den Nachthimmel zu starren. Die Bäume sind dann ganz schwarz zwischen den Sternen, deren Bilder du nicht kennst, und die Gräser haben eine helle Melodie, ein ganz hohes Sirren, wenn der Wind sie durchweht. Solche Geräusche gibt es überall auf der Welt; ich habe sie auch auf den weiten Feldern zwischen Falaise und Caën schon vernommen oder in den Klippen von Etretat. Aber hier, in der Fremde, da sind diese Melodien ungleich erregender. Du fühlst, daß sich eine jungfräuliche Erde dir mitteilen will. Daß sie dir helfen könnte bei dem, was du vorhast. Und darum drückst du dein Ohr verzweifelt in die feuchte Dunkelheit des Bodens, aber die Botschaft aus der Tiefe und aus dem Himmel und vom Fluß, sie wird dennoch nicht deutlicher . . .«

Ich schwieg eine ganze Weile, denn so hatte Vater noch nie zu mir, ja so hatte er vielleich noch zu niemandem gesprochen. Und das sagte ich ihm.

»Es hat auch noch niemand bemerkt, daß ich ein anderer geworden bin, als du, Mabelle. In dir ist sehr viel von mir, und anderes von mir ist in Alphonse. Und weil das so ist, werdet ihr meine besten Helfer sein, wenn Amerika uns herausfordert. Ich möchte, daß wir jeden Tag einen Spaziergang miteinander machen, willst du?«

»Wenn du Zeit hast, Papa . . .«

»Gewiß, es ist viel zu tun, es sind Pläne zu zeichnen und Vorbereitungen zu treffen für den großen Kampf um das Silber. Aber es kommt immer ein Augenblick, da zieht es mich hinaus, da meine ich, nur noch weiterkommen zu können, wenn mir die Brise vom Golf um die Nase weht oder der Wind vom Strom mit seinem würzigen Atem; dann werde ich dich wieder holen.«

Das war vor einer Woche. Meine beiden Hände hat er seither nicht mehr gehalten, aber wenn wir nebeneinander gingen, meist hinaus aus der Stadt in Richtung auf die Metairie oder gegen Bâton Rouge, dann war es ganz ähnlich wie bei unserer Expedition oder in der Stunde auf der Veranda. Und das hat mich mit dem Haus und der Stadt versöhnt: Ich glaube nämlich, daß es zu Hause nicht so schön geworden wäre. Wir waren zu viele auf Schloß Cressonat. Hier sind wir keine Sippe auf einem großen Besitz, sondern eine Familie wie jede andere, mit Eltern, zwei Kindern, Dienstmädchen und Gouvernante. Und ich sehe, daß Mama auch für sich dieses kleine Glück entdeckt hat, dieses Leben, in dem wir alle einander viel näher sind. Ich weiß, daß dies ein wenig dumm klingt. Kinder und Eltern sind schließlich auch auf den Schlössern beisammen. Aber hier ist das Haus klein und die Natur rundherum ist sehr groß; hier ist die Stadt gerade eben aus dem Flußsand aufgestiegen und der mächtige Strom könnte sie mit einer einzigen Hochflut wegreißen. Das alles drängt uns zusammen, führt uns zusammen; und ich bete, daß es so bleibt.

Ein kurzer Traum

Die Franzosen in Nordamerika

1534   Jacques Cartier aus der bretonischen Hafenstadt Saint-Malo fährt den Sankt-Lorenz-Strom aufwärts, bis zu den Plätzen der heutigen Städte Quebec und Montreal.

1608   Samuel de Champlain aus dem Städtchen Brouage gründet Quebec, bis heute Zentrum der Kanada-Franzosen.

1611   Die ersten Jesuiten kommen nach Kanada.

1642   Gründung von Montreal unter dem Namen Ville-Marie.

1648–1650 Die Irokesen schlagen die mit Frankreich verbündeten Huronenstämme.

1673   Die Franzosen erreichen den Mississippi im Norden und befahren ihn südwärts bis zur Arkansas-Einmündung.

1682 (Jan.–April) Cavelier de La Salle aus Rouen befährt den Mississippi vom Seengebiet bis zur Mündung in den Golf von Mexiko. Am 9. April 1682 gründet er Louisiana.

1712   Antoine Crozat erhält für fünfzehn Jahre das Privilegium des Handels in Louisiana, macht aber schlechte Geschäfte.

1713   Der Frieden von Utrecht beendet jahrzehntelange französisch-britische Auseinandersetzungen und Kämpfe. Frankreich überläßt den in Nordamerika schon sehr zahlreichen Briten die Pelzjagdgebiete der Hudsonbay, dazu Neufundland und Akadien. Das von La Salle begründete Louisiana bleibt französisch.

1713 (Juni) Antoine Laumet, der sich Lamothe-Cadillac nennt, trifft drei Jahre nach seiner Ernennung zum Gouverneur von Louisiana dort ein. Er hat als Gründer von Michilimakinak und Detroit Erfolge aufzuweisen, als Mensch aber einen schlechten Ruf.

1715 (1. 9.) Tod Ludwigs XIV. in Versailles. Für den minderjährigen Ludwig XV. (geb. 1710) übernimmt Philippe, Herzog von Orléans, die Regentschaft. Besserung des Verhältnisses zu England, energische Maßnahmen zur Minderung der Staatsschulden.

1719 Antoine Crozat, Marquis du Châtel (1655–1738) gibt auf, nicht zuletzt, weil der Regent ihm und anderen Reichen eine hohe Einmal-Abgabe zur Tilgung der Staatsschulden auferlegt. Louisiana beginnt in der Wirtschaftspolitik des Finanzjongleurs Law eine Rolle zu spielen und blüht auf: Die von John Law gegründete *Compagnie de l'Occident* gibt auf das Handelsmonopol in Louisiana und am Mississippi Aktien aus, die ihren vierzigfachen Nennwert erreichen.

1720 Der Papiergeldumlauf in Frankreich und den Kolonien erreicht acht Milliarden (Deckung: 1,2 Milliarden). Zusammenbruch der Spekulation, Flucht des Schotten Law.

1762/63 Nach unglücklichen Feldzügen Frankreichs gegen Preußen und England kann La Nouvelle France, der französische Besitz in Nordamerika, nicht mehr gehalten werden. Eine Hälfte von Louisiana wird an Spanien abgetreten, die andere an England. Ganz Kanada, mit sämtlichen Gebieten zwischen Mississippi und Atlantikküste, fällt an England (Frieden von Paris 10. 2. 1763).

1800   Der spanische Teil von Louisiana wird wieder französisch. Napoleon I. ist an Kolonien nicht interessiert, da seine Flotte zu schwach ist, sie gegen seinen Erzfeind England zu verteidigen. Die Stadt Nouvelle Orléans und Louisiana als Territorium werden im Vertrag vom 13. April 1803 an die jungen Vereinigten Staaten verkauft. Der zwischen Napoleon Bonaparte und dem aus Genf stammenden amerikanischen Schatzkanzler Albert Gallatin ausgehandelte Kaufpreis beträgt 80 Millionen Goldfrancs.

1812   Louisiana wird als achtzehnter Staat in die USA aufgenommen und 1815 von den Engländern mit dem Ziel der Rückeroberung angegriffen. In der Schlacht bei Nouvelle Orléans (heute New Orleans) am 8. Januar 1815 schlägt General Jackson die Briten.

Inhalt